Ler, viver e amar

Ler, viver e amar

Jennifer Kaufman
e Karen Mack

Casa da Palavra

DIREÇÃO EDITORIAL
Martha Ribas

PRODUÇÃO EDITORIAL
Leonardo Alves
Mônica Surrage

TRADUÇÃO
Rogeria Pereira da Silva

REVISÃO DE TRADUÇÃO
Natália Klussmann

COPIDESQUE
Gabriela Fróes

REVISÃO
Cristhiane Ruiz

CAPA
Retina 78

PRODUÇÃO GRÁFICA E DIAGRAMAÇÃO
Filigrana

CIP-BRASIL. CATALOGAÇÃO-NA-FONTE
SINDICATO NACIONAL DOS EDITORES DE LIVROS, RJ

K32l Kaufman, Jennifer
Ler, viver e amar / Jennifer Kaufman e Karen Mack; tradução Rogeria Pereira da Silva. - Rio de Janeiro: Casa da Palavra, 2011. 2ª ed.

Tradução de: Literacy and Longing in L.A.
ISBN 978-85-7734-255-6

1. Mulheres - Livros e leitura - Ficção. 2. Romance americano. I. Mack, Karen. II. Silva, Rogeria Pereira da. III. Título.

08-1932 CDD: 813
CDU: 821.111(73)-3

CASA DA PALAVRA PRODUÇÃO EDITORIAL
Av. Calógeras, 6, sala 1.001, Centro Rio de Janeiro 20030-070
21.2222-3167 21.2224-7461
divulga@casadapalavra.com.br
www.casadapalavra.com.br

Gostaríamos de agradecer a nossas famílias, que nos inspiram,

e a

Molly Friedrich, Frances Jalet-Miller
e Danielle Perez,
que acreditaram em nós.

Um feliz aniversário

Hoje à noite me sentei perto de uma janela aberta
E li até que não houvesse mais luz e que o livro
Não fosse mais do que uma parte da escuridão.
Eu poderia facilmente ter ligado um abajur,
Mas eu quis percorrer o dia até que chegasse a noite,
Para me sentar sozinho e alisar a página ilegível
Com o espectro cinza e pálido da minha mão.

Ted Kooser, poeta laureado pela
Biblioteca do Congresso dos Estados Unidos

Prólogo

Sempre imaginei o Paraíso
como um tipo de biblioteca.
Jorge Luis Borges (1899-1986)

Quando eu tinha 7 anos de idade, minha mãe despencou com o carro da família de uma ponte de dez metros de altura. Minha irmã e eu estávamos no banco de trás e, depois do mergulho, o Cadillac Seville azul-celeste virou, afundando no desfiladeiro e aterrissando de ponta-cabeça. Não havia muita água no rio, e o carro, de cabeça para baixo, afundou lentamente na sujeira, a luz de seus faróis atravessando o nevoeiro. Eu não me lembro de estar exatamente com medo, apenas aturdida demais para falar. Então, minha mãe disse com uma voz perfeitamente calma:

— Meninas, vocês acham que conseguem abrir as portas?

Era como se ela estivesse nos pedindo para baixar o som da televisão ou colocar os pratos de volta nas prateleiras. Ela era muito prática. O rádio ainda estava tocando quando saímos tropeçando umas nas outras, saltando para fora do carro na escuridão fantasmagórica, e eu me lembro de pensar que aquilo parecia exatamente o Túnel do Amor no parque de diversões de Willow Grove, que havia sido recentemente demolido e transformado em um centro comercial do subúrbio.

— Muito bem, vamos nos recompor — anunciou minha mãe por cima dos sons incongruentes da música de fundo.

A água escura gorgolejava, nossas vozes criavam ecos quando falávamos e eu imaginava nós três amontoadas em um pequeno barco a remo, flutuando magicamente, descendo um rio artificial em algum passeio esquisito que deu ligeiramente errado.

— Sorria — disse minha mãe abruptamente para minha irmã, Virginia, quando a viu chupando o lábio. Virginia trincou um dos dentes incisivos no acidente, mas, a não ser por isso, estávamos as duas inteiras.

— Mais. Não estou vendo o sorriso.

— Eu tenho que sorrir? Não estou com vontade de sorrir — disse Virginia e bateu o pé na sujeira.

— Ela não está dizendo para você sorrir, tipo "FIQUE FELIZ", sua burra — zombei. — Ela quer que você abra a boca para que ela veja se você está sangrando. Caramba!

— Bem, não estou — retrucou minha irmã, mas vi que ela estava chorando, esfregando o nariz e os olhos com o suéter sujo de lama.

— Está doendo? — perguntei timidamente.

— Não, não dói, Dora. Só não estou gostando daqui. Este lugar me dá arrepios e eu quero ir para casa.

Ela estava com medo, minha mãe estava entorpecida e eu, como sempre, estava completamente desligada — uma habilidade que venho, desde então, aperfeiçoando para lidar com as decepções esmagadoras ou os obstáculos incertos da vida.

— Estamos bem — afirmei. (Eu vivia dizendo isso a ela.) — De qualquer maneira, mamãe é que deveria estar chateada. Papai vai querer matá-la.

— Não vai, não — respondeu minha irmã. — Talvez nem tenhamos que contar a ele.

— Você está brincando? Olha para esse carro, é o segundo que ela destrói este ano.

Nesse meio-tempo, minha mãe estava de pé atrás de nosso veículo virado, esmagado e irreconhecível.

— Ai, meu Deus — exclamou de repente. — Os novos tacos de golfe de seu pai estão no porta-malas. Ele me disse para tirá-los de lá hoje de manhã? Não consigo me lembrar...

Quando a polícia finalmente chegou, com um reboque e uma ambulância, minha irmã e eu escalamos o leito lamacento do rio e nos enfiamos em uma viatura, enquanto minha mãe estava do lado de fora, embrulhando-se em seu longo casaco de pele de angorá. Sua voz tremia e, ao observá-la passar a mão pelos cabelos emaranhados, encharcados de sangue, percebi de repente que ela havia batido a cabeça. A ideia de que nos havíamos envolvido em um acidente quase fatal jamais me ocorrera.

Na época do acidente, estávamos no centro-leste da Pensilvânia, 145 quilômetros a noroeste da Filadélfia. Era uma área conhecida como o país do carvão do condado de Schuylkill, onde pastos verdes ondulantes eram arruinados por profundas cicatrizes marrons, montes de entulho empilhado e trilhos de trem em deterioração. Mesmo os outdoors estavam gastos, com mensagens rasgadas, ininteligíveis, de uma era passada. Estávamos indo para Pottsville visitar a casa em ruínas onde John O'Hara passara a infância, e me lembro de ter ficado aliviada com o fato de que provavelmente não iríamos tão cedo visitar a casa desse autor. Ouvira uma vez que O'Hara chamava Pottsville de "cidade maldita", e não via a hora de ir embora.

Minha mãe disse à polícia que ela estava consultando o mapa da Sociedade Histórica da Filadélfia e, quando levantou os olhos, estávamos mergulhando nas águas escuras do rio Schuylkill. Acho que acreditaram nela, porque o policial observou que estávamos a algumas horas do local em Chadds Ford onde o pai de Andrew Wyeth, N.C. Wyeth, teve seu carro, em que estava, no banco de trás, seu neto de 4 anos, destruído por um trem. Ninguém jamais descobriu se foi suicídio ou apenas um acidente esquisito. Por que o policial insistiu em contar essa história na nossa frente jamais entenderei, mas com toda certeza deixou animada minha mãe, que tinha predileção por lendas literárias. E ela, então, bombardeou-o com perguntas.

Mais tarde, naquela noite, meu pai se juntou a nós em um hotel perto dali e o humor dela piorou muito ao discutir com ele sobre bebida.

— As meninas estão bem. Eu só estava distraída.

Sabíamos que a distração dela residia em uma elegante garrafinha de prata. Ela continuou a negar, como sempre, e meu pai respondia com desdém e irritação. Logo em seguida, ele saiu de casa pela primeira vez.

A vida depois disso piorou, com uma série de idas e vindas dramáticas, berros e gritos, portas batendo no meio da noite, e então silêncio. As manhãs seguintes tinham um quê de ressaca, minha irmã e eu olhando fixamente uma para a outra, apáticas, evitando o assunto tabu.

Minha mãe suportava tudo, entretanto, sempre se fazendo de mártir. Ela fazia parte daquela geração de mulheres de classe média alta do nordeste que acreditavam que a vida não oferecia a elas uma alternativa decente ao casamento, à maternidade ou a ser dona de casa. Nos tumultuados anos que se seguiram, ela e seu círculo de amigas sobreviveram a divórcios, viuvez, doenças, filhos que desapareciam ou que as desapontavam, ou ainda aqueles, como minha irmã e eu, que optaram por ter uma carreira e se mudaram.

Naqueles primeiros dias, no entanto, aquela foi apenas uma das muitas viagens literárias que preencheram minha infância. Enquanto outras crianças estavam passando as férias de verão no litoral, no acampamento ou nas montanhas Pocono, nós desperdiçávamos todo nosso tempo livre visitando as casas e os retiros de escritores famosos. Caminhávamos em seus jardins (eles sempre tinham jardins), bebíamos nas tabernas locais que eles costumavam frequentar, espiávamos seus quartos e comprávamos lembrancinhas e cartões-postais de quem quer que vendesse mercadorias nas ruas próximas. Minha mãe sempre citava suas obras extensivamente enquanto minha irmã e eu nos aconchegávamos no banco traseiro do carro, exaustas, e brincávamos com as Barbies que trazíamos às escondidas.

Tais viagens grandiosas geralmente culminavam em longos fins de semana monótonos em pousadas que davam fundos para milharais ou ferros-velhos. Na maior parte do tempo, minha irmã e eu ficávamos sem ter o que fazer e recorríamos à leitura de clássicos empoeirados da editora Penguin, com as páginas amareladas, ou livros resumidos da *Reader's Digest* que enchiam as prateleiras da sala de estar, e ocasionalmente arrancávamos as páginas para fazer chapéus, barquinhos ou bolas de papel. Quando nos aventurávamos a sair, geralmente terminávamos caminhando por cidades desertas, lojas vazias e postos de gasolina abandonados.

Minha mãe estava sempre procurando algo que desse significado à existência dela, que a tirasse da vida de desespero e da rotina familiar. Passei anos enterrada em livros, tentando evitar um destino semelhante. Depois, de uma só vez, aconteceu esse lampejo de certeza e toda a indefinição desapareceu. Robert Frost disse: "O que você quer, o que você espera enquanto vaga pelo mundo é que algo aconteça para você." Pois aconteceu. De repente, algo me ocorreu.

Mestre do universo

Todas as melhores histórias do mundo, na realidade, nada mais são do que uma única história, a história da fuga. É a única coisa que nos interessa a todos e todo o tempo: como fugir.

Arthur Christopher Benson (1862-1925)

As mulheres fazem coisas diferentes quando estão deprimidas. Algumas fumam, outras bebem, outras ligam para o terapeuta, algumas comem. Minha mãe costumava ficar furiosa quando ela e meu pai brigavam e, depois, se embriagava durante dias sem-fim e desaparecia dentro do quarto. Minha irmã era mais do tipo frieza total; dê-lhes um gelo e, nesse meio-tempo, devore um bolo gelado de banana. E o que eu faço — o que sempre fiz — é sumir de tudo e de todos, mergulhando em um porre literário que pode durar vários dias.

Eu caio nesse estado por diversas razões. Às vezes, é depois de uma briga do tipo "Não aguento mais olhar para a sua cara". Outras vezes, é sintomático do meu estado psicológico, tédio até o último fio de cabelo, minha vida que vai mal, e aquele sentimento de medo sempre que me perguntam o que ando fazendo. Como alguém pode colocar todas essas coisas em ordem? Levando tudo em consideração, prefiro ler. É a fuga perfeita.

Tenho todo um ritual para meus porres literários. Primeiro de tudo, abro uma garrafa de um bom vinho tinto. Depois, desligo o celular, ligo a secretária eletrônica e reúno todos os livros que tenho a intenção de ler ou reler e ainda não o fiz. Finalmente, encho a banheira com sais de banho de 30 dólares, dobro uma toalhinha, colocando-a na extremidade da banheira de modo que sirva de apoio para a nuca, e ligo a minha música. Perto da banheira, tenho um rádio Deco antigo de plástico azul-pálido que comprei em uma liquidação de garagem em Hollywood há alguns anos. A coisa mais esquisita: o rádio só consegue captar o sinal de uma única estação AM, que toca clássicos do jazz dos anos 1940 e 1950, e é perfeito para mim.

O interior do meu banheiro é um campo autônomo de sonhos e sobre o qual tenho controle total, sou a mestra de meu próprio universo elegantemente delineado. O mundo exterior desaparece aqui, há somente paz e um profundo senso de bem-estar.

A maioria das pessoas em minha vida tem uma visão distorcida a respeito disso... Como você pode chamar? Monomania? Excentricidade? Minha irmã, talvez, seja a pessoa mais diplomática de todas. Nós duas sabemos que tendo a perder minha conexão com a realidade quando me fecho dessa forma. Mas depois ela faz piadas dizendo que sou simplesmente outra bibliômana chata e que o que realmente preciso é de um pouco de ar fresco. Ela sempre foi um gênio com as palavras. Ela me contou que um livro que havia lido, de autoria de Nicholas Basbanes, adequadamente chamado *Sobre os gentilmente loucos*, afirma que o primeiro uso documentado da palavra bibliomania ocorreu em 1750, quando o quarto conde de Chesterfield enviou uma carta a seu filho ilegítimo advertindo-o que seu passatempo destrutivo com os livros deveria ser evitado tal qual "a peste bubônica". Ah, tá.

Tirei as roupas e as joguei no chão. Ao caminhar para a banheira, olhei de relance para o enorme espelho que vai do chão ao teto e cobre uma parede inteira. Ai, meu Deus. Espere um minuto. Sabe quando você olha no espelho e está sempre com a mesma aparência até que, de repente, você parece dez anos mais velha? É comum que se perceba isso aos 35 anos. Minha cintura está mais grossa, meus seios estão mais caídos, o início de... droga, isso aí na parte de trás das minhas coxas é celulite? Por que será que você pensa que essa coisa de idade não vai acontecer com você? Ai, veja a parte de trás dos meus cotovelos! Parecem cotovelos de uma senhora idosa, enrugados e com uma protuberância óssea.

Nunca fui capaz de entender minha aparência. Já me disseram que chamo atenção. Mas o que isso significa? É algo que as pessoas dizem quando não conseguem fazer os elogios usuais, do tipo "você é linda". Pode ser a minha altura, que as deixa desconcertadas. Tenho cerca de 1,80 metro, o que só recentemente virou moda. Também tenho pés enormes. Calço 41 em um dia bom.

Quando eu era jovem, odiava minha silhueta, alta, magra demais, parecendo um palito, que minha mãe descrevia como graciosa. Ela argumentava que minha beleza era especial e que seria apreciada quando eu ficasse mais velha. Apenas se dê algum tempo, ela dizia. Você vai ver. Você vai superar em esplendor todas aquelas outras meninas com corpos de ampulheta. Eu me sentia como Frankie em *A convidada do casamento*: "Uma aberração... pernas longas demais... ombros estreitos demais... não faço parte de clube algum e não sou membro de nada neste mundo."

Não era somente a minha aparência. Eu sempre me senti esquisita, a exceção em um mundo no qual, eu imaginava, todas as outras famílias eram normais e felizes. Virginia e eu suportamos os segredos e a vergonha de um pai ausente e uma mãe alcoólatra, e os poucos amigos que eu tinha, mantinha a distância, sempre aliviada quando eles não vinham me visitar. A questão era que eu tinha vergonha do fato de que minha mãe não conseguia lutar, e em alguns aspectos, ela passou isso para mim.

Fechei os olhos e entrei na banheira. Intencionalmente deixei a água escaldante e, quando mergulhei o pé, os dedos ficaram vermelhos e começaram a arder. Quente demais. Adicionei um pouco de água fria, deixando-a correr pelos meus dedos enquanto ouvia uma versão ruim de Coltrane detonando "Love Supreme". Paul Desmond disse uma vez que ouvir jazz de fim de noite é como tomar Martini extrasseco. Acho que ele tem razão.

Tornei a enfiar o pé na água e então relaxei o corpo na banheira. Ainda muito quente. Girei a torneira com os dedos dos pés, adicionando mais água fria. Isso. Perfeito. Escolhi *O trânsito de Vênus*, um romance obscuro de Shirley Hazzard, cujo livro mais recente, *O grande incêndio*, tornou-se um dos favoritos dos clubes de livros. A premissa é fascinante. É sobre duas lindas irmãs órfãs cujas vidas estão predestinadas como a rotação dos planetas. Tentei me concentrar. A prosa é densa e complexa; eu vivia tendo que reler parágrafos inteiros. Comecei a devanear e me perdi. Isso não está funcionando. Basicamente, ainda estou deprimida.

Talvez seja apenas o período do ano. É Natal, eu estou sozinha e minhas perspectivas sociais são inexistentes. Essa é a época perfeita para se estar em outro lugar, e para a maioria dos meus conhecidos isso significa fazer as malas, pegar as crianças e talvez alguns melhores amigos e migrar para suas casas em Maui, Aspen, Cabo, Sun Valley, e aqueles que pertenciam à segunda categoria, casas em Palm Springs e Las Vegas.

Estar no oeste de Los Angeles em dezembro é como ser banido para um refúgio isolado ou até mesmo um centro de reabilitação, onde festas e outras formas de alegria são proibidas. Não que eu estivesse reclamando. Se você vem do leste, o clima daqui em dezembro é glorioso, mesmo com as chuvas trazidas pelo El Niño no final de janeiro e fevereiro; o mundo é temperado, brando e clemente. Desastres naturais como incêndios, enchentes, deslizamentos de terra e terremotos não acontecem na parte oeste de Los Angeles.

Este ano não tenho planos de ir a qualquer lugar e me sinto ocasionalmente incomodada com aquele sentimento traiçoeiro de "exclusão". Quando eu estava com Palmer, costumávamos ir para o Four Seasons em Maui todos os anos. Pegávamos a suíte do canto e até subornávamos um rapaz da praia para que guardasse nossas espreguiçadeiras todos os dias a fim de evitar acordar às cinco da manhã como todo mundo. (Na verdade, a maioria dos nossos amigos mandava as babás fazerem isso.) Agora ouvi dizer que Palmer vai para

St. Barts. Ele acha que o lugar é "jovem, moderno e divertido", muito diferente de estar comigo. Eu costumava ficar na piscina, à sombra, e ler o dia inteiro.

O telefone tocou. Era Virginia, minha irmã. Ela parecia preocupada.

— Eu sei que você está aí, Dora. Por que você não retorna minhas ligações? Se você não atender, eu vou aí...

Atendi.

— Estou bem — disse eu a ela.

— Você não parece bem. Você está fazendo outra vez aquela coisa eremita com os livros? — Ninguém me conhece mais do que Virginia.

— Tenho andado um pouco chateada.

— Um pouco, tipo 24 horas, ou um pouco, tipo três dias?

— Um pouco tipo três dias.

— Não me parece pouco. Você quer que eu vá aí?

Olho em meu redor. A casa estava uma bagunça.

— Não mesmo. Estou bem. Na verdade, estava de saída.

Eu a convenci de que estou me sentindo absolutamente maravilhosa e ela acreditou. Ela simplesmente não entende. Ela tem marido e um bebê. Quem pode culpá-la?

Peguei o livro de Hazzard e tentei mais uma vez. Que deprimente. Mal acabei de ler um capítulo sobre Ted Tice, Paul Ivory e Caro, e já posso dizer que estão todos, no fim das contas, condenados a vidas de perdas e tragédias inomináveis. Primeiro, porque Paul é gay, ou no mínimo bissexual, e em segundo lugar... ah, esqueça.

Saí da banheira, peguei um roupão e voltei para a prateleira, deixando pegadas molhadas pela casa. Não é realmente intencional, mas, falando de forma geral, tendo a escolher um determinado tema para esses fins de semana fora do tempo e, no momento, estou na fase de escolher livros sobre relacionamentos que não funcionam. Já que a maioria dos grandes clássicos mundiais lida com esse assunto, tenho muitas opções. Também, por alguma estranha razão, meus livros estão ligeiramente organizados em categorias, então é fácil fazer uma seleção baseada em meu estado de espírito. Vamos ver, quero mergulhar em amor obsessivo... Algo como *O morro dos ventos uivantes*, em que Heathcliff jamais conseguiu transar com Cathy... Amor não correspondido, amor doentio, amor adúltero... Ah, eis Dorothy Parker... A brilhante cínica com humor inexpressivo alternando-se com acessos de fúria alcoólica (humm) e Austen, a otimista. Suas histórias de amor sempre acabam bem. Não estou interessada. Tenho aqui livros sobre famílias desajustadas, incluindo *A filha do otimista*, o exemplar cheio de dobras nos cantos de minha mãe, e na prateleira inferior, livros sobre famílias funcionais, a maioria fantasia, ficção científica ou clássicos de aventura que guardo como tesouro desde a minha infância. Finalmente peguei o seguinte: *Educação sentimental*, de Flaubert (emprestei para Virginia meu exemplar de *Madame Bovary*, que deveria estar bem ao lado dele, e ela jamais o devolveu. Vê? É por isso que não empresto livros. Isso acaba com minha biblioteca), *Anna Karenina*, *Fim de caso* (milagres e horríveis desfigurações), *O morro dos ventos uivantes* (tudo bem, estou com vontade de chafurdar) e *Adeus às armas*. Céus, que punhado macabro de companheiros de banho. Perfeitos para meu horrível e lânguido estado mental. No momento, eles serviam. Ah, bem! Incluí Parker também. Mas que diabo, um pouco de alívio cômico não fará mal.

Voltei para o banheiro com uma braçada de livros e afundei de novo na banheira. Acrescentei mais água quente. Muito bem. Estou pronta para meu período de contemplação solitária e ocasionais explosões de alegria incitadas por uma passagem particularmente brilhante. Que lunática insuportável eu me tornei.

Durante os dias que se seguiram eu li e li. Os dias se transformavam em noites. Eu beliscava qualquer coisa no armário da cozinha que não precisasse de preparo. O entregador da Domino's e eu nos tornamos grandes amigos. Ele pensa que tenho agorafobia. Meu vinho tinto acabou e comecei a beber o vinho de sobremesa.

Mas não começo a beber antes das cinco. Mesmo nesse estado patético, mantenho meus critérios.

* * *

Meu Deus, já é tarde de quarta-feira. Eu tenho que sair daqui. Onde está meu roupão? Nossa, o lugar está uma bagunça. Devo fazer uma faxina primeiro? Não. Isso acabaria com o restante do dia. Talvez eu compre um livro. Minha mãe ficaria horrorizada se soubesse que nenhum dos meus amigos vai mais à biblioteca. Se você quer um livro, vai à livraria mais próxima de sua casa e comprá-lo. Capa dura, livro de bolso, brochura, não faz diferença. Pessoas que pagam 20 dólares para estacionarem seus carros não reclamam do preço de um livro.

Moro a quatro quarteirões da McKenzie's, uma pequena livraria local na San Vicente, um daqueles dinossauros que não existem mais exceto em bairros chiques. É um lugar onde os vendedores realmente leem e podem lhe dizer onde localizar os livros de Evelyn Waugh ou Michael Frayn. Eles também vão lhe dar uma lista de outros livros do mesmo autor, citar alguns de seus trechos favoritos e depois acrescentar alguma informação completamente ao acaso, tal como o fato de que a brilhante obra de Mark Twain, *As aventuras de Huckleberry Finn,* passou por setecentas revisões, e que o rascunho mais recente foi descoberto em um sótão de Hollywood há alguns anos.

Não existe uma razão no mundo para que eu vá àquela maldita livraria novamente esta semana. Tenho quatro livros novinhos em folha ao lado da minha cama e mais dois sobre o balcão da cozinha. Também há os três premiados pelo Booker Prize que ainda estão na sacola dentro do porta-malas do meu carro e uma história literária, não ficção, sobre Henry James em minha bolsa, que planejo começar a ler quando for ao cabeleireiro na semana que vem.

Eu coleciono livros da mesma forma que minhas amigas compram bolsas de grife. Às vezes, só gosto de saber que os tenho e lê-los de fato não vem ao caso. Não que eu não termine lendo-os todos, um por um. Eu os leio. Mas o mero ato de comprá-los me deixa alegre — o mundo é mais promissor, mais satisfatório. É difícil explicar, mas eu me sinto, de alguma forma, mais otimista. A totalidade do ato simplesmente me faz feliz.

Parei no estacionamento, desliguei o motor e remexi na bolsa em busca de brilho labial e corretivo. Desci o espelho e dei uma boa olhada no meu rosto nu, sem maquiagem. Terrível, simplesmente terrível. Pior até mesmo do que eu pensava. Agora chega. Nada mais de porres literários.

Meus cabelos, no entanto, estão ótimos. Eu era uma "loura suja", mas Franck, meu brilhante cabeleireiro belga, consertou a situação toda. Agora tenho aquela aparência natural, beijada pelo sol da Califórnia, que ninguém consegue sem muito dinheiro e um caldeirão de produtos químicos.

Apliquei um pouco de brilho labial de cereja da Nars, decidi colocar o resto da maquiagem de volta na bolsa e entrei. A McKenzie's é diferente de qualquer outra livraria. É um complexo de três prédios brancos, tipo chalés, situados em torno de uma pequena praça rodea-da de árvores com bancos para que os clientes se sentem e leiam, desfrutem de um *cappuccino* ou simplesmente esperem passar o tempo. Há um pequeno café que vende jornais e revistas, e um grande cartaz sobre o caixa diz: "Proibido usar celulares." Os outros prédios abrigam história, psicologia, ficção e não ficção. Eu sempre começo pelo prédio de ficção, onde há longas mesas carregadas com os livros de capa dura mais recentes. E, de vez em quando, quando tenho tempo, perambulo rapidamente pelos outros prédios. Cada um ali traz a mesma sensação de estar na biblioteca ou na sala de estar bagunçada de alguém, um ambiente atraente para os que obviamente adoram livros, ou para um intelectual que coleciona compulsivamente incontáveis números de livros. Embora haja alguma aparência de ordem, os livros estão sempre empilhados em todos os cantos, no chão cor de tijolo, nos peitoris das janelas, mesmo sobre a mesa do caixa, de onde as pessoas precisam literalmente tirá-los e pousá-los no chão antes de fazer uma compra.

Eu sempre me sinto um pouco irritada, no início, com a bagunça e a desordem, mas depois a mensagem subliminar toma conta de mim: este é o lugar para o verdadeiro amante dos livros, uma pessoa que, naturalmente, ignora a ordem no mundo exterior. A fantasia se estende até os empregados e a conversa que eles iniciam quando você compra um livro. "Você é sócio da KUSC?" Eles perguntam gentilmente. Essa é uma das duas clássicas estações de rádio cultural de Los Angeles e se você sabe o que é bom para você, diz que sim e ganha dez por cento de desconto.

As pessoas que trabalham na livraria são parte essencial de toda a magia. Todas as mulheres têm a mesma atitude "eu não me importo com a minha aparência", o tipo de coisa que você veria em ensaios fotográficos sobre os anos 1970, quando os alunos dos colégios experimentais tinham cabelos soltos e selvagens e usavam calças boca de sino desbotadas e nenhuma maquiagem. As meninas na McKenzie's têm essa aparência, com seus rostos pálidos, unhas por fazer, aquelas sapatilhas Mary Jane de lona preta e bico redondo, saias longas e suéteres folgados com texturas esfiapadas. Elas, no entanto, usam sutiã e obviamente amam uma boa conversa sobre literatura. Elas também conhecem os autores de uma forma impressionante, mas presunçosa.

Não parece que qualquer um dos funcionários esteja ocupado, com exceção do cara magro, esquelético, de avental que administra o café nos fundos. No momento ele está fazendo um café com leite quente enquanto conversa animadamente com um cliente sobre um poeta obscuro que, diz ele, possui tendências nerudianas. O nome dele é Ken e tem cabelos ruivos espetados, o rosto coberto por uma explosão de sardas e um cavanhaque ralo cor de iodo. Se ele fosse mulher, talvez o cabelo vermelho lhe caísse bem, mas no que se refere ao Ken, é algo antipático e infeliz, como se ele fosse um alienígena do planeta vermelho. Ele tem a pele estranhamente rosada e translúcida com olhos lacrimosos, inchados e fantasmagóricos, e seu cílios e sobrancelhas são tão claros que parecem invisíveis. Quando olhei em sua direção, ele me ignorou, com aquele olhar sem brilho de um narcoléptico.

E há o Fred. Ele está me olhando, me inspecionando. E, na verdade, é por isso que estou aqui. Uma das meninas me disse que ele é formado em literatura comparada e que sua tese foi sobre o espaço homogêneo na literatura pós-moderna. O que isso quer dizer?

Virginia provavelmente diria que ele parece um vagabundo, mas há algo cativante nele, de um modo desgrenhado. Ele tem a postura de um ex-jogador de futebol que está envelhecendo, que engordou alguns quilos, mas que ainda possui o pescoço grosso e forte e o pomo de adão proeminente. Olhando-se diretamente para ele, seu rosto é agradável. De lado, porém, você vê que o nariz foi quebrado algumas vezes e que seu queixo é pontudo e saliente. Eu o observei andar pela loja com um ar majestoso, inconsciente, mesmo que ele seja alto e rude demais para percorrer os corredores estreitos desse lugar.

No momento, ele está ajudando uma mulher e sua amiga a fazerem a próxima seleção para o clube de livros. Dá a elas um meio sorriso evasivo e desvia o olhar, jogando a franja volumosa para trás de forma distraída. Por que as mulheres sempre se interessam por homens que desviam a atenção e se concentram em qualquer coisa, menos no rosto delas? Elas apreciam a distração e a desatenção quando, na verdade, a pose é muitas vezes calculada para impressionar. No entanto, Fred é atraente, como um cavalheiro sulista pouco digno de confiança. Ele fala de forma ligeiramente arrastada, embora eu possa estar imaginando isso. Mas ele parece com o tipo de cara que poderia sentar na varanda com seu enorme labrador preto, fumando um cigarro mata-rato e observando o sol se pôr sobre seus campos de algodão. A aparência, entretanto, é rigorosamente de Los Angeles — jeans, uma camiseta cinza desbotada da Gap sob um suéter velho e alargado, com decote em V, e olhos com círculos vermelhos em volta como se ele houvesse passado a noite inteira acordado fazendo sabe-se lá o quê.

O efeito do conjunto todo é desconcertante. A energia no ar em volta dele amplifica a composição molecular do local, compelindo donas de casa, estudantes e idiotas literários a buscar seus conselhos. O homem sabe o efeito que exerce sobre as pessoas e ele o usa.

Vi as mulheres se aproximarem dele. A mais bonita das duas estava vestida com o que se tornou o uniforme das jovens donas de casa de Brentwood — agasalhos da Juicy. O traje de grife consiste de calças aveludadas apertadas, coladas no corpo, de cintura ultrabaixa e combinando com agasalhos deixados propositadamente abertos até logo abaixo do decote. Uma amiga minha leu no jornal de Jacksonville que o Conselho Municipal estava prestes a votar uma lei "do cofrinho", que classificaria esse tipo de vestuário como sendo um "exibicionismo lascivo". Mas aqui é Los Angeles, e ninguém parece reclamar. É meio o oposto do propósito dos agasalhos — relaxados, confortáveis, sem qualquer traço de sensualidade forçada. Você se lembra de vestir agasalhos quando se sentia gorda ou inchada? Bem, esqueça. Agora, seu corpo precisa ser absolutamente perfeito, e se não for, não há jeito de camuflar nada. Hoje em dia, arrastar-se por aí em qualquer agasalho velho e confortável para fazer alguma coisa na rua está fora de moda.

Tudo isso me passou pela cabeça enquanto as observava conversar com Fred sobre algumas opções. Elas finalmente pediram vinte cópias de *A última grande lição: o sentido da vida*, e vi alguém passar por elas, olhando-as com desprezo e sussurrando: "Que corpos."

O nome dela é Sara, uma garota gótica, de aspecto infantil, que parece ter vinte e poucos anos. Ela tem cabelos pretos como graxa de sapatos, unhas ruídas, dezenas de *piercings* nas orelhas e na narina esquerda, e lábios rachados, descascando, como os das bonecas Kewpie que brilham com uma fina camada de ChapStick cor de morango. Seu rosto tem a inocência aveludada e redonda de uma criança e ainda assim há um ar de autossuficiência intimidador nela. Ela estava usando uma minissaia inacreditavelmente curta que deixava à mostra as pernas *mignon*, porém torneadas, tão brancas que você logo sabe que ela não dá a mínima para o fato de que Los Angeles é uma cidade praiana. O restante do conjunto inclui botas brancas com salto fino, de tecido imitando couro estilo *go-go* dos anos 1960, uma blusa transparente de crepe e um dragão pesado de metal pendurado em um cadarço puído que ela tem em volta do pescoço. Há uma inocência nela que passa uma falsa ideia sobre sua aparência, e sua vozinha sussurrada é permeada por imprecações do tipo "babaca" e "foda-se". Tal conduta é particularmente dissonante em um ambiente como a McKenzie's, mas suas companheiras de trabalho claramente a consideram com respeito, e ouvi falar que ela conhece todas as autoras que escreveram algo notável nos últimos duzentos anos.

Não sei dizer se essa encantadora desajustada social é realmente rebelde ou se apenas não quer revelar como é adorável sob todo aquele lápis preto borrado e pele sem maquiagem. Essa menina definitivamente tem um passado, mas ela solta risadinhas como uma criança com uma bola de chiclete na boca, e é difícil não segui-la com meus olhos pela loja. Se ela pedisse minha opinião, eu lhe diria para pentear os cabelos, mas provavelmente isso seria tudo. Seu cabelo é a única coisa que me incomoda, por mais estranho que pareça. Acho que faz parte do "visual", mas está todo bagunçado e embaraçado, em engraçados blocos separados, parecidos com ninhos de rato, e numa lanugem polpuda, em chumaços. É como se ela tivesse passado gel nos cabelos de propósito para ter aquela aparência, que poderia ser descrita como "eu estava dormindo em uma estação de ônibus Greyhound e fui atacada por um bando de mendigos que rasgaram minhas roupas com as unhas e arrasaram completamente meus cabelos". Não seria possível fazer um pente entrar naqueles cabelos se você quisesse e, além do mais, seria um processo extremamente doloroso.

Talvez seja esse o objetivo de garotas como Sara. Os cabelos são o que menos importa — um modo insatisfatório e demorado de mudar de rumo, em vez de continuar com a sua vida, o que me leva de volta ao local em que estou no momento, perambulando pela livraria em uma tarde apática imaginando um meio de me aproximar de Fred.

Agora ele está ocupado com um executivo de aparência esgotada que perguntou, com voz tensa, onde ficava a seção de resumos de clássicos para estudantes. Fred apontou na direção dos fundos da loja e depois perguntou:

— Qual livro?

— *A letra escarlate* — respondeu o homem. — Meu filho está histérico. Ele acabou de escrever um trabalho de cinco páginas e depois, de alguma maneira, deletou o arquivo e tem de entregá-lo amanhã.

Sara lançou um olhar de compaixão.

— Diga a seu filho que Thomas Carlyle deu seu original de *História da Revolução Francesa* para que um amigo lesse e a empregada desse amigo pensou que fosse lixo e acendeu a lareira com ele. Carlyle teve algumas noites terríveis, mas escreveu tudo de novo.

Fred olhou para ela, entretido.

— Sara, tenho certeza de que isso fará com que o garoto se sinta muito melhor.

Depois ele se virou para mim e sorriu.

— Ah, oi, como você está? Em que posso ajudá-la hoje?

A primeira coisa que passa pela minha cabeça é que ele me reconheceu. A segunda coisa é que o homem que fez churrasquinho do manuscrito de Carlyle era o crítico e escritor John Stuart Mill, e ele acabou elogiando o livro de forma exagerada. Entretanto, em vez de insistir no assunto, pensei em contar-lhe que acabara de terminar um livro de suspense histórico de 675 páginas ambientado em Oxford, na Inglaterra do século XVII, de autoria de Iain Pears chamado *O círculo da cruz*, e que fui completamente incapaz de conseguir qualquer outra pessoa em minha vida que o lesse. O livro é um romance policial *à la* Dickens que se passa na Inglaterra da Restauração, e que começa com uma morte inexplicável em uma pequena cidade universitária e culmina com uma revelação que tem a ver com fatos importantes ocorridos na Inglaterra e no mundo. É intelectual, original e repleto de pistas falsas. Mas, infelizmente, apresenta em seu início citações de Cícero e Francis Bacon que definitivamente confundiram vários dos meus amigos menos esotéricos. Também tem um elenco de 27 personagens nas últimas páginas que inclui nomes como Carlos II, Christopher Wren e John Locke. Mesmo o nome do romance parece ser um meio de intimidação, embora eu tenha explicado uma vez a minha irmã que o título era uma deliciosa parte do mistério como um todo.

— Deliciosa? — ela torceu o nariz. Na verdade, o interesse dela durou até que eu lhe contei que o narrador parece coerente e empático no início, até que trezentas e poucas páginas depois você descobre que ele é pirado e está escrevendo diretamente da versão inglesa no século XVII do hospício. Ela me lançou um olhar aflito e respondeu:

— Quem tem tempo para ler livros assim? — sugerindo, naturalmente, que eu tenho.

Fred estava esperando por minha resposta e hesitei. Normalmente não tenho o desejo, como muitos leitores devotos e vorazes têm, de exibir como meu gosto literário é inerentemente superior, mas ponderei se devia abrir uma exceção nesse caso. Depois mudei de ideia. Rapidamente perguntei se ele conhecia uma sequência para o livro de Pears. Ele me disse que havia um lançado recentemente, e que era muito bom.

— Não tão bom como o livro anterior, mas uma leitura fácil. Vou pegá-lo para você.

Ele voltou de mãos vazias e disse:

— Deve ter acabado.

Decidi encomendá-lo (uma desculpa para dar a ele meu nome e telefone) e, quando eu estava me dirigindo para a porta, sentindo-me ótima por conta do nosso encontro, ele me chamou.

— Ei, Dora — provocou ele. Voltei-me esperançosa. — Você vai pagar por esses livros ou o quê?

Percebi que eu estava carregando um monte de livros que pretendia comprar com o de Iain Pears. Que droga. Que droga. Que droga. Sou uma idiota. Deixei escapar:

— Aposto que você pensa que sou uma daquelas donas de casa atrapalhadas e cleptomaníacas que roubam camisetas para chamar a atenção dos maridos. — Lancei-lhe um sorriso cheio de brilho labial.

Ele me olhou como se eu fosse louca. Que ótimo, Dora.

A tocaia

Assim é com os livros como com os homens;
pouquíssimos desempenham um grande papel.
Voltaire (1694-1778)

A essa hora em meu bairro, normalmente o tráfego fica um verdadeiro caos. São cinco escolas particulares exclusivas em um raio de quatro quarteirões, e a Sunset Boulevard fica atravancada com Range Rovers, BMWs, Mercedes e Hummers, muitos exibindo placas engraçadinhas que dizem coisas como "ERADELE". No meio disso tudo, pessoas usando roupas para praticar exercícios e tênis Puma de couro preto vão à Starbucks da região, fazem caminhada pesada, andam de bicicleta ao longo da ciclovia ladeada de árvores da San Vicente Boulevard ou fazem compras em butiques especializadas que vendem camisetas tingidas a 300 dólares. Palmer costumava admirar o grande número de pessoas que passavam seus dias sem qualquer meio visível de sustento.

"Isso aqui poderia ser a Flórida", dizia ele. "Só que aqui ninguém é velho."

Eu estava indo para casa quando decidi de repente fazer um pequeno desvio. Foi um daqueles impulsos repentinos que não se pode explicar. Especialmente depois do que poderia ser descrito como um momento seriamente embaraçoso. Não. *Absurdo* seria uma palavra melhor. Penso no que disse a Fred e no que eu deveria ter dito. Depois repasso todas as cenas em minha cabeça, só que em um cenário diferente. Isso fica martelando, como uma melodia irritante que não consigo tirar da cabeça. Primeiro digo isso, depois ele diz aquilo. Ah, é tão ridículo que tenho que parar. O próprio fato de que estou fazendo essa análise já é uma crítica ao meu estado mental.

Então, em vez disso, cá estou, sentada no carro como uma agente disfarçada, enquanto espero Palmer, meu segundo marido, surgir na entrada da casa com portões que ele e eu dividimos por cinco anos. Esse era o nosso oásis, pelo menos durante algum tempo. A casa é uma daquelas construções arquitetônicas híbridas remanescentes da velha Hollywood. Parte *villa* italiana, parte *hacienda* espanhola. Quando nos mudamos para lá, mandei pintá-la de um tom terracota desbotado que só agora começa a parecer autêntico. A entrada da casa está magnífica, com marias-sem-vergonha e ladeada com as indispensáveis palmeiras. Estacionei na estrada estreita e sinuosa na frente de nossa casa, meu carro espremido entre um chamativo furgão azul-marinho da firma de encanadores Bel Air e um amassado caminhão de jardineiro com caçamba de madeira. Em Bel Air, ou você é convidado e estaciona dentro dos portões, ou é da equipe de manutenção e fica do lado de fora, uma versão Los Angeles de *A família Bellamy*.

Aí vem aquela categoria intermediária: personal trainers, instrutores de ioga, passeadores de cães e massagistas. Essas pessoas, com frequência, conhecem as senhas dos sistemas de alarme de seus clientes e alguns chegam a morar de graça na casa de hóspedes. Eu lembro que, um pouco antes de me mudar no ano passado, o massagista da minha vizinha, um jovem um tanto quanto sensível chamado Roy, foi assaltado à mão armada pelo agora mal-afamado Ladrão de Bel Air quando entrava pelo portão. O cachorro, um pastor alemão importado, permaneceu imóvel em sua caminha enquanto o assalto ocorria. O cão havia sido treinado em Frankfurt e só compreendia comandos como *sitzen* e *attacke!*.

Estendi a mão para o banco de trás e peguei um dos seis livros que eu havia jogado dentro do carro. Há algo que me deixa feliz: jamais fico entediada e nunca me importo em esperar — em qualquer lugar. A menos, é claro, que eu tenha esquecido meu livro, e nesse caso eu simplesmente corro para comprar outro. Eu leio no departamento de trânsito, nas filas de cinema, nas filas dos caixas do banco ou quando a balsa de Los Angeles para São Francisco está com um atraso de quatro horas. Escalas em aeroportos desconhecidos são uma delícia, assim como notificações da justiça que chegam em minha casa e me dão licença para ficar sentada lendo o dia inteiro, sabendo que estou cumprindo meu dever cívico. Na última vez em que fui jurada, fui rejeitada de dois julgamentos, um porque eu disse na cara do juiz que eu achava que o réu, um *skinhead* tatuado, parecia culpado, e o outro porque os advogados captaram a hostilidade do corpo de jurados e fizeram um acordo. Naquele dia, eu até consegui terminar *As correções*, de Jonathan Franzen.

O que ler agora? Talvez *Fugitiva*, de Alice Munro. Uma citação na contracapa fala do lado obscuro do sexo feminino. Talvez seja melhor algo mais leve. Que tal *Lítio para Medeia*, de Kate Braverman? Ai, meu Deus, esqueça. Esse é ainda mais deprimente. Uma mulher que tem um relacionamento terrível com a mãe, assim como com todos os homens em sua vida.

Vasculhei o porta-malas de meu Mercedes 280 azul-cobalto de 15 anos de idade, um presente de formatura do meu pai. Ainda é um velho e adorável automóvel de passeio com a fiação defeituosa e um limpador de para-brisa quebrado que venho tencionando consertar nos últimos cinco anos. Toda vez que chove, o que não é muito frequente, juro levar o negócio para consertar e depois imediatamente perco o interesse quando o sol sai.

É triste pensar que eu estou com meu carro há mais tempo do que com qualquer homem em minha vida. Não sou daquelas pessoas que afetuosamente dão nome aos seus carros, mas consigo entender a inclinação para tal.

Os portões da longa entrada em declive lentamente começam a abrir, e mergulho atrás do meu carro quando surge um encanador de aparência austera carregando sua caixa de ferramentas. Nós estávamos sempre tendo problemas com o encanamento que arrotava água esverdeada, não importando quantos especialistas chamássemos. Eu costumava brincar que nossa casa era a versão do oeste de Los Angeles para o Love Canal. Foi com certo prazer que descobri que o problema não foi resolvido e que minha substituta terá de dar conta das torrentes de engenheiros aeroscópicos, supervisores de construção e encanadores.

Palmer, agora, vive com uma mulher elegante e lindamente arrumada chamada Kimberly, que ele acredita ser a próxima diva doméstica. Ela chegou a Palmer em busca de consultoria legal com relação a uma linha de panelas que ela queria vender na rede Home Shopping. Apresentadora de um animado programinha no canal culinário, ela havia acabado de assinar um contrato multimídia que incluía sua própria revista. Ela usa no ar expressões do tipo: "Senhoras, podemos fazer nossas famílias felizes sem que seja necessário trabalhar até nos acabarmos", e inclui truques como transformar lençóis velhos em toalhas de mesa vagabundas.

No ano passado, a presidência da Sony Pictures ficou vaga e, em uma jogada surpreendente, os figurões da Sony indicaram Palmer para que substituísse o presidente aposentado do estúdio. Seus últimos filmes lançados foram financeiramente bem-sucedidos, e agora ele tem uma casa em Vineyard, outra em Cabo, e eu vejo o nome dele no papel timbrado de diversas instituições de caridade.

Passei o último ano tentando entender como eu me sentia sobre tudo isso. Pensei nos tempos em que eu me virava a noite toda preocupada com alguma coisa e de manhã, quando eu acordava com os olhos turvos de sono e em conflito comigo mesma, ele ficava com aquela expressão no rosto e resolvia tudo sem o menor esforço. Havia esse brilho calmo nele que não tinha nada a ver com dinheiro. Eu acho que o amava. Eu certamente o admirava. Mas não por seu sucesso. Isso somente parecia atrapalhar.

Um dia, logo antes de nosso rompimento, eu o encontrei arrumando as gravatas de acordo com cores e estampas. Ele costumava colecionar gravatas Hermès com suas infinitas micropadronagens excêntricas — veleiros, pinguins, tacos de golfe, baleias, tacos de beisebol, balões de ar quente, barracas de praia, cavalos, caçadores de raposas, labradores e assim por diante, *ad nauseam*. Examinei cuidadosamente o cortejo de caras gravatas de seda estampadas que cobria toda a cama *king size* — um mar de gravatas.

— Você provavelmente tem quinhentas dessas gravatas, e olhe para elas — disse eu com desdém. — São todas parecidas. Espere! Está faltando aquela estampada com notas de dólar.

Ele pegou uma gravata e jogou em mim.

— Como você pode ser tão desagradável, Dora?

Essa sou eu: Dora, a desagradável. Durante algum tempo, Palmer e eu tentamos o caminho da terapia de casal. Eu lembro que o terapeuta deu uma olhada em nós dois e disse:

— Os casais não deveriam se divorciar a menos que um dos dois claramente não goste do outro.

Era um bom conselho e eu o segui durante algum tempo, mas no fim ele encontrou consolo em seu trabalho e em sua nova namorada. Uma amiga minha diz que devo ter a fiação solta por que nunca levei fora de um homem. O que ela não percebe é isso: sempre arranjo um jeito de me excluir primeiro, antes que as coisas fiquem dramáticas demais. É mais fácil assim. Mas agora estou pensando que talvez eu devesse ter tentado com mais afinco. Ai, meu Deus, isso tudo é tão confuso. Eu realmente desejo o melhor para ele, embora eu não ficasse infeliz se seu próximo filme fosse ridicularizado pelos críticos e se tornasse um fiasco nas bilheterias. Não. Não falei sério.

Emily Post e furto

Jamais viajo sem meu diário. Deve-se sempre ter algo sensacional para ler no trem.
Oscar Wilde (1854-1900),
A importância de ser prudente

Meu primeiro marido, Jack, foi uma história diferente. Ele era o clássico bom partido da escola — bonito, popular, atlético e gostava de festas. Foi onde eu o conheci, a propósito, em uma festa. Pela primeira vez em minha vida, graças a ele, me senti "incluída". Ele também foi o primeiro homem a me dizer que eu era sexy, linda e desejável — como posso não amá-lo para sempre?

Quem dera que eu tivesse uma razão melhor para achá-lo tão atraente. Mas não consigo. Eu me casei com ele porque ele era um gostosão. Ponto final. Ninguém entendia, mas o negócio é que os homens fazem isso o tempo todo e ninguém diz um "ai" a respeito. Por que as mulheres têm que inventar todo tipo de explicações ao fazer a mesma coisa? Não tentei impressioná-lo com a relação que eu tenho com os livros porque sei que ele não daria a menor importância. Para ser sincera, na verdade foi uma experiência muito libertadora... e muito romântica.

Como Shakespeare sabiamente observou em *A tempestade*, o amor romântico é tão mais complicado do que isso. Embora Jack me deixasse fervendo na cama, ai, ai, isso não compensava o fato de que ele não tinha qualquer tipo de curiosidade intelectual... Ele lia revistas sobre carros, jogava videogames, assistia à Nascar na TV e fumava maconha. Desconsiderando o fator sexo, não tínhamos nada em comum. Um dia a ficha caiu. De todos os meus anos tomando decisões estúpidas, aquele foi o ápice.

Eu havia acabado de me formar na Columbia e ele estava estudando para obter uma licença de corretor de imóveis, as únicas aulas a que ele havia assistido desde o colegial. Quando nós decidimos nos casar, eu tinha 21 anos e, mesmo ao percorrer a nave da igreja, resplandescente em um vestido de rendas da ilha da Madeira, tentando ignorar meus parentes decepcionados, principalmente minha mãe, eu sabia que estava cometendo um erro.

Cheguei ao meu emprego no *Los Angeles Times* duas semanas depois do casamento. Foi quando conheci Darlene. Eu era a nova repórter gostosa (sempre há uma nova repórter gostosa) e meu mundo estava repleto de infinitas possibilidades. Darlene, entretanto, estava enterrada nos Classificados, vendendo vinte palavras para qualquer pessoa que tivesse um cartão de débito e algo a oferecer.

Ela era dez anos mais velha que eu e estava casada com um policial. A hierarquia no *Times* era um sistema de castas com o Editorial no topo e os Classificados em algum lugar abaixo do zero. As pessoas tratavam Darlene com a mesma afeição que tinham pela empregada. Elas eram simpáticas, mas não compartilhavam bebidas ou segredos com ela. Também não ajudava o fato de que ela parecia uma assassina em série — cabelos longos, louros e lisos que ela mesma pintava, raízes negras, peitos homéricos, sol em demasia e bebida em excesso. É claro, eu a achava tremendamente divertida e nós entornamos umas e outras muitas vezes depois do trabalho. Eu apreciava especialmente essas noites porque prolongavam a inevitável viagem para casa e adiavam os quase rotineiros confrontos noturnos com Jack. Ele estava se sentindo inseguro sobre o casamento, o que não era surpresa. Eu também achava que ele voltara a encontrar a ex-namorada, uma criatura miserável com quem ele viveu durante alguns anos antes de trocá-la por mim.

Uma noite, Darlene e eu fomos ao Cassidy's, um lugar que já havia sido animado, espremido entre dois pequenos centros comerciais, que agora havia decaído e que somente no dia de St. Patrick ficava cheio, pois eles distribuíam canecas espumantes de chope verde. Uma vez eu vi o barman, um valentão em processo de envelhecimento com um longo rabo de cavalo louro e entradas na testa, completar os barris usando a mangueira do beco que fica atrás do bar. Sua mulher, uma robusta garota armênia de cabelos curtos e bigode, servia as mesas e fazia o papel de leão de chácara quando as coisas ficavam tumultuadas.

Aquele era, entretanto, um *point* de policiais, e o marido de Darlene, Mel, às vezes ia nos encontrar e fofocar durante algumas horas. Mel, policial do DPLA, o Departamento de Polícia de Los Angeles, era um cara bem-alimentado com uma barba curta e uma risada aguda, áspera, de fumante. De vez em quando ele me dava uma dica quase confiável, que uma vez se transformou em uma história bem grande na primeira página do caderno regional.

Naquela noite, eu não estava no melhor dos meus dias quando o celular tocou e era Jack. Ele estava com uma voz estranhamente alegre.

— Oi, tenho que mostrar um apartamento hoje à noite. A mulher não pode chegar aqui antes das sete e ela quer conferir como é a vista de lá durante a noite.

Respondi com falsa simpatia:

— Nossa, isso é ruim. Acho que você vai ficar preso até tarde então, né?

— No mínimo até as dez.

— Ah, ok. Não me acorde quando você entrar, porque estou morta de cansaço.

Devo ter feito uma cara de alívio, porque Darlene me lançou um olhar engraçado.

— Sabe o que mais? — disse eu. — Ele está mentindo. É a terceira vez essa semana. Mas a pior parte é que não me importo.

Darlene foi solidária, mas firme.

— Livre-se dele. Você cometeu um erro. Faça a coisa certa. Siga em frente.

— Mas acabamos de nos casar e estou sem graça. Além do mais, nossa sala de estar está entupida com todos aqueles presentes e preciso pelo menos escrever os cartões de agradecimento antes de deixá-lo.

É estranho quando anacronismos como regras de etiqueta ao estilo Emily Post surgem na sua vida.

— Meu Deus, você está maluca. Quem se importa com os presentes? Devolva-os. Não, espere! Você pode dá-los para mim. Brincadeirinha!

Darlene nunca se preocupou com o que outras pessoas pensavam. Eu, por outro lado, me sentia culpada. Não, era pior que isso. Eu me sentia uma pessoa horrível por não amá-lo.

Quando cheguei em casa naquela noite, havia uma mensagem raivosa da ex-namorada de Jack na secretária eletrônica, repreendendo-o severamente por estar atrasado e dizendo a ele que ela "não aguentava mais isso". Partindo do princípio de que "isso" era o caso que eles tinham e como jamais fui uma pessoa dada a confrontos, liguei para Darlene e arquitetamos um plano.

Jack chegou tarde em casa e fingi que estava dormindo. Na manhã seguinte, depois que ele saiu para o trabalho, liguei para Darlene, que estava na esquina esperando pelo sinal de "área limpa". Ela encostou um furgão roxo todo amassado, com chamas negras decorando a lateral, que ela havia alugado num lugar no fim do quarteirão que parecia um ferro-velho. Essa era a ideia de Darlene de ser discreta.

Minha casa ficava no segundo andar do que era chamado espirituosamente de "apartamentos jardinados". Acredito que os dois arbustos de azaleias agonizantes eram a parte jardinada. O prédio de estuque branco já vira dias melhores, mas não muito melhores, e os corredores abertos não deixavam margem para privacidade. Darlene estacionou o furgão bem em frente e subiu a escada pulando os degraus com desenfreado entusiasmo. Por alguma estranha razão, essa coisa toda a deixou elétrica.

— Dora, você não vai acreditar. Esse furgão é lindo. E se eu devolver até o meio-dia, eles me dão um Mustang 68 pelo resto do dia.

— Darlene, precisamos nos concentrar no que estamos fazendo.

E então vi a sra. Richter espiando pelas cortinas. Meu senhorio alemão e enxerido e a esposa moravam no fim do corredor e, para eles, o mundo todo era uma novela, o que no meu caso calhou de ser verdade. Ela pôs a cabeça para fora e disse olá, que na verdade significava "diga-me o que está acontecendo". Eu posso jurar que essas pessoas instalaram detectores de movimento. Respondi, indiferente:

— Ah, oi.

E voltei ao apartamento rapidamente. Ouvi o ruído de seus chinelos no corredor.

— O que está acontecendo?

Como não parecia certo que a sra. Richter soubesse da separação antes de Jack, decidi mentir.

— Limpeza de primavera — respondi.

Nada mal para meados de janeiro. Eu sabia que a velha não acreditava em mim, mas ela não saiu novamente.

Darlene estava esperando lá dentro, vasculhando o lugar. Eu estava a ponto de protestar ao vê-la erguer a garrafa de Jack Daniel's e se servir de um copo grande, mas, que se dane, resolvi me juntar a ela.

— Você não deveria deixar todas essas coisas. Você é louca.

— Eu não as quero — respondi. Disso eu tinha certeza.

Darlene se sentou.

— Bem, pelo menos leve o sofá. Você sabe quanto custa um desses?

Ela estava se referindo a um monstro de couro marrom desgastado que sempre odiei. Para alguém tão deliciosamente bonito como Jack, ele realmente não tinha gosto. Todos os móveis tinham tons diferentes, de lama com pintinhas verdes ou douradas. Se eu fosse categorizá-la, eu a chamaria de mobília idiota enfeitada de tachas, mas talvez isso fosse cruel demais.

— Você acredita honestamente que nós duas podemos descer as escadas carregando esse sofá de 130 quilos?

Ela estava inflexível.

— Deixe-me pensar um minuto. E se fossemos até a Westwood Boulevard, pegássemos alguns daqueles peões de obra que ficam na esquina esperando por trabalho e oferecêssemos, talvez, 20 dólares para cada um? Isso resolveria.

— Você não está entendendo, Darlene. Eu não quero o sofá — repeti.

Ela sacudiu a cabeça com descrença. Era um tributo a seu domínio da realidade que ela pensasse que eu era a maluca da história.

— Dora, ninguém deixa coisas como essa para trás.

Passamos os vinte minutos seguintes discutindo o que eu deveria levar, enquanto eu ia ficando cada vez mais nervosa com a possibilidade de Jack aparecer inesperadamente. No fim, ela me convenceu a levar pelo menos alguns dos presentes de casamento mais práticos do meu lado da família, e, de fato, fiquei grata por ter algumas panelas, frigideiras, pratos e talheres para minha próxima casa.

Agindo como se estivesse cometendo um furto, enchemos grandes bolsas Hefty com minhas roupas e caixas e caixas com meus livros, que eu havia guardado meticulosamente desde os 12 anos, incluindo livros didáticos com capas manchadas de água. Eu preciso aprender a viajar com menos bagagem.

Durante muito tempo depois daquilo, eu me senti culpada e livre ao mesmo tempo. Eu não teria que ajudá-lo a estudar para sua licença de corretor, nem fingir achar difícil obtê-la. Eu não teria que baixar o volume da televisão ou ignorar o gosto de maconha misturado com tabaco em seu hálito. Ou me sentir uma idiota toda vez que íamos a uma festa e eu não conseguia pensar em nada para dizer a ele ou seus amigos.

Ele insistia que ninguém jamais me amaria tanto quanto ele, e na época, eu acreditava. Sua namorada foi a desculpa que encontrei para deixá-lo, mas eu sabia que ele ainda estava apaixonado por mim. Depois disso, quando a inevitável dor da separação nos atingiu, nós nos encontramos para tomar um café e ambos acabamos chorando um bocado. Ele foi compreensivo e conformado no início, mas depois veio a surpresa.

— Eu ajudei você a se tornar a mulher linda e autoconfiante que você é hoje, e você me pisou e me deixou comendo poeira.

O tormento

Divido todos os leitores em duas classes:
aqueles que leem para lembrar e aqueles
que leem para esquecer.
William Lyon Phelps (1865-1943)

Pulei para trás de um arbusto quando um Porsche 911 Turbo conversível passou pela entrada da casa em alta velocidade, com um dos melhores amigos de Palmer Hootie ao volante. Deve ser um carro novo. Como se essa lesma algum dia fosse precisar ir de zero a cem em quatro segundos. Seus tacos de golfe estavam dispostos na traseira do carro como as plumas de um galo. Ele provavelmente estava a caminho do Bel Air Country Club para as partidas da tarde. Descendente de uma antiga família sulista, Hootie atualmente passa os dias jogando golfe e as noites assistindo a vídeos dele mesmo jogando golfe. Ele tinha sido bonito, quase aristocrático, mas agora era um beberrão com a cara inchada e um nariz redondo, coberto de veias que lembram aranhas, alguém que conta piadas sem graça com referências sexuais grosseiras.

O que é muito estranho é que Palmer em nada se parece com seus amigos. Ele foi para Yale, e por alguma razão gravitava em torno daqueles caras com três sobrenomes que se formaram na St. Paul ou na Exeter com média 5 e passaram todo o tempo de faculdade completamente bêbados nos mesmos clubes onde seus pais e avôs foram o centro das atenções de amigos e admiradores. E viva o sistema original de cotas nas universidades.

Não que Palmer fosse assim. Ele cresceu no meio da classe trabalhadora de New Jersey, foi para Yale com bolsa integral e tornou-se o primeiro membro da família a se formar na faculdade. Ele é inteligente e ambicioso, o tipo de pessoa que conseguiu ter três empregos ao mesmo tempo e ainda assim se formar quase com média máxima na universidade. Sua família possuía uma velha mercearia, e o Pequeno Joey — como os Palmers o chamavam para diferenciá-lo do pai, o Grande Joey — passava todas as horas em que estava acordado ajudando na loja. Ele ainda acompanha os preços dos itens alimentícios e presta atenção especial ao preço do litro do leite, sentindo que esse é o guia que orienta as flutuações da economia.

Dados todos os óbvios atributos de Palmer, sempre me assombrou como ele ficava impressionado com o dinheiro das famílias tradicionais. Mesmo aqueles palhações, o tipo de gente que agrega carros de luxo e pele ruim, mau hálito e braguilhas meio abertas, eram nobres perante seus olhos por causa de seu nível social, que no passado esteve na moda. Ele ainda é grato pelo fato de que eles o consagraram como "Palmer" na primeira semana de aulas, quando o apresentaram a seu grupo esnobe, e ele continua achando-os interessantes a despeito de seus estilos de vida pretensiosos e ligeiramente depravados. Quando sugeri que essas pessoas eram apenas otários ocupando espaço, ele retrucou que eu era a verdadeira esnobe, não eles.

Palmer adorava tudo o que eu odiava, incluindo festas chiques, intrigas corporativas, contatos profissionais e todo o cenário de Hollywood. Eu odiava, em especial, ter de ir com ele àqueles fins de semana extravagantes da Organização de Jovens Presidentes (OJP). Era uma organização principalmente para a segunda geração de presidentes de companhias que gostavam de se reunir em lugares como Vail ou Tucson para conversar sobre taxa de juros e saldo final dos investimentos. Eles apresentavam seminários tediosos durante o dia e intermináveis coquetéis à noite em salões de recepção escuros localizados nos porões dos hotéis. Esperava-se que as esposas os acompanhassem, estivessem lindas e passassem o tempo participando de atividades idiotas como arranjo de flores à moda asiática, festival de compras nos centros comerciais locais ou passeios guiados por docentes anciãos de museus obscuros.

Eu o acompanhei uma única vez a um fim de semana em Monterrey, mas depois de três dias martirizantes de socialização com mulheres com as quais eu normalmente jamais teria conversado, eu lhe disse para desistir de me levar com ele na próxima vez. A partir de então, ele passou a ir sozinho, mas sempre voltava para casa silencioso, ressentido e cheio de afirmações acusatórias do tipo "eu era o único que não estava com a esposa" ou "você perdeu um grande discurso de Buzz Aldrin sobre hotéis na órbita de Marte".

Mas não era inteiramente culpa de Palmer. Ele estava no mundo e eu ficava em casa, lendo. Não que eu me deixasse abandonar assim o tempo todo, mas tenho que admitir que essa história de porre literário, às vezes, saía do controle. Afinal de contas, eu tinha um bocado de tempo livre. Ele se transformara em um viciado em trabalho e eu estava perdida nessa sobrenaturalidade bem-aventurada e surreal dos livros. Comparada à realidade, era muito mais sedutora.

Fazendo um retrospecto, vejo que cometi um erro ao não voltar ao trabalho. Depois que meu pai morreu, pensei em tirar um curto período sabático. Mas como ele se transformou em cinco anos? Eu simplesmente não conseguia me recompor. E Palmer ficou feliz em ter-me só para ele. Eu devia ter-me lembrado de como minha mãe era entediada e infeliz por ser somente a esposa corporativa. Mas agora não sou nem mesmo a esposa corporativa. Sou apenas uma daquelas mulheres de trinta e tantos anos que vagam por Los Angeles, correndo pela estrada sem ter aonde ir.

Fui despertada de meu devaneio por Steve, o patrulheiro do bairro de Bel Air. Ele bateu na janela e olhou para dentro do carro.

— Olá, Dora. E aí?

Estava sendo amistoso, mas claramente queria saber que diabos eu estava fazendo ali. Fiquei enjoada de repente ao pensar na possibilidade de ele talvez ligar para Palmer. Eles teriam uma ordem de restrição contra mim? Não era possível. Eu nunca dei sinais de ser agressiva ou ameaçadora que justificassem tais medidas. Tudo bem, *é* estranho que eu esteja esperando em frente ao portão de Palmer.

Nem eu mesma sabia por que estava ali. Olhei para Steve com o meu olhar "mas-é-claro-que-é-absolutamente-normal" e disse:

— Só vim pegar umas coisas. — Mas é claro, é por isso que eu estava escondida atrás dos arbustos. — Mas acho que não tem ninguém em casa. Vou tentar mais tarde.

Ele não acredita em mim nem por um segundo. Que humilhação. E eu me lembro de como eu costumava reclamar com ele sobre todos os turistas que passavam por nossas ruas e, Deus me livre, se alguém estacionasse em frente ao meu portão para tentar vislumbrar a atriz que morava na casa ao lado. Eu ligava para Steve toda agitada e o fazia vir imediatamente convencer o cara a ir embora.

Dei partida no carro e tentei sair do local do estacionamento onde eu me havia espremido. Não foi fácil. Eu nunca fui boa em fazer baliza. Acho que, se você não cresceu em Los Angeles, você nunca conseguirá pegar o jeito da coisa. Finalmente consegui manobrar e sair. Se um carro pudesse meter o rabo entre as pernas, é o que faria o meu outrora orgulhoso carro enquanto eu voltava lentamente para casa.

A terra desolada

Leio muito à noite, e viajo
para o sul durante o inverno.
T.S. Eliot (1888-1965), *A terra desolada*,
"O enterro dos mortos"

Parei na entrada do meu prédio e um dos quatro manobristas uniformizados pegou meu carro. Os anúncios dos apartamentos aqui descrevem-no como o único residencial mensal de alto luxo com vista para o mar. Eles dizem que é comparável aos mais elegantes hotéis cinco estrelas, mas digo que é moradia assistida para os deficientes sociais. Certamente, é um dos primeiros lugares em que as pessoas do oeste de Los Angeles pensam quando se divorciam e não conseguem imaginar para onde ir durante aquele confuso meio-tempo. Eu me mudei para cá há um ano, decorei com tudo da Ikea (exceto pela minha cama de ferro, uma antiguidade) e não tive energia ou motivação para procurar um alojamento mais adequado.

Era para ser temporário, como férias curtas, mas de alguma forma a inércia tomou conta de mim, isso sem mencionar o fato de ter sido seduzida pelo embaraçoso número de facilidades. Eles cuidam de tudo que odeio fazer, inclusive pegar roupa na lavanderia, carregar verduras e me reconectar à internet quando meu computador trava. Há até mesmo uma recepcionista que faz reservas para o jantar e organiza uma viagem. Então, cá estou em um lugar que me irrita toda vez que paro na suntuosa entrada circular e caminho pela entrada de mármore. Ah, bem, talvez só mais alguns meses.

Victor, o porteiro, cumprimentou-me.

— E aí, Dora, como vai? Sua irmã está lá em cima.

Meu primeiro pensamento foi "Ai, Deus, não estou com energia para isso agora". Minha irmã, Virginia, dá as caras sempre que a filhinha dela, Camille, está deixando-a louca, o que parece acontecer a cada dois minutos ultimamente. Virginia é três anos mais velha que eu, e enfrentou anos de tratamentos contra infertilidade para ter esse bebê. Agora tem problemas para dormir (como se eu não tivesse também), e tem jogado o bebê no carro, dirigido um pouco e parado na minha casa.

Ao passar pela porta, a enorme quantidade de parafernália que minha irmã carrega consigo para cá e para lá encontrava-se espalhada pela sala de estar, e o telefone estava tocando. Minha irmã o ignorava enquanto tentava acalmar a exausta criança que gritava. Ela parece ainda mais descabelada que de costume, e há uma grande mancha no meio de sua camiseta frouxa. Virginia e eu somos tão diferentes em termos de aparência que as pessoas sempre reagem com desconfiança quando dizemos que somos irmãs. Ela tem 1,60 metro, pele cor de oliva e olhos escuros e curiosos. Quando ela sorri, você pode ver que um dos seus dentes incisivos ainda está ligeiramente lascado, resultado do acidente na ponte anos atrás. Você pensaria que ela deveria ter pelo menos mandado fazer uma coroa para o dente, mas ela sempre fez questão de dizer que a aparência não é importante.

Deixou os cabelos ficarem grisalhos, e quando eu digo que ela parece ser dez anos mais velha que eu por causa disso, ela argumenta que suas amigas acham que o cabelo dela tem um lindo tom de prata. Não se deve nunca confiar no que as amigas dizem em casos como esse. Elas tendem a tentar fazer com que você se sinta bem. Você deveria sempre confiar nas irmãs, que lhe dizem a verdade, não importa quão mal isso faça você se sentir. Depois, há a questão do peso dela. Eu não diria que é gorda, mas ela veste 42, o que nesta parte da cidade é considerado politicamente incorreto, no mesmo nível de fumar, beber e comer sobremesas. Não ajuda o fato de os tamanhos nas lojas de Beverly Hills começarem em 32 e irem até o 38. Devo dizer que, quando viajo, fico impressionada com como as pessoas são mais pesadas. O que parece normal em Los Angeles é anoréxico em qualquer outro lugar.

Minha irmã evita o problema das compras atendo-se aos blusões de moletom decorados com decalques de animais, brilhos ou strass. Eu não faço mais comentários sobre seu guarda-roupa. Aprendi que é mais fácil simplesmente calar minha boca sobre o assunto.

Os gritos do bebê estavam chegando ao volume máximo, e o telefone ainda estava tocando. Eu peguei a criança no colo e fui até a varanda para que nós duas pudéssemos olhar o oceano. Camille soltou uma série de suspiros fracos em *staccato* e se enroscou em mim. Pude sentir todo o corpinho dela relaxando.

Em meio a todo esse caos, Virginia atendeu o telefone. Era minha mãe. A escolha do momento não poderia ter sido mais perfeita. Por que não podemos ser como as famílias normais e nunca falar umas com as outras?

— Oi, mãe. Espere um minuto. Vou passar para Dora. — Pude ouvir a voz forte e ríspida de minha mãe ainda falando quando Virginia me deu o telefone e pegou Camille. Mamãe, obviamente, estava aborrecida.

— Quem é? Dora? Onde está Virginia? Estou atrapalhando?

— Não, mãe. Não tem problema — menti. — O que aconteceu?

— Bem, a resposta é "porco assado". É o assunto de um dos ensaios mais famosos de Charles Lamb. Cabe?

Por um momento eu não fiz ideia do que ela estava falando, mas depois lembrei que vinha me debatendo com aquelas palavras cruzadas por duas noites e finalmente não aguentava mais. Geralmente ligo para Virginia quando tenho vontade de trapacear, porque ela costumava fazer as palavras cruzadas de domingo do *The New York Times* em cerca de uma hora e depois me contar exultante como havia sido fácil. Mas ultimamente, com Camille, ela anda tão esgotada que é uma perda de tempo. Então liguei para minha mãe, que não tem o diploma de Virginia de pós-graduação nos clássicos, mas é a leitora mais ávida de clássicos básicos bolorentos que eu conheço e às vezes tem uma resposta.

— Nossa, mãe, que ótimo. Eu sabia que você saberia a resposta, você... — O bebê estava uivando tanto nesse momento que eu não conseguia ouvir nem o que eu mesma dizia. — Eu ligo para você mais tarde, está bem?

— Veja, sua irmã não sabe como lidar essa criança. Quando vocês, meninas, eram bebês...

— Mamãe, preciso ir, está bem? Eu ligo para você mais tarde.

Virginia colocou Camille em seu bercinho portátil em meu quarto e fechou a porta. Olhei para ela incrédula.

— O que você está fazendo?

— Bem, ela não dormiu nem um segundo hoje e está tão esgotada que não aguento isso. Dr. Friedman disse que tenho que segurar as pontas e deixá-la chorar, ou ela jamais dormirá na hora certa e Andy e eu ficaremos andando como zumbis pelo resto de nossa vida.

— Não que eu seja especialista, mas o dr. Friedman não está aqui ouvindo esses gritos e se talvez você só a pegasse no colo e a ninasse, ela adormecesse. Eu não aguento quando ela chora.

Nós nos entreolhamos e voltamos correndo para o quarto.

Sempre termina assim quando Virginia vem me visitar. Eu lhe digo minha opinião, o que dá a ela permissão para fazer o que quiser, que é confortar o bebê. Tudo parece tão simples. Mas depois eu não estou lá às duas da manhã. Virginia ninou Camille, que no final apagou, e nós imediatamente atacamos o vinho branco e o queijo. Foi a essa altura que Virginia disse algo bonitinho sobre seu marido, Andy, doutor em psicologia e especialista em envelhecimento (que depressivo), que trata a esposa com respeito eterno (é ela que tem o fundo fiduciário). É um daqueles casamentos onde há somente os dois, e, é claro, agora Camille. Ela abandonou seu emprego de professora de latim em um colégio interno para se mudar para cá com ele, e eles têm sido felizes no casamento na maior parte de minha vida adulta, algo que nem minha mãe ou eu jamais conseguimos.

Às vezes, quando estamos sentadas juntas assim, o bebê dormindo, as nuvens da tarde se aproximando, tenho lampejos de nossas vidas tumultuadas de quando éramos crianças. Mamãe estava sempre se recuperando de sua hora do coquetel, que envolvia dois martinis e começava às três da tarde, terminando várias horas depois do jantar, o qual ela pulava com frequência, e papai entrava e saía de nossas vidas em uma série de longas separações.

Ainda tenho sonhos com ele que fazem com que Ginny e eu possamos dar boas risadas. Ele era abduzido por alienígenas malvados, como aconteceu ao pai de Meg em *Uma dobra no tempo*, sequestrado por terroristas, levado contra sua vontade, forçado a nos abandonar, mas, diferentemente de Ulisses, ele nunca desafiou as Parcas para voltar para casa.

Enquanto eu crescia, meu pai era exigente e intimidante, mas essas características eram suavizadas por um irresistível carisma. Durante os jantares festivos, ele dominava as conversas e encantava todas as mulheres — ele sempre era o astro. Minha mãe tolerava sua aura celestial, mas muitas vezes o descrevia citando a frase de Alice Roosevelt Longworth sobre seu pai, Teddy: "Ele queria ser o corpo em todos os funerais, a noiva em todos os casamentos e o bebê em todos os batizados."

Meu pai era tudo o que minha mãe não era — talvez esse fosse o elemento de atração. E ele amava se divertir. Ela desaprovava os circos, o zoológico, parques de diversão e até mesmo o Natal. E ele saboreava todas essas coisas. Então ela ficava em casa enquanto nós pulávamos para dentro de seu Seville e voltávamos para casa muitas horas depois, o carro emporcalhado com palitos de algodão-doce, biscoitos Cracker Jacks, balões de borracha murchos e os restos do lanche, seja lá o que houvéssemos comido.

Mas esses dias idílicos eram raros. Quando ele morava conosco, ficava no escritório ou viajava para algum país exótico, perseguindo o último lançamento em chenile ou tapetes ornamentais Aubusson, que ele produzia em centenas de teares em todo o mundo. Sendo o dono de uma tecelagem, ele era um magnata que venceu na vida por esforço próprio — ausente seis dias por semana e dormindo no sofá no sétimo, embalado pelo zumbido dos jogos dos Phillies. Sua fortuna aumentava e diminuía ao sabor dos preços das mercadorias, mas ele conseguiu deixar para cada uma de nós um fundo fiduciário, do qual Virginia me diz que, nesse ritmo que estou indo, tenho talvez mais cinco anos para usufruir.

Naqueles dias, o jantar era algo que a governanta colocava no forno às três da tarde e nós tirávamos de lá quando meu pai chegasse em casa do trabalho, seja lá qual fosse o horário. Durante as refeições, ele compensava as ausências de minha mãe com jogos de perguntas e "Fatos do Mundo". Minha brilhante irmã sempre se sobressaía na categoria atualidades. Ela devorava todos os jornais em que punha as mãos e, antes que eu pudesse pensar em responder, ela sorria e segredava a resposta. Mas quando o assunto era literatura, eu era a mestra. Uma noite, eu lembro que ele nos pediu para citar algo de um clássico das sagas familiares. Ele esperava algo tirado de *A família Robinson* ou *Mulherzinhas*, mas a primeira coisa que me surgiu na cabeça foi a resposta de Lady Bracknell ao ouvir que Jack havia perdido os pais. "Perder um dos pais, sr. Worthing, pode ser considerado infortúnio; perder ambos parece descuido."* Era uma competição de qualidades, mas nós duas nos deliciávamos com seu senso de orgulho e sua atenção integral.

Muito tempo depois que os pratos estavam limpos, mamãe descia as escadas flutuando, dando-me um sorriso adorável e remexendo nas prateleiras em busca de uma lata de sopa Campbell ou de feijão. Houve períodos, entretanto, em que ela estava gloriosa.

---

* Oscar Wilde, *A importância de ser prudente.*

Mamãe tinha um longo nariz aristocrático e cabelos escuros, ondulados, brilhantes, puxados para trás com pentes e grampos de casco de tartaruga cravejados de diamantes. Quando estávamos na escola, ela anunciava sua própria agenda de férias e nós nos revezávamos nas faltas às aulas. Íamos ao centro visitar o Philadelphia Museum of Art ou a um concerto com Eugene Ormandy e a Philadelphia Orchestra e depois ao Crystal Tea Room na loja de departamentos Wanamaker's, onde saboreávamos sanduíches de pepino com pão sem cascas e pudim de arroz. Nesses dias, éramos seus animaizinhos de estimação, e ela nos comprava fitas, prendedores de cabelo ou um novo par de sapatos.

Nos fins de semana, íamos à biblioteca, onde eu perambulava entediada e inquieta enquanto minha mãe afundava em um cubículo e ficava acocorada durante o que pareciam várias horas. Ela era uma leitora magistral e isso, junto com o gim, era a coisa mais importante de sua vida. Era de soberana importância para ela que eu também lesse, e muitas vezes ela me dizia: "Não importa o que aconteça a você, Dora, você pode sempre escolher um livro", da maneira que eu imaginava que outras mães confortavam suas filhas com palavras de carinho. Ou no mínimo, as aconselhavam a sair do sofá e fazer alguma coisa.

A propósito, não foi por acaso que minha mãe me batizou de Dora. Eu não conto para muitas pessoas, mas Dora é a forma curta de Eudora Welty, um dos ídolos de minha mãe. Isso tudo soa tão... pedante, mas na época, minha mãe se identificava com o apetite literário de Welty e costumava me contar com orgulho que ela e Welty tinham o mesmo conhecimento literário, de Chaucer e Virgílio a Yeats, Matthew Arnold e Virginia Woolf (adivinhe quem foi batizada em homenagem a ela). Acho que ela também admirava a imagem pública intensamente privada de Welty e secretamente invejava o fato de que ela era uma mulher independente e excêntrica que se regozijava nos livros e em seu jardim de camélias e era muito feliz em viver sozinha.

Alguns biógrafos alegam que a mãe de Welty era tão obcecada por livros que ela uma vez correu para uma casa em chamas não para resgatar as crianças, mas para salvar um conjunto de valiosos volumes de Dickens. Não acho que minha mãe chegasse a esse extremo, mas ela certamente admirava a simplicidade de tudo isso. De qualquer maneira, diziam que Welty era franca e cavalheiresca, e é assim que minha mãe normalmente é compreendida.

Depois que meu pai se foi para sempre, minha mãe parou de fazer as coisas e a porta do quarto passou a ficar trancada por períodos cada vez mais prolongados. Nunca soubemos com certeza se ela estava lendo, recuperando-se, dormindo ou bebendo. Durante esses episódios, Virginia era quem cuidava de tudo: fazer compras, cozinhar, arrumar; enquanto eu imitava o retiro de minha mãe para o único porto seguro que eu conhecia, os livros.

Ficamos ainda mais próximas desde que ela se mudou para Los Angeles. Olhei para ela sentada em minha cadeira de balanço de vime branco. O sol já estava quase se estatelando no oceano, minha hora favorita. Ela sorriu para mim.

— Obrigada pelo resgate. É tão calmo aqui, odeio ir embora. Além disso, assim que eu passar por aquela porta, Andy vai ficar me perturbando para digitar o discurso dele sobre o Mal de Alzheimer. Que saco.

Esse é o meu assunto favorito e aproveitei a deixa.

— Por que ele não contrata alguém? Ele pode pagar. Por que os maridos pegam suas esposas inteligentes e as transformam em secretárias?

Virgina riu.

— A esposa de Tolstoi copiou *Guerra e paz* à mão três vezes.

— Sem querer ofender, Virginia, mas Andy não é Tolstoi.

— Ah, está bem, Dora. O que posso dizer? Você quer ir jantar lá com a gente? Andy provavelmente está em casa se perguntando de que ponte eu despenquei. (Nós nos entreolhamos com cumplicidade — e caímos na gargalhada.)

— Não posso — menti. — Vou encontrar alguns amigos.

— Quem?

— Apenas alguns amigos do trabalho.

— Eu conheço um cara legal. Amigo do Andy.

Como se isso fosse alguma vantagem.

— Não, obrigada.

— Sabe, Dora, Los Angeles não é como Nova York. Você tem de se esforçar aqui. Você não pode simplesmente entrar em um bar e começar a conversar com o vizinho. Não é esse tipo de cidade.

— E daí? Você quer que eu me inscreva em algum serviço de encontros? Quer que vá para a internet? Prefiro dar um tiro na cabeça. De qualquer maneira, não estou procurando — (com exceção da livraria, mas não há necessidade de mencionar isso aqui). — Estou bem.

Soei na defensiva até mesmo para mim.

— Você está se transformando em uma ermitã. Até o Andy diz isso.

— Foda-se o Andy. Vá para casa. Você está atrasada.

A boca de Virginia se encrespou em uma carranca petulante e zombeteira ao se inclinar para me dar um beijo de despedida.

— Está bem, Dora, mas você realmente deveria conhecer esse amigo. Ele é legal e gosta de ler.

— Grande coisa. Não. Eu te amo. Tchau.

Virginia reuniu todas as suas coisas, pegou gentilmente Camille, que dormia um sono profundo, e foi embora.

Eu queria que as pessoas parassem de querer consertar a minha vida. Nunca dá certo, e o clima sempre acaba ficando tenso. A partir do momento em que dizemos "Olá" e eu começo a ouvir a história da vida do cara, fico esperando por uma chance para fugir. Voltei a pensar em minha conversa com Fred na livraria. Ele é um flerte, não há dúvida quanto a isso. Não é exatamente o meu tipo. Se eu o visse na rua, muito provavelmente passaria por ele sem olhar. Ainda assim, estou me sentindo definitivamente atraída por ele. Aposto que neste exato momento ele está transando com alguma dona de casa de

Brentwood em sua mansão estilo Tudor enquanto seu marido, o dermatologista, está na Semana dos Homens no Golden Door. Qual é o problema comigo? Conversamos por três minutos. Ele é provavelmente um daqueles caras mal-humorados, anormais, que criticam tudo e sequer gostam do som das ondas do mar.

Liguei meu rádio bobo de liquidação de garagem e peguei meu mais recente volume. Sempre me sinto melhor comigo mesma quando estou absorta em um bom livro. Nessa hora não preciso me preocupar por estar no limbo, morando em um lugar que não é realmente a minha casa, passando meus dias pairando de uma coisa a outra. Amanhã será um grande dia. Vou a uma entrevista de emprego para uma vaga de redatora em meu velho jornal. Vou tentar não pensar nisso.

Então são três da manhã e esta noite, como tantas outras, estou bem acordada. Olho pela janela. O mundo está escuro e deserto. Todas as pessoas normais e bem-ajustadas estão dormindo. Insônia. Por que sinto que sou a única que sofre dessa angústia? Desisto. Acender a luz e abrir meu livro novamente é geralmente a única alternativa para essa penúria. Embora Dorothy Parker definitivamente discordasse. De acordo com sua filosofia, toda a instituição da leitura era responsável por suas noites de insônia. Ela brincou que todas as grandes mentes vinham praticando a "antileitura" há anos.* Ela disse ainda: "Eu queria nunca ter aprendido a ler... daí eu nunca estaria, a essa hora, falando de escritores franceses."*

Aquilo deixou a pergunta, o que fazer, se não ler, antes de dormir, para pegar no sono? Contar carneiros não serve. Dorothy Parker odiava carneiros. "Eu posso dizer exatamente quando um carneiro penetra o quarto. Eles não podem mesmo achar que eu vou ficar ali, deitada, contando seus rostinhos desagradáveis."*

Posso listar coisas que preciso fazer. Não, isso só me deixaria mais preocupada. Posso me levantar e preparar um copo de leite morno.

---

* Do conto "The Little Hours", *The Portable Dorothy Parker*, Penguin Books.

Posso organizar meu armário. Ou minha mesa. Posso ligar para o autoatendimento do banco e checar meu extrato bancário. Não, esse é outro exercício muito estressante.

As pessoas não compreendem quão sério é esse problema. Houve um caso no Valley, no ano passado, em que um homem com insônia ia até a garagem de sua casa no meio da madrugada e ligava sua serra elétrica. Seus trabalhos com madeira eram a única coisa que lhe davam consolo. E os vizinhos estavam processando o homem. Essa história não me ajuda.

Pego um livro em minha mesinha de cabeceira, um que minha irmã me deu umas semanas atrás. *Como Proust pode mudar sua vida*, de Alain de Botton. Diz no livro que é um "manual de autoajuda para pessoas inteligentes". Eu gostaria de uma ajuda agora.

Entrevista com Miss Piggy

O melhor efeito de qualquer livro é que ele anima o leitor a realizar atividades para si.
Thomas Carlyle (1795-1881)

Vestir-se é uma tarefa mais difícil do que eu imaginava. Que sufoco. Todas aquelas coisas que eu costumava subestimar, como colocar uma roupa qualquer e sair pela porta sem me preocupar com minha aparência, são extremamente difíceis neste momento. Além disso, já faz algum tempo que não visto "roupas de trabalho", seja lá o que isso signifique. Eu já vesti e me despi de alguns terninhos Gucci, pensando serem muito ousados, um traje Banana Republic, muito perua, e uma suéter e uma saia com pregas que me deram aquele aspecto de "tentando parecer mais nova". No fim de tudo, estou suando, exausta, atrasada e extremamente desencorajada. Finalmente, me decidi por um simples terno preto comprado três anos atrás na Bloomingdale's para o enterro da mãe de meu cunhado, que morreu de demência e todos disseram que foi uma bênção. Ok, estou pronta. Odeio a forma como estou vestida. Medíocre.

Entrei no carro e dirigi rumo ao centro da cidade. Mais uma coisa: eu não dirijo em nenhuma via expressa. Isso não é algo que eu admita, salvo para os amigos mais próximos, porque, nesta cidade, não dirigir na via expressa é como sofrer de uma doença degenerativa, ou ser bipolar.

Logo que me mudei para cá, a confusa rede de concreto e aço era bastante desencorajadora, para dizer o mínimo. Para qualquer um, é uma visão do inferno automotivo, incluindo as sirenes berrantes e os ruídos estrondosos que invadem sua consciência enquanto você enfrenta as intempéries, amarrada a seu assento. Como um piloto de caça. Definitivamente, dirigir nesta cidade não é uma tarefa para os corações fracos. Quando você inclui fatores como a fúria do trânsito e todas as pessoas estranhas e irritadas beirando a insanidade, tudo fica ainda mais assustador. Ainda assim, sempre conseguia subir e descer as pistas de acesso como qualquer motorista dirigindo pela estrada 101 ou pela 10, e respeitar com obediência o trânsito intenso que me oprimia.

Então, numa noite qualquer, perdi as estribeiras. Eu estava indo entrevistar um calouro de 17 anos que havia vendido um roteiro por 1 milhão de dólares quando meu carro enguiçou na pista de alta velocidade da via expressa de Santa Monica. Estava extremamente escuro, impossível enxergar qualquer coisa além dos borrões desfocados de fumaça que saíam do meu carro. Carretas desviavam quase em cima de mim espremendo suas buzinas. E eu me lembro de rezar pedindo para despertar daquele pesadelo e para que o pânico avassalador se dissipasse. Eu tremia e pingava suor enquanto continuava virando a chave, ouvindo apenas um ruído fraco, e então silêncio como resposta. Assim que um caminhão parou atrás de mim e saltou do carro (talvez um bom samaritano, talvez um irmão de Ted Bundy), virei mais uma vez a chave e o carro pegou, como por milagre. Eu ainda tive bateria para andar a oito quilômetros por hora por mais quatro vias engarrafadas, até a primeira saída. Parei num posto de gasolina no meio de Watts, em que um atendente coreano imperturbável me chamou um táxi e esperou comigo até que ele chegasse.

Você se lembra daquele velho ditado "quando se cai do cavalo, o melhor é voltar a subir"? Bem, eu não subi. Continuei evitando a via expressa e, agora, sempre que considero pegá-la, minhas mãos começam a suar, minha visão fica turva e sinto como se fosse hiperventilar, então vou para casa e tomo uma taça de vinho. Eu ouvi falar de uma terapeuta que trata de distúrbios relacionados a vias expressas, mas tive medo de ir e acabar desenterrando muitas outras coisas, portanto nunca fui vê-la. Fico, então, em uma cidade em que não há transporte público, restrita às áreas de Los Angeles servidas pela Sepulveda e pela Olympic. Cheguei no prédio do *Times* depois de uma hora e meia — uma viagem que poderia ter levado trinta minutos.

Voltar a um lugar em que um dia trabalhei me deixou um tanto desorientada. Meu primeiro instinto foi parar na mesma vaga de antes, mas em vez disso precisei de um tíquete que tinha de ser validado, e estacionei na área de visitantes. Tentando me comportar como se pertencesse àquele lugar, perguntei ao segurança de plantão onde estava o Al, o gentil guarda de óculos para quem eu costumava trazer *lattes* da cafeteria da esquina, que não existe mais. Ele me diz simplesmente que Al se aposentou há quatro anos.

— Sua bolsa, por favor, senhora.

A redação continuava igual, graças a Deus, com filas e filas de cubículos com repórteres, computadores e quadros de avisos cobertos de quadrinhos, *slogans* irreverentes, tarefas do dia e fotos bizarras de cachorros violentos, ex-atrizes assustadoras e cenas de crimes sangrentas. Os mesmos repórteres de trinta e poucos anos e cabelos oleosos curvados sobre seus telefones e laptops, ignorando tudo a sua volta e martelando no teclado uma ou outra história. Ninguém olha para cima quando alguém passa pelos corredores. Ninguém registra reação alguma. E era assim que eu costumava ser, completamente absorvida na tarefa em que estivesse trabalhando, as mandíbulas travadas de tanta concentração. Imagino se ainda sou capaz de fazer isso. Aproximei-me da sala da editora-assistente e bati na porta. Deus, como ela era jovem. Não podia ter mais de 25 anos, e parecia levemente distraída. A única coisa que redimia sua figura era o fato de ela ser gorda. Ela me cumprimentou como quem cumprimentava um pretendente ruim em um encontro às cegas, esforçando-se para ser educada mas tentando fazer a conversa ser a mais breve possível. Entreguei a ela meu currículo. Ela mal olhou para o papel.

O tamanho do escritório dela era muito bom, mas o ar era abafado e as janelas estavam completamente fechadas. Havia um pedaço meio comido de folhado em cima de um guardanapo sujo perto do telefone, alguns copos de café, com marcas de batom na borda, e edições lidas do *The New York Times* e do *Wall Street Journal* jogadas em uma pilha no chão. Bem, ela era uma editora.

Sempre fico impressionada quando as pessoas descrevem este trabalho como algo glamoroso. Não é. É um trabalho de escritório. Você come, fala no telefone, lê, toma decisões. Raramente conhece pessoas que não sejam editores ou repórteres. E nem acontece de você ir a eventos divertidos. Existem recompensas, naturalmente, mas elas são quase sempre internas e abstratas. Como acontece em todo tipo de arte, imagino. Além disso, o ritmo é acelerado — uma luta constante para se manter atualizado em relação a tudo e o tempo todo, o que pode deixar você maluco, se você permitir. Acho que é por isso que essa mulher está aqui. Ela tem um ar totalmente profissional e, rapaz, como ela é mal-humorada.

Ela me olhou com ceticismo e fechou a cara.

— Certo, você trabalhou aqui. Quando? Sete anos atrás? — O flagelo da irrelevância se aderiu a mim como flocos de caspa.

— Bem, quase isso. — Mas poderiam ter sido vinte. Ela queria mais informações, mas o que eu devia dizer? Devia contar a verdade? Dizer que o *Times* era o emprego dos meus sonhos. Que tive uma maré de sorte tremenda — algumas boas histórias que chamaram a atenção, uma das quais culminou com a renúncia de algumas figuras-chave da prefeitura. Que o editor-chefe me ligou e me ofereceu um excelente emprego. Que me senti privilegiada, parte da elite. E que, quando meu pai ficou doente, larguei tudo de uma hora para outra e não consegui mais voltar.

Minha mãe não foi capaz de tomar conta dele. Até mesmo trocar as roupas dele ou lembrar-se da hora dos remédios era difícil demais. Ela desaparecia por horas e, ao voltar, parecia meio avoada, toda embrulhada em caxemira, com as bochechas vermelhas por causa do frio e da bebida. Ela então tentava conversar, perguntava alguma coisa sobre a saúde dele, depois pegava no sono no sofá da sala, as luzes acesas, seus óculos de leitura no meio do nariz e um livro pousado precariamente em seu colo.

Minha irmã se casara havia pouco tempo, e Andy acabara de aceitar um cargo na Universidade da Califórnia. Meu pai jamais teria pedido que Virginia deixasse seu marido para tomar conta dele. Mas eu era solteira, meu emprego era dispensável e ele não protestou quando eu lhe disse que iria me mudar para sua casa a fim de ajudá-lo. De qualquer forma, eu queria estar com ele. Palmer foi muito compreensivo. Não estávamos namorando por tanto tempo assim.

Eu levava meu pai de carro para o escritório todos os dias até que ele ficou doente demais para continuar. Então eu cuidei dele até o fim. Ele nunca me perguntou sobre meu emprego ou se eu sentia falta de trabalhar, e nunca mencionei o assunto.

Depois que ele morreu, meses mais tarde, quando minha irmã e eu estávamos limpando sua antiga escrivaninha de mogno, encontrei uma pasta azul com a etiqueta "Dora". Ela estava recheada com todos os artigos que eu já havia escrito, cuidadosamente recortados e com as datas escritas com tinta azul na margem de cima. Até onde eu sabia, ele sequer tinha assinatura do *Times*. Ele deve ter comprado os jornais na banca perto do escritório, que vendia jornais e revistas de fora do estado.

Quando fecho os olhos, ainda posso vê-lo em seu apogeu, entrando ruidosamente na sala de estar, chegando do escritório, vestido com seu terno escuro de risca de giz a despeito do calor de setembro, deleitando-nos com suas aventuras no comércio dos tecidos, fazendo com que a complexidade de seus negócios soasse tão intrigante quanto a segurança nacional. E então eu o vejo frágil, sorrindo para mim com suavidade enquanto eu o ajudava a entrar no prédio em que ficava seu escritório. Sinto as lágrimas brotando dentro de mim e o quero de volta, robusto, bonito, olhando para mim com esperança, aguardando minhas respostas.

— Então, as razões que a fizeram sair?

Olhei para essa garota que estava remexendo impacientemente nos papéis sobre a mesa, borrifando os óculos com fluido de limpeza de lentes Optimetrix e enxugando-os com um lencinho. Seu celular tocou e ela ergueu o dedo tipo "isso só levará um minuto" e engrenou numa conversa de cinco minutos enquanto eu ficava lá sentada, imóvel, olhando para ela. Desligou.

— Desculpe, o que você estava dizendo?

— Tive algumas oportunidades na Filadélfia, então eu me mudei para lá por um ano — respondi.

Agora ela começou a limpar o teclado meticulosamente com um pequeno pincel. Que grosseria. Não seria ótimo se algum funcionário descontente invadisse a sala com uma arma e estourasse a cabeça dela? Bum! Que visão satisfatória. A única pessoa que ficaria desapontada seria sua irmã gêmea, a corcunda.

E quando ela perguntou o que eu vinha fazendo desde então, um fio de suor se acumulou sobre meu lábio superior. O que *venho* fazendo durante os últimos cinco anos, eis uma boa pergunta. Eu havia ensaiado o que pensei ser uma resposta razoável, mas que agora soa capenga e antiprofissional, nada que uma bambambã de 25 anos pudesse entender. Dizer a ela que me casei foi meu primeiro erro, a persistente banalidade de se tornar apenas mais uma dona de casa em um casamento enfadonho. Daí por diante foi ladeira abaixo. Foi tudo só bla-bla-blá, eu fiz trabalho voluntário, bla-bla-blá, eu montei o escritório do meu marido, bla-bla-blá, e quanto eu estava prestes a entrar no assunto de o que me tornou uma repórter tão boa, ela olhou para o relógio e disse:

— Bem, eu entro em contato com você em breve.

Tive vontade de sair em disparada, mas me controlei, agindo como se houvesse sido uma reunião agradável, e tomei o caminho do elevador. O que poderia fazer com que ela quisesse me contratar? Alguma coisa? Tudo bem, sejamos justos a respeito do assunto. Eu ferrei tudo. Eu deveria ter dito a ela logo de cara sobre meus prêmios jornalísticos. Eu deveria ter oferecido meus serviços como *freelance*, deveria ter contado a ela sobre os ângulos mais interessantes que dei para algumas notícias banais. Que o meu forte era encontrar um ponto de vista incomum e dar seguimento a ele. Os editores com quem já trabalhei gostavam disso. Ela poderia ter gostado disso também, se eu tivesse me dado ao trabalho de lhe contar. O que não fiz. Fiquei nervosa e me estendi demais em assuntos idiotas, nos quais ela claramente não tinha interesse. Esse episódio só confirma a minha teoria de que as coisas normalmente ficam ainda piores do que você espera que fiquem.

Decidi ver se minha velha amiga Brooke ainda estava trabalhando na seção Estilo. Ela era editora-assistente quando saí e, embora tenhamos perdido contato, sei que ela ficará feliz em me ver.

A seção de Estilo tinha um ar completamente diferente do andar inferior. Ainda estavam lá os cubículos e a energia concentrada, mas havia estantes de metal com amostras dos estilistas bloqueando as passagens, caixas de sapatos e bolsas empilhadas ao longo dos corredores, ampliações de fotos de moda pomposamente estéticas em preto e branco cobrindo as paredes. Encontrei Brooke ao telefone discutindo com um editor. Ela estava começando a ficar com aquela aparência arrasada de quem está trabalhando demais, e que toma conta de você aos poucos se não tomar cuidado. Ela bateu o fone na base.

— Que babaca! — murmurou. Então ela me viu e sorriu. — Ei! O que você está fazendo aqui, garota? Meu Deus, você está tão elegante. Como vai você? Vamos lá fora fumar um cigarro.

Fomos aos fundos do prédio e Brooke acendeu um cigarro. Eu havia esquecido que ela fumava. Há anos que eu não tenho contato com gente que fuma. No oeste de Los Angeles, você é considerado um pária se for fumante. As pessoas olham para você como se você as estivesse matando e há essa reação hostil imediata, semelhante à raiva dos motoristas no trânsito. Mas, como a maioria das pessoas com menos de 30, Brooke ignora tudo isso, e eu me sento ali, inalando sua fumaça enquanto conto minha história.

— Estou tentando, talvez, voltar a trabalhar porque estou separada e um pouco à toa, mas não muito.

— Meu Deus, Dora, sinto muito por tudo isso, mas por que você iria querer voltar para cá? — ela disse isso em uma óbvia referência àquele telefonema. — Honestamente, sei que isso soa estranho, mas acho que estou ficando mais e mais antissocial a cada ano. Estou até mesmo começando a temer entrevistar pessoas sobre seus problemas — confessou, acrescentando que passa seus fins de semana meditando com um iogue e mantendo-se longe de multidões. — Percebi um dia desses que não me importava nem um pouco com o que as fontes têm para me dizer sobre essas histórias, e quando elas me ligam de volta para aperfeiçoar ou me dar mais citações acho tudo tão irritante... Bem horrível para alguém que está no ramo das notícias, não?

Eu me senti muito melhor conversando com ela. O velho axioma "a desgraça gosta de companhia", mas ainda sei que, em meu coração, eu trocaria de lugar com ela em um minuto.

Ela percebeu que fiquei desencorajada.

— Ouça, Dora, se você realmente quer voltar, posso conversar com Eddie, que ainda tem um bocado de influência por aqui, e sei que ele sempre gostou de você. Na verdade, por que você não foi vê-lo?

Contei a ela que o escritório dele me mandou para essa editora do caderno regional que não via a hora de se livrar de mim.

— Você está falando da Miss Piggy? Todo mundo a odeia. Ela é tão grosseira! Não se preocupe com isso. Talvez seja o ar do escritório dela. É sufocante. Você ainda tem uma cópia do seu currículo? Vou dar alguns telefonemas, está bem?

Ao ir embora, lembrei-me de como eu costumava sentir um misto de pena e desdém quando redatores mais velhos tentavam retornar. Ter 30 anos não é ser tão velha, mas no ramo das notícias pode ser. E agora cá estava, tentando fazer algo com minha vida e indo parar exatamente onde pensei que pararia, que é a razão, para começo de conversa, por que eu temia fazer isso.

Cães vira-latas e outros companheiros

Clássico. Um livro que as
pessoas elogiam e não leem.
Mark Twain (1835-1910)

Voltei para Brentwood me sentindo estranhamente sorumbática. Durante os primeiros quilômetros, eu ficava elaborando um agitado e articulado palavrório em que minhas réplicas mordazes para Miss Piggy eram tão ásperas e ofensivas que eu acabava ficando muito encrencada. Adagas começavam a voar pelo escritório dela e, bem, você pode imaginar. Algumas coisas ficam melhor se permanecerem não ditas. Por outro lado, outras coisas devem ser ditas, sim. Por que será que sempre penso na resposta perfeita quando já é tarde demais? Como aconteceu com Fred. Lá vou eu de novo. Preciso parar de remoer infinitamente aquela cena patética na livraria.

Desci a rua logo depois de Chinatown e liguei o rádio. Ainda é dia, mas as ruas estão ameaçadoras e desertas, o que me incita a trancar as portas. Se eu conseguisse dirigir nas vias expressas, isso não seria problema. Quando eu era repórter, dirigia pela vizinhança com uma atitude atrevida, do tipo "sem problemas", coletando histórias nos espaços urbanos onde brancos, latinos, negros, asiáticos e árabes vivem todos em bairros separados. O caldeirão cultural não existe nesta cidade — as pessoas ficam em seus carros, protegidas por metal e vidro fumê.

Decidi ligar para Darlene. Não estava com vontade de ir para casa e conviver com meus fracassos. Ou, ainda, ter que dar a Virginia um relatório otimista e mentiroso.

Darlene ficou feliz em ouvir notícias minhas, do modo como ela sempre fica, e meu humor começou a melhorar.

— Ei, você — murmurou ela. — Onde você está?

— Estou em um velho território familiar nosso, perto do *Times.*

— Ai, meu Deus. Não me faça lembrar disso. Como foi a entrevista?

— Fantástica. Quer almoçar?

— Adoraria. Eu sabia que você se sairia bem. Você é tão maravilhosa. Que bom para você.

— Ótimo.

Darlene não se entrosa com meus outros amigos, e ela nem ia querer isso. Eles acham que ela é rude e maluca e ela os vê como mimados e superficiais. Estão todos certos. Meu tempo com ela é uma folga bem-vinda da vida insular do oeste de Los Angeles. É a única dentre meus amigos que não tem nenhum cartão de crédito e ainda não possui telefone celular. Além disso, Darlene raramente compra livros. Ela vai à biblioteca de Malibu para conferir suas histórias fajutas de ficção científica e romances, que ela sempre está tentando me fazer ler.

Normalmente, passamos a maior parte de nosso tempo discutindo seu mais recente relacionamento fracassado ou seu mais novo esquema desmiolado para fazer dinheiro. Nesta tarde, trata-se de um kit pré-fabricado faça-você-mesmo chamado "Charmoso Chalé Suíço" que ela encomendou sem ver ao vivo, escolhido de um catálogo, e que pretende construir em Big Bear, um resort nas montanhas a 145 quilômetros de Los Angeles — a versão branca e piorada de Arrowhead. Darlene passa as férias em Big Bear desde que me entendo por gente, e a primeira e última vez em que a acompanhei ficamos no chalé desbotado e em ruínas localizado à beira do lago e que pertencia a seu amigo. Era escuro e úmido, mobiliado como um refúgio cafona e antigo nas montanhas, com painéis de madeira, um espesso tapete multicolorido em tons de amarelo-mostarda e que cheirava levemente a fungos, além de vazamentos suficientes para me levar a acreditar que aquele não era um bom lugar para se estar durante uma tempestade. As paredes eram cobertas de frases acolhedoras bordadas, como "Não há lugar como a porra do nosso lar" e "Oi, cadê a cerveja?", e havia uma cozinha apertada e atravancada de entulho com janelas pré-históricas que cuspiam flocos de tinta descascada quando você tentava abri-las.

O chalé estava localizado no tipo de bairro montanhoso e brejento onde não havia calçadas e os gramados das pessoas eram entulhados de balanços enferrujados, colchões com as molas saltando para fora, triciclos de plástico, lenha, pneus e outros tipos de sucata que normalmente ficam escondidos nas garagens. O vizinho ao lado tinha um enorme trailer estacionado sobre a grama que era pintado de um alarmante tom verde-azulado, tinha manchas em forma de paisagens marítimas e focas camuflando uma pintura em processo de desbotamento. Nossas caminhadas matinais ao longo das ruas ladeadas de ervas daninhas terminavam na rua principal, onde tomávamos café da manhã em um vagão-restaurante ao lado de um posto de gasolina com loja e observávamos as crianças nos fundos fazendo bolas de neve lamacentas. A área era ocupada por ciclistas com barriga de cerveja e moradores locais desocupados que ainda estavam com a luz acesa às nove horas da manhã, quando pedíamos nossos ovos e suco. Há algo deprimente em um lugar onde a vida simplesmente não melhora.

Eu a encontrei na praia em frente ao seu prédio, que é anunciado como tendo vista para o mar, embora só possa ser chamado de vista para o mar se você ficar em um canto e olhar por sobre a garagem do vizinho. Seu apartamento é um sala e quarto que dá de frente para a rua, e sempre que eu vou ao banheiro tenho que me abaixar. Está sempre entulhado de catálogos e da parafernália de seu último projeto. Agora mesmo o apartamento contém amostras de acessórios de iluminação e de tapetes sintéticos, para não mencionar as plantas baixas indecifráveis que aparentemente vieram com o kit de construção de chalés.

No ano passado, Darlene supostamente ganhou muito dinheiro vendendo, pela internet, pôsteres de filmes pornôs com vampiros. Ela mencionou isso algumas vezes, mas eu sempre mudava de assunto. Esquisito demais. Além disso, tem o cachorro dela, Brigão, um rottweiler obeso que sempre corre para cima de mim em busca de atenção ou de um passeio. Darlene só passeia com ele na alvorada ou ao anoitecer porque o cachorro costuma urinar nas pessoas em vez de usar postes ou hidrantes, como fazem todos os cachorros.

Há alguns anos, ela passou por uma crise. Seu marido, Mel, foi atingido por um raio proverbial ao ver um dia, no distrito policial, a detetive Maria Gonzales pela primeira vez. Membro da Coordenação da Unidade de Bicicleta da Patrulha de Venice Beach, a detetive tinha os cabelos negros, era esperta e ambiciosa, com pernas sensacionais. Possuía um diploma com honrarias da faculdade de Antelope Valley, em Lancaster, norte de Los Angeles, e estava na linha de promoção para o departamento central. Ela ficou de olho em Mel desde a primeira vez que o viu, quando ele desceu as escadas para ajudá-la a dominar um criminoso bêbado que a estava enfrentando. Ela era carinhosa e efusiva com Mel e uma vaca com todas as outras pessoas.

Mel e Darlene estavam prestes e celebrar o décimo aniversário de casamento quando ele anunciou que havia se apaixonado por outra pessoa. "Senti como se meu corpo estivesse levando um soco", ela me disse. Implorou a ele para ficar, disse a ele que mudaria. Tudo em vão. Houve um período de alteração emocional, mas ele foi embora perto do Natal.

Darlene entrou em uma depressão que durou seis meses. A seção de classificados lhe deixava com tempo vago demais para pensar. Então ela largou o emprego no *Times* e, por intermédio de um amigo de um amigo, entrou para o Teamsters, onde é agora motorista dos estúdios. Durante esse período, ela me encontrava para um drinque algumas vezes por semana e chorava enquanto bebia cerveja. O emprego no Teamsters é ótimo para ela. Darlene foi da fase "Por favor, volte" para a fase "Que morra". O salário é excelente e ela dirige para os astros. Mas nós duas sabemos que, lá no fundo, ela abriria mão de tudo isso para ter Mel de volta.

Em um de seus últimos trabalhos, ela dirigiu para um famoso astro de filmes de ação e ficou lisonjeada, em vez de ofendida, quando ele a cumprimentava todas as manhãs com a expressão "belos peitos". Ela é uma das poucas pessoas que conhecem o Meu Grande Segredo sobre as Vias Expressas. Às vezes, quando estou desesperada e ela não está trabalhando, Darlene se oferece para ser minha motorista. Ganhei várias aulas de direção na estrada, que terminaram todas de maneira desastrosa. Na última vez, nós só dissemos "foda-se" e acabamos indo parar em algum bar perto da 405, nos embriagando de cerveja e rindo ruidosamente.

Com Darlene é assim. Ela pensa o melhor de todo mundo. Na verdade, nunca a ouvi falar uma só palavra ruim sobre qualquer pessoa. Ela ainda é muito amiga de Mel e eu ouvi dizer que a detetive Gonzales já é passado há muito tempo — talvez em algum momento ela e Mel voltem a ficar juntos. Agora, no entanto, ela curte caras jovens e bonitinhos que conhece nas boates de Hollywood, os quais são totalmente inadequados para ela. Espero que seja uma fase passageira, porque ela inevitavelmente leva um fora dos caras, isso sem falar nos riscos que corre. Atualmente, anda distraída por causa de seu último desastre.

— Ele estava tão lindo e tão incrível no sábado à noite. Ele adorou minha roupa, você sabe, a minissaia amarela. Mas ele não liga desde que foi embora no domingo de manhã. Eu simplesmente não consigo acreditar que ele não me ligou.

— Você o conhece em um bar. Você o leva para casa. Ele não ligou? Você tem sorte por estar viva.

— Ah, Dora. Você não está entendendo. Ele realmente gostou de mim.

Eu sempre tento ser gentil quando chegamos nesse ponto da conversa, e não há um jeito agradável de dizer isso. Ela tem quase 40 anos. Eles têm 25. Eles gostam dela sob as luzes das boates e recuperam a sanidade pela manhã. Mas por que eu iria me dar ao trabalho de lhe dizer isso?

— Darlene, talvez ele tenha namorada e pensou melhor sobre o assunto no dia seguinte. Por que você não consegue dar uma chance para alguém de sua idade?

— Você sabe que não gosto de homens mais velhos, Dora. Eu não os acho atraentes. Eles são tão chatos. Prefiro ter momentos com alguém de quem gosto a estar em um relacionamento longo e desgastante com alguém que não desperta o meu interesse. De qualquer maneira, não preciso de um homem para me sustentar. Estou bem do jeito que estou.

— A questão não é essa. É bom ter alguém esperando em casa, alguém para quem voltar depois do trabalho.

— Eu poderia dizer o mesmo a você, Dora.

— Está bem. Esqueça.

Decidimos voltar para a cidade, parando na McKenzie's primeiro porque Darlene queria comprar outra das histórias idiotas de que ela tanto gosta e que não estão disponíveis na biblioteca.

Debato comigo mesma se devo contar algo a ela sobre Fred. Ela ficaria entusiasmada demais, otimista demais, o oposto exato de qualquer outra pessoa em minha vida. Então não digo nada. Na verdade, não há mesmo nada a dizer.

Assim que entramos no lugar, Darlene começou a reclamar sobre como todos os livros estavam caros e que qualquer pessoa sabia que você podia ir à Costco e comprar o mesmos livros por bem menos. Imediatamente olhei em volta para ver se Fred estava por perto e se alguém havia escutado. Na verdade, Fred estava do outro lado da sala ajudando uma mulher conquistadora a selecionar títulos para um clube de livros.

Francamente, não sou muito fã de todo esse fenômeno dos clubes de livros, embora o conceito seja atraente — conversas profundas e perspicazes sobre os méritos de determinada intenção de uma frase ou uma guinada inesperada no enredo. Mas ninguém que eu conheça lê os mesmos livros que eu leio. Elas leem livros de autoajuda, suspenses e biografias de astros e estrelas de cinema. Não há fim na porcaria que anda por aí. Essa mesma droga é transformada em filmes e, muito em breve, as pessoas nem sequer lerão os livros antes. Então, entrar para o clube de livros de um dos meus amigos está fora de questão.

Tenho uma fantasia sobre um clube de livros em minha mente; nele, outras pessoas se sentem tão apaixonadas como eu com relação à leitura. Como se fosse um beijo realmente bom. O prazer diáfano e a intimidade de se ter um relacionamento com um romancista e todas as personagens é transcendental — até mesmo sensual. Determinadas passagens continuam repercutindo em minha cabeça muito tempo depois que já fechei o livro, e muitas vezes mal consigo esperar para voltar à história, como se fosse um amante secreto.

Quando eu contei isso para Virginia ela disse que achava tudo muito extremado. Ela me disse que lê para descobrir o que acontece. E não fica nem um pouco enredada com a linguagem e as histórias por trás das histórias.

Mas, para mim, a leitura é muito mais que isso. Os livros ensinam a você como outras pessoas pensam, o que estão sentindo e como se transformam de seres comuns em seres extraordinários. Muitas vezes elas são tão atraentes e inteligentes que você prefere passar o tempo lendo sobre elas a fazer qualquer outra coisa.

E, diferentemente da vida, se não gostar do que está lendo, você pode fechar o livro com força e depois... paz. Aquela voz amistosa e persuasiva fica emudecida até que você decida abrir o livro novamente. E essa é a razão pela qual posso não ser a melhor candidata para os clubes de livros. Gosto de ler em minhas próprias condições, em meu próprio ritmo. E o mesmo se aplica a discussões profundas. Tenho muita opinião e sou franca demais. Eu iria alienar todas as outras pessoas na sala. Ninguém gostaria de mim. Elas iriam me expulsar.

O período em que mais detesto discutir sobre livros é o das férias. Por que quando você está preguiçosamente estirada ao lado da piscina, no meio de um paraíso tropical, apreciando sua solidão com um ótimo livro, alguém inevitavelmente tem o ímpeto de se intrometer em seus devaneios com "Esse livro é bom? Sobre o que é?"? Fico inclinada a virar as costas e ir embora, mas dou um sorriso pouco convidativo e digo-lhes que estou apenas começando, mesmo que eu esteja na metade.

Isso tudo me faz lembrar da época em que Palmer e eu estávamos descansando indolentemente perto da piscina em Cabo e avistamos um casal lendo, ou quase isso, no outro lado, enquanto almoçavam e cochilavam. Quando eles se levantaram para conversar com outro casal, Palmer casualmente caminhou até as cadeiras vazias e moveu o marcador do homem cerca de cinquenta páginas para trás.

— Ha-ha — sussurrei —, muito engraçado.

Mas quando eles voltaram, o homem se instalou alegremente na cadeira e retomou a leitura como se fosse ali mesmo que ele havia parado. Palmer ficava me cutucando e piscando para mim. Sinto saudade dessas coisas que ele fazia.

Quando Palmer e eu começamos a namorar, costumávamos fazer piadas sobre a hierarquia silenciosa de leitores e o modo reservado com que lidam com um livro. No topo da lista estão os puristas — pessoas que leem com a finalidade de absorver o estilo literário elegantemente construído e saborear as brilhantes metáforas, os personagens inventivos, as figuras de linguagem empolgantes e os diá-logos faiscantes. A história é um elemento alheio à questão. Uma vez eu tive um professor de literatura que aconselhava que se deveria sempre ler o fim de um romance em primeiro lugar de modo que o enredo não fosse uma distração.

Não muito atrás estão os acadêmicos — leitores que jamais superaram realmente a forma como eles liam um livro nas aulas de inglês do primeiro semestre, sublinhando ou destacando, dobrando a orelha de determinadas páginas, procurando no dicionário as palavras com as quais não estão familiarizados e rabiscando comentários consistentes nas margens.

Os adoradores de livros vêm em seguida. Eles mantêm seus livros cobertos (e não por que são romances), usam marcadores de páginas e absolutamente nunca deixam o livro tocar o chão. Eles olham para o livro como se fosse um ser com sentimentos, um objeto de desejo vivo, que respira, que precisa ser tratado com absoluto respeito. Eles leem cada palavra, até mesmo as notas de pé de página.

Em seguida vêm os leitores que só querem uma boa história tradicional e têm absoluta certeza disso. Eles pulam os longos trechos descritivos, passam os olhos pelas digressões e concentram a atenção em quem, o que e onde até o último grau. Uma subcategoria destes inclui as pessoas que leem livros em busca de sexo, violência ou qualquer outra propensão particular e fazem uma leitura rápida dos trechos que não os interessam.

E que tal os leitores multifunção, aqueles que leem enquanto cozinham, limpam, falam ao telefone ou dirigem. O que é idiota — não que eu já não tenha feito isso.

O nível mais baixo da cadeia alimentar vem em seguida e inclui os leitores em busca de prestígio, um grupo de imitadores ridículos que não querem realmente ler o livro, mas sim ser vistos com ele, como a notória jovem loura pendurada no braço de um magnata. Eles passam os olhos pelo livro para saber o enredo e o carregam por toda parte como se fosse uma bolsa de grife. Ainda piores são as pessoas que ouvem audiolivros, a nova versão dos livros condensados, ou leem romances baseados em filmes em cartaz. Essas pessoas se consideram leitoras, mas não são. O mais irritante é quando elas entram em uma conversa e agem como se tivessem realmente lido. Eu incluo os leitores narcolépticos nessa categoria de não leitores. Pessoas que usam os livros como sonífero e estão com o mesmo exemplar pousado sobre a cabeceira da cama há seis meses. Também há os leitores de banheiro — você sabe, aqueles com a prateleira de revistas perto da privada com exemplares velhos da *New Yorker*, livros tipo *Histórias para aquecer o coração* e coleções surradas de piadas sujas. Na verdade, jamais me entreguei a tal atividade porque minha mãe insiste que isso causa hemorroidas. E quem iria querer ISSO?

Depois vêm os leitores que gostam de andar nas livrarias dos cafés acalentando cappuccinos mornos, monopolizando a mesa durante horas enquanto ociosamente leem livros sem comprá-los, deixando-os em pilhas sobre a mesa para que os vendedores os recoloquem no lugar.

E não esqueçamos aqueles que nunca terminam um livro — pessoas que gostam de escolher livros, comprar livros, começar livros, mas o que eles não parecem conseguir fazer é terminar os livros. Eles constantemente enganam a si mesmos, pensando que esse é o livro que vão ler até o fim, e eu até acredito que eles estão bem-intencionados, mas assim como as dietas e as resoluções de ano-novo, a vontade de perseverar normalmente desaparece. Devo confessar que às vezes acabo caindo nessa categoria.

A categoria mais frustrante de todas inclui pessoas que leem um livro e simplesmente não entendem. Eu sei, sou uma esnobe, eu admito. Mas uma vez que eles lhe contam sua análise, não há realmente nada que você possa fazer a não ser mudar de assunto. Há alguns anos, uma de minhas boas amigas leu *Reparação* e me disse o quanto ela havia amado. Quando mencionei casualmente que a maior parte da ação do livro se desenrolava na mente de Briony, primeiramente ela ficou surpresa, e depois desolada com sua falta de compreensão. Odeio quando faço isso.

Palmer costumava me dizer que eu era minha pior inimiga, agrupando pessoas em categorias-clichê e nunca dando chance a ninguém. Ele argumentava que as únicas pessoas que eu tolerava eram os "vira-latas", como Darlene, que estão tão fora do que é usual que são inclassificáveis e, portanto, interessantes somente para mim. Ele às vezes acrescentava, com as sobrancelhas arqueadas:

— Há algum lugar em seu mundo, Dora, para os não esquisitos?

Olhei à minha volta. Fred ainda estava atendendo a moça do clube de livros quando Darlene passou por eles e disse:

— Como se encontra alguma coisa neste lugar?

Sara apareceu e perguntou se ela precisava de ajuda.

Darlene queria um romance vampiresco e Sara sugeriu a coleção de Pam Keesey de histórias de vampiras lésbicas. Sara emendou numa explicação de que as mulheres nessas histórias são sensuais, fortes símbolos do poder feminista, mas o diálogo obsceno e a retórica erótica restringem o apelo ao público em geral. Darlene me lançou um olhar que dizia tudo e comentou com Sara:

— Talvez eu leve apenas um Nora Roberts.

Quando Sara se virou para encontrar os livros para ela, Darlene fez aquele gesto sofisticado com o dedo girando ao lado do cérebro para sugerir que a garota era completamente doida.

Nesse meio-tempo, vaguei sem objetivo certo por outro corredor, imaginando uma forma de abordar Fred, e comecei a ler as críticas excêntricas presas aos livros da lista "Escolhas da Semana pela Equipe da McKenzie's". A crítica presa aos contos de Jorge Luis Borges dizia: "Uma coleção de parábolas enigmáticas de um filhinho da mamãe romântico" Também havia uma coleção de livros de Graham Greene, que é o autor de destaque do mês. O comentáro preso a *Fim de caso* é campeão: "Eis uma perspectiva espalhafatosa e chauvinista de um tormentoso caso de amor por um famoso ateu sedutor e supersticioso."

— Eu não escrevi isso — ouvi Fred dizer atrás de mim com voz sombria.

— Que bom — ri —, porque essa crítica não me faz exatamente querer ler o livro. De qualquer forma, eu já vi o filme então sei o fim da história. — (Que ótimo, agora falo sobre o filme quando na verdade já li o livro três vezes. Isso irá impressioná-lo.) — Alguma outra sugestão? — perguntei casualmente. — Que tal algo substancial que eu possa ler às duas da madrugada?

Ele olhou para mim com um sorriso malicioso.

— Dê-me alguns minutos para pensar a respeito.

— Claro — retruquei, mas ele já havia se afastado.

Eu o vi conferenciando com os outros empregados e me esforcei para ouvir o que diziam. Nas últimas vezes que estive aqui, percebi que estava escutando as conversas dele às escondidas. Ele sempre tem algo interessante, até mesmo provocativo, para dizer, e a troca de gracejos me dava um grande prazer. Ocasionalmente, todos eles resolviam trocar piadinhas internas hiperintelectuais e era nesse ponto que eu pensava comigo mesma: "Nossa, as pessoas realmente falam desse jeito?" Eles caíam na gargalhada e eu me sentia como alguém sentada à mesa errada em um jantar.

No outro dia, eles estavam conversando sobre o romancista francês Georges Perec, que escreveu um mistério pós-moderno com trocadilhos e enigmas literários. A ideia é descobrir por que a personagem principal, Anton Vowl, desapareceu juntamente com a letra *e*. O livro sem *e* se chama *La Disparition* e nele não há palavras como "adormecer", "sexo" ou "viver". Imagino que seja possível substituir por palavras como fornicação ou cópula, mas de alguma forma não é a mesma coisa. Como se isso já não fosse insanamente esotérico o bastante, eles depois começaram a falar animadamente sobre o clássico mais conhecido (certo!) de Perec, *A vida, modo de usar*. Inicialmente pensei que fosse um daqueles livros de autoajuda. Mas não é. Trata-se de um livro que pega a planta de um prédio em Paris, corta-a de modo que represente cem diferentes cômodos e trata um cômodo por capítulo, retratando os eventos que acontecem lá. O jogo continua por que isso, por sua vez, corresponde a um hipotético tabuleiro de xadrez. Céus, Perec só chega ao 99º andar/quadrado/capítulo porque, como observa alegremente um dos rapazes, essa é uma malsucedida busca pela perfeição. E, do mesmo modo que a viagem do cavaleiro medieval, está naturalmente fadada ao fracasso.

Nesse ponto eu estava pensando: "Nossa, por que eles todos não leem *Dom Quixote*, de Cervantes (com *e*), se querem um simples, mas brilhante, relato sobre um cavaleiro maluco em uma busca infeliz?" Também fiquei pensando que os rapazes do clube de xadrez jamais deveriam se misturar com os estudantes de literatura inglesa.

Eles continuaram a discutir os méritos relativos de *Trópico de Câncer* e *Trópico de Capricórnio*, de Henry Miller, e a trilogia sobre sua vida, *Crucificação encarnada*. Fred comentou que apreciava mais a trilogia porque há tudo sobre o estilo de vida depravado, boêmio e absolutamente desagradável de Miller, mas uma das meninas zombou que Miller era apenas mais um escritor obsceno que usava as mulheres para seu prazer pessoal e material literário. A única coisa que me lembro sobre Henry Miller foi folhear rapidamente os capítulos procurando as passagens com sexo. Não é isso que todo mundo faz?

Há uma linha tênue entre discussões literárias interessantes e bobagem pomposa. É uma daquelas áreas em que ou você fica fascinado com algo que alguém tem para dizer ou sente que se não calarem a boca naquele mesmo instante você vai estourar os miolos deles.

Foi bem conveniente que enquanto eu estava ocupada pensando em tudo isso, um homem vestido com uma camiseta de seda branca, jeans Armani e mocassins de couro de crocodilo de 3 mil dólares (que ele estava usando como chinelos, pisando sobre os calcanhares do calçado) se aproximou de Fred e declarou triunfante que finalmente havia terminado com os britânicos e estava "pegando" os russos.

— E exatamente quais russos você anda pegando? — respondeu Fred, olhando em minha direção. Eu sabia que ele estava na verdade falando comigo, e enquanto o cliente relembrava uma lista de longos nomes russos terminando com "sky" e "kov", Fred pegou no meu braço e me levou para outro corredor.

— Com licença, eu volto em um minuto — disse Fred a ele. — Meu Deus, esse cara é um saco — sussurrou. O homem surgiu na extremidade do corredor, parecendo impaciente e um pouco desconfiado. — Há algo mais que eu possa encontrar para você? — perguntou-me Fred, esperando manter o cara afastado.

Comecei a gostar da brincadeira.

— Meus óculos escuros, a suéter de caxemira preta que deixei no restaurante na outra noite e a chave do porta-malas do meu carro, que não consigo abrir há três meses.

Os olhos de Fred começaram a brilhar. O russo ainda estava nos cercando. Fred se inclinou em minha direção e disse:

— Que tal *Anna Karenina*? Há uma nova tradução bem aqui. Uma história maravilhosa. O enredo captura sua atenção desde a primeira página. Linda e insaciável mulher melodramática se casa com um otário, se envolve com outro otário, cai em desgraça, confessa tudo e foge para a Itália com o amante. Quem pode culpá-los? Não quero revelar muito da história. — Ele me entrega o romance e pisca para mim.

Pisquei de volta.

— Obrigada. Eu já li. Excelente história. Sexo, mentiras, infidelidade. Parece a minha vizinhança.

Fred me lançou um longo olhar quando o czarista finalmente cedeu e se afastou, movendo-se pesadamente. Eu lhe devolvi o Tolstoi e, justo quando ele estava prestes a dizer mais alguma coisa, Darlene veio por trás de mim e disse:

— Estou morta de fome. Vamos embora.

Ela, obviamente, estava ouvindo nossa conversa e, com seu habitual jeito parvo, sugeriu:

— Céus, Dora, talvez vocês dois possam marcar para tomar um drinque qualquer dia desses e conversar.

Fred exibiu um daqueles meio-sorrisos divertidos enquanto examinava Darlene. Eu sei o que ele estava pensando. Não é uma daquelas típicas donas de casa de Brentwood. Darlene por acaso estava usando jeans com enormes sinos bordados e uma camiseta apertada que dizia "Anjo". Seus longos cabelos louros estavam mais necessitados de um retoque na tintura que o normal. Fiquei mortificada e rapidamente reuni meus pertences para ir embora. Darlene me deu uma cotovelada e apontou para Fred com a cabeça.

— Um sorriso de matar — disse ela em um tom de voz alto demais.

Eu a empurrei porta afora.

— Bem, isso foi divertido — Darlene acrescentou enquanto caminhávamos para o estacionamento. — Acho que ele gosta de você.

Ivanhoé

Penso que ler um romance é quase
tão bom quanto ter algo para fazer.
Margaret Oliphant, romancista
escocesa (1827-1897)

Quando um convite diz "traje festivo", sempre fico perplexa. O que é festivo, afinal? Diz respeito às cores ou ao humor? Meu humor dizia "Eu não quero ir", então imaginei que devia me concentrar nas cores. Vasculhei as roupas penduradas em meu closet. Austera, austera, austera. Parece que ultimamente venho caindo na seção de roupas pretas da Barneys. Não há nada festivo nisso. Então joguei sobre o corpo meu pretinho Dolce e acrescentei um casaco de caxemira cor-de-rosa. Eis a parte festiva.

Este era o evento principal para angariar fundos para a Biblioteca Pública de Los Angeles, não tão chique quanto seu irmão de Nova York, mas tão grandiloquente quanto. Minha antiga companheira de quarto na época da faculdade, Pamela, estava dirigindo o espetáculo, e eu estava sentada à sua mesa. O evento era realizado no elaborado salão redondo da Biblioteca Central, uma construção antiga e grandiosa com majestosos tetos abobadados, pisos de mármore italiano e lustres de uma tonelada, construídos oitenta anos atrás, quando as bibliotecas eram reverenciadas como locais de adoração e o centro de Los Angeles ainda era considerado a parte central da cidade.

O salão redondo havia sido transformado em um salão de baile condizente com um cenário de cinema. Mesas esmeradamente arrumadas estavam espalhadas pelo salão, cobertas com vinte camadas de toalhas de linho, prata suficiente para o duque de Windsor, e uma impressionante variedade de adornos de cristal. Violinistas passeavam por entre a multidão, tocando músicas tão evidentemente banais que me fizeram lembrar da música ouvida no Dome of the Sea, um restaurante brega em Las Vegas que apresentava violinistas venezianos que iam de mesa em mesa. Vasculhei a multidão tentando encontrar Pamela. Parece que neste evento, "festivo" significa casacos Chanel, *tailleurs* Chanel e bolsas Chanel. A biblioteca se havia transformado em um desfile de moda para os muito ricos. Ela vai se encaixar direitinho.

— Finalmente, você está aqui. — Eu sabia que Pamela iria chamar a atenção para o fato de que eu estava atrasada.

Pamela tem a minha idade, mas é casada com um magnata do ramo imobiliário que tem uns 70 anos. Ela sempre usa alguma coisa Chanel de *tweed* com textura e eu a atormento persistentemente para ganhar alguns quilos.

Lá estava a filha dela de 6 anos, Madison. Pamela é obcecada por ela. Eu tenho que continuamente suportar cada pérola brilhante que cai dos lábios de sua filha, cada minúcia, cada espirro. Tantas mulheres caem nessa armadilha e acabam deixando todo mundo profundamente entediado com detalhes que os pais deveriam guardar para si mesmos. É quase como se a maternidade sugasse cada neurônio disponível e, como acontece ao canário, cujos neurônios se regeneram todos os anos, todos os dados previamente contidos fossem deletados para sempre e só se pudesse ouvir a canção daquele ano. Li a respeito de um cientista do interior do estado de Nova York que mantém milhares de canários em um aviário atrás de sua casa e abate centenas deles a cada semestre para estudar seus cérebros. Não que eu esteja recomendando isso ou algo assim, mas as pessoas realmente tendem a não pensar em mais nada depois que têm filhos. E a coisa só piora. De problemas do sono a treinamentos para aprender a usar o penico e ir para a pré-escola, escola preparatória, insegurança adolescente, tatuagens e piercings. Então eles começam a entediar você com o primeiro estágio ou emprego fabuloso do seu rebento e como o pequeno Johnny é brilhante e como todos o adoram no escritório. Tudo tão previsível e cansativo. Mesmo que goste da pessoa, e eu gosto mesmo da Pamela, há um limite para o que você consegue suportar antes de surgir o desejo de estrangulá-las. Geralmente digo à minha irmã quando já ouvi o suficiente sobre Camille, mas não quero ferir os sentimentos da Pamela.

— Dora, você está me ouvindo?

Acho que me desliguei por alguns instantes. Ela estava apontando para a nossa mesa. O gancho para este evento é que todos os convidados se sentarão com um autor, que normalmente está promovendo seu último livro. Os autores adoram. Viagem de graça para Los Angeles. E os benfeitores adoram porque eles conseguem ter conversas semi-íntimas com autores semi-importantes. Percebi que outra amiga nossa e seu marido estavam sentados na Sibéria, atrás de um pilar. O autor deles, um musicólogo da Columbia University, estava sentado na outra ponta de uma longa mesa estreita. Era possível ver, mesmo a certa distância, que minha amiga estava com o maxilar cerrado e o marido estava olhando para o nada. Pamela ouvirá sobre isso amanhã. Os autores da lista principal como David Halberstam, Scott Berg e Frank McCourt estavam sentados lá na frente. Dirigi-me para minha mesa. Como Pamela está no comitê de organização, pensei que fosse conseguir alguém interessante para conversar. Infelizmente, meu autor é um ginecologista de São Francisco que às vezes apresenta o segmento "Sua saúde" do noticiário noturno. Pamela também colocou o indispensável solteiro em nossa mesa para "equilibrar".

Esse homem é um agente de televisão relativamente conhecido, com olhos protuberantes e uma coroa rala de cabelos. Ele também tem um daqueles corpos em forma de barril com pernas longas e delgadas, uma condição que parece afetar os homens urbanos e sedentários, e os faz parecerem galinhas grávidas vestidas de Armani. Ele também é uns bons vinte anos mais velho que eu. Mas é claro. Eu sabia. Eu sabia que eles iriam me colocar perto de alguém assim. Posso até ouvir Pamela: *Ah, Dora, vocês têm tanto em comum. Vocês dois gostam de livros. Vocês dois gostam de teatro*. Nesse meio--tempo, ele pediu uma Perrier. Ele não bebe. Que tédio. Quando a salada chegou, percebi que ele a havia pedido com o molho à parte. Odeio quando as pessoas fazem isso. Ah, não. Lá vem. *A dieta de South Beach*. Alguém me ajude. Estou feliz por não ter desperdiçado meu novo casaco Prada nessa droga de evento. Em seguida ele se lançou em uma discussão sem-fim a respeito do plano SAG de aposentadoria, o que desperta o interesse do ginecologista, e os dois começam uma séria discussão sobre os espetáculos fora do grande circuito, particularmente aqueles que se referem a funções corpóreas. Dei um golinho no meu vinho. Não é excelente, mas está ficando melhor.

No momento em que o filé com bolinhos de risoto estava sendo servido, percebi Palmer e a namorada junto a uma das mesas principais, do outro lado do pódio. Como pude não notá-los antes? Mas me havia esquecido de que ele normalmente adentra os eventos justo quando todos já estão sentados. Ele me viu olhando para ele e acenou. Meu Deus, ele está empurrando a cadeira. Que droga, não estou com vontade de lidar com essa situação agora. Palmer se inclinou sobre o ombro de Kimberly, jogou para trás um cacho louro e sussurrou ao ouvido dela. Percebi que ela apertou a mão dele de uma forma aborrecida, intencional, e então tive certeza. Ele vem até aqui para cumprir com uma obrigação social ou, talvez, demonstrar respeito como se eu fosse uma tia velha e nobre. Fiquei observando-o cruzar o salão. Ele tem esse brilho suntuoso, ensolarado em seu jeito de se comportar que me lembro de admirar desde quando o conheci. Ele estava vestindo um smoking caro, importado e impecavelmente cortado com uma moderna camisa branca de peitilho duro, o tipo de camisa que os garotões de Hollywood usam para ir à entrega do Oscar e que não exige o uso de gravata-borboleta. Tenho certeza de que ela escolheu para ele.

Seu cabelo cor de areia e manchado de cinza está mais longo do que eu me lembrava, e ele está usando botões de ônix e diamantes com abotoaduras formando o conjunto. Ele parece alto e vitorioso, movendo-se com os graciosos passos largos de um homem que não precisa mais se preocupar com sucesso ou status. Ele me encarou diretamente com um tipo de determinação silenciosa enquanto o restante do salão olhava para ele.

— Dora, você está deslumbrante.

— Você também, Palmer. — Eu estava sendo sincera.

Ele tinha um sorriso confuso, observando as diversas pessoas em minha mesa e fazendo a óbvia avaliação. Ele ergueu as sobrancelhas.

— Posso pegar algo para beber para algum de vocês? Estou indo para o bar.

— Não, obrigada — disse eu, e depois percebi que ele estava fazendo uma oferta. — Mas vou com você se quiser.

Ele segurou meu cotovelo e mais ou menos me escoltou para fora do salão, até o vestíbulo, onde havia um pequeno bar. Era um sentimento esquisito, eu de pé ali com ele, ambos muito bem-vestidos, calmos, decentes e entabulando uma conversa agradável, completamente não relacionada com o que eu imaginava que nós dois estivéssemos pensando.

Tive, por um instante, um lampejo da noite em que nos conhecemos, um evento muito parecido com esse. Eu estava ocupada entrevistando alguém quando Palmer, do outro lado do salão, me mandou uma taça de champanhe. O garçom apontou para ele para que eu soubesse quem havia oferecido a taça e nós sorrimos um para o outro. Terminamos indo a um bar de fim de noite, descobrimos que nosso livro favorito era *As aventuras de Huckleberry Finn* e, bem, não estou com vontade de enveredar pelas lembranças agora.

Uma coisa está bem clara. A altivez e a petulância foram embora. Assim como a amargura e a decepção. Palmer está de volta à velha forma enigmática, charmosa, sensual. E percebo que ele não teria conseguido comigo. Ocorreu-me que talvez, de alguma forma, ele tenha ouvido falar de minhas visitinhas clandestinas à casa dele. Mas não, isso é loucura, ele não teria como saber. Teria?

— Então, como tem passado, Palmer? — perguntei, testando o clima, evitando qualquer contato físico.

— Ótimo. Tenho pensado em você — ele disse com um sorriso carinhoso. Ele se inclinou, chegando mais perto, plantando a mão contra a parede como se ele fosse um policial me detendo para um teste de sobriedade. Mostrei uma pontada de surpresa e depois comecei a divagar sobre algum assunto bobo, qualquer coisa para fazer aquele momento passar. Ele continuou ali de pé, silencioso, e depois tocou levemente meus cabelos. — Então, Dora, você alguma vez pensa em mim?

— Claro que penso, Palmer — respondi, conscientemente esmagando o desejo de fazer algum comentário maldoso sobre a namorada dele. Para ser honesta, na verdade fiquei aliviada. Não, isso não é uma pegadinha. Mas não quero entrar no mérito do que realmente estávamos pensando um sobre o outro naquele momento, nem agora, nem nunca.

— Obrigado — disse ele, subitamente sério. — Eu só queria lhe dizer que eu ainda me importo com você. Eu não quero que nos comportemos como estranhos. Está bem?

— Está bem — respondi, hesitante. Ele realmente quer isso ou só está sendo educado? Por que razão com alguns homens, quando o relacionamento acabou, acabou, mas com outros, resta uma trilha de remorso, indecisão e fantasias intermináveis do que poderia ter sido que persegue você durante anos? Nem tem muito a ver com sexo. Tive um caso uma vez na faculdade que me deixava louca toda vez que ele me tocava, mas quando os papos dele começaram a me entediar, terminei tudo com um único recado na secretária eletrônica dele. Com Palmer é diferente. Todas aquelas promessas e a dedicação e a incontestável inteligência. Eu deveria ter ficado um pouco mais satisfeita. Eu deveria ter sido paciente. Eu deveria ter feito vista grossa para o fato de que depois que nos casamos, ele virou um amante que se importava profundamente comigo, mas parecia se importar mais em ter um carro novo, um bom endereço, um aparelho de jantar para 12 pessoas e um título de sócio do country club. Repentinamente eu me senti culpada, desconfortável e encurralada como um rato. Em uma armadilha.

— Ligue para mim algum dia. Para o escritório — disse ele, abruptamente.

— Está bem, Palmer. — Dei um sorriso tenso. Como se eu realmente fosse ligar para a casa dele.

— A propósito, como você chegou aqui? — perguntou. Claro que ele me perguntaria isso. Ele é uma das poucas pessoas que conhecem o Meu Grande Segredo sobre as Vias Expressas.

— Eu dei um jeito. — Minha versão de "Liguei para um serviço de táxi".

— Muito bem.

Terminamos nossos drinques e retornamos para o salão de baile como qualquer casal satisfeito fazendo uma pausa para tomar fôlego. Ele apertou meu ombro quando virei minhas costas para ele e me dirigi para minha mesa. O som alto e agudo do salão golpeou meu sistema nervoso como se fosse a explosão do cano de descarga de um carro na estrada e eu me concentrei nas sobremesas parcialmente comidas, num cortejo de taças de vinho lapidadas e nas mulheres revirando as bolsas que ganharam de brinde; o anticlimático declínio de um evento há muito antecipado.

Ao voltar para minha mesa, vislumbrei uma mulher com quem trabalhei no *Times*. Ela é casada com um advogado, tem dois filhos angelicais e agora está produzindo uma ótima série nova na Fox. Ela me viu e me cumprimentou:

— Ei, um sopro do passado. Como vai você?

Como vou eu? Eu me sinto uma perfeita otária.

— Estou ótima. E você, como vai?

— Trabalhando como uma louca. Viajo para Nova York amanhã.

— Anda bem ocupada, hem?

— Pois é. Todos eles gravam longe de Los Angeles. Ando viajando um bocado no momento. O que você anda fazendo?

Espionando meu marido, sendo dispensada por uma editora de 25 anos, tomando overdoses e mais overdoses de livros.

— Ah, o mesmo de sempre.

— Bem, você está ótima. Mesmo. Cuide-se.

Ela me deu um beijo em uma das faces e foi embora. Joguei os ombros para trás, formando um bloco rígido e observei-a se afastar.

Cheguei à nossa mesa e tomei um grande gole do vinho intocado de alguém e fingi estar olhando preocupada para o relógio.

— Ah, sinto muitíssimo. Estou com um problema com a babá. Tenho que correr para casa.

Pamela me lançou um olhar reprovador e, com um aceno culpado, consegui escapar.

Percorrendo o magnífico corredor, passei por uma série de pinturas em tamanho natural ilustrando a história de *Ivanhoé*, de Sir Walter Scott, retratando os dias de romance e da cavalaria. Tudo agora me deprime.

* * *

Senti uma onda de alívio quando entrei em meu apartamento. Olhei para o relógio: ainda era relativamente cedo, considerando-se que fui até o centro e voltei. Arranquei as roupas e vesti meu moletom favorito, um modelo masculino, velho e desbotado, com a cintura amarrada por um cordão e o traseiro folgado. Fui até a cozinha, abri a geladeira e peguei uma garrafa de alguma coisa pela metade — o que é isso? Xerez? Onde consegui isso? Deve ter sido presente de Natal. Isso é coisa que você dá de presente para velhos. Ai. Odeio quando começo a me sentir passada. Qual será a idade de Kimberly? Ela estava com aquele fulgor da juventude que me deixa louca. Eu me pergunto o que eles estão fazendo agora. Ah, são apenas nove e meia, eles provavelmente ainda estão lá. Embora Palmer, na verdade, goste de ir embora cedo. Quando estávamos namorando, nós realmente determinamos nossas próprias regras para nos esquivarmos e fugir — aquela coisa de "Nunca antes do bolo"... já era. Preciso de algo mais forte. Servi-me de uma dose de vodca. Eu estava tão tensa junto de Palmer que não me lembro de ter bebido absolutamente nada.

Mas qual era o problema de Palmer, afinal de contas? Eu não sei o que pensar de nossa conversa. Escolhi Flaubert. *Madame Bovary* está em voga atualmente, mas no momento, estou mais para *Educação sentimental* porque ouvi um crítico na rádio NPR dizer que o livro expõe toda a superficialidade e a fragilidade dos ideais da juventude e é uma desvalorização insidiosa do poder do amor. Naturalmente, saí correndo e comprei. Nos últimos dias, ando sentindo as investidas das inevitáveis ciladas da condição humana. Lá vamos nós. A paixão de um jovem por uma mulher mais velha que vai, vai e vai até o penúltimo encontro, no fim, com a grisalha Madame Arnoux. Ai, meu Deus. Não posso. Estou exausta.

Palmer estava com uma aparência excepcional hoje. Ele parecia estar se divertindo. Ele sempre parece estar se divertindo. Essa foi parte da minha atração inicial por ele. Isso, e o fato de que ele me fazia sentir como se eu fosse a única. Quando ele parou de me fazer sentir assim? Talvez quando a carreira dele deslanchou para a estratosfera. De repente havia todo esse mundo novo, atravancado de obrigações sociais, promessas de discurso, viagens de negócios nos fins de semana e longas ausências.

Palmer estava feliz com tudo — a casa nova, os decoradores, a *promoter*, o efeito prolongado que ele tinha sobre as pessoas, especialmente as mulheres, quando ele chegava em um lugar. Eu estava feliz por ele, só não conseguia descobrir onde eu deveria me encaixar. Quanto mais Palmer se ausentava (e ele se ausentava bastante), mais eu me sentia deixada para trás. Um terapeuta uma vez me perguntou se era a mesma sensação que eu tive quando meu pai saiu de casa e minha mãe se transformou em poeira. Eu não sei. Eu só não conseguia me recuperar da situação. A coisa toda deixou Palmer confuso.

Para piorar, Palmer começou com aquela conversa de "Não seria ótimo se começássemos uma família?". Isso me apavorava. Outro pai ausente? Nem pensar.

No começo, Palmer disse que respeitava meus sentimentos e poderia esperar. Mas quanto ele esperaria nunca foi especificado, embora de alguma forma eu soubesse que não tinha nada a ver com meu relógio biológico. Até onde eu sabia, eu não tinha isso. O porquê era outra história, que Palmer afinal se sentia obrigado a trazer à baila sempre que discutíamos sobre algum outro assunto. O intervalo resultante de tanta falta de comunicação se estendia por pelo menos dois ou três dias, e quando mais ele tocava no assunto, mais zangada eu ficava.

Olhando para trás, sinto não ter percebido como eu estava ambivalente e conflituosa sobre ter filhos e sinto mais ainda não ter compartilhado meus medos com Palmer. O que eu havia observado de minha infância somente confirmava minha desalentada crença de que a felicidade não é atingível dentro de uma família tradicional.

Eu adiei o inevitável durante meses até que Palmer finalmente tomou a iniciativa e anunciou que estava me deixando. Nessa época, ambos queríamos o fim.

— O mais terrível — disse ele — é que eu ficaria, se você me desse somente um pouquinho de encorajamento ou esperança. Acredito que posso continuar assim para sempre.

Mas, é claro, ele não poderia. E depois ele conheceu Kimberly. Não houve qualquer outra explosão emocional de qualquer um dos lados. No fim, eu é que precisa sair de casa. Não achava certo ficar com nada que Palmer e eu adquirimos juntos. Sabia o que significavam para ele as coisas que nada significavam para mim.

Duas da madrugada. Quando eu estava casada com Palmer, essa era a hora em que ele se mexia, depois eu me mexia e depois ele se virava e eu me virava, e nós nos acomodávamos em um abraço confortante onde nossos corpos se encaixavam como peças de um quebra-cabeça. Disso eu sinto saudade.

A coisa da beleza

Foi esse o rosto que lançou
ao mar mil navios?
Christopher Marlowe (1564-1593),
A história trágica do doutor Fausto

No oeste de Los Angeles, quando alguém se aproxima dos 40, e com isso eu quero dizer 30, sente-se uma compulsão por começar a marcar "consultas" e fazer alguns pequenos "procedimentos" (eles jamais são chamado de cirurgias) a fim de evitar um grande procedimento, que as mulheres acabam fazendo de qualquer maneira. Minha consulta estava marcada havia várias semanas, desde que inspecionei a monótona perfeição de uma travessa e jovem atriz em algum programa de entrevistas jurando que ela jamais havia feito qualquer coisa, e conheci o médico que fez.

Fui conduzida ao consultório do dr. H. por um homem asiático, magro e exageradamente solícito de vinte e poucos anos. A sala era rigorosamente branca com uma enorme cadeira de dentista de couro branco no meio do nada, com exceção de um banquinho posicionado diretamente na frente dela. Sentei-me na enorme cadeira e esperei. Esse é o único consultório médico que possui revistas novinhas em folha, em sua maioria *Vogue* e *Bazaar*, assim como *Variety* e *Entertainment Weekly*. Dr. H. apareceu cerca de 15 minutos depois, com um jaleco branco sobre seu uniforme cáqui, camisa social branca e uma daquelas lanternas de mineiro em torno da testa. Ele era bonito, falava macio, tinha cerca de 50 anos e agia como se tivesse todo o tempo do mundo apenas para olhar para meu rosto. As mulheres, sem exceção, comentam como ele é simpático.

Iniciei a conversa um pouco tímida, esforçando-me para não olhar diretamente para o rosto dele, mas ele ESTAVA sentado bem na minha frente e realmente não havia nenhum outro lugar para onde eu pudesse olhar.

— Estou aqui porque odeio meu pescoço e já tenho mais de 30 anos. Não estou ficando nem um pouco mais jovem, Deus sabe. Então, eu queria saber o que o senhor pensa sobre a possibilidade de talvez, bem, sabe, fazer algum tipo de melhoria. Eu coloquei, ah, puxa, qual é o nome daquele preenchimento?

— Colágeno? — perguntou ele.

— Não, é parecido, mas...

— Ácido hialurônico?

— Não, não é esse, embora eu já tenha tentado esse e não durou...

— Fascia? Perlane? Radiance? CosmoPlast?

— Esse, CosmoPlast. Mas é tão caro, e ultimamente nem esse surte efeito. O senhor sabe o que quero dizer.

Ele pegou um par de pinças pequenas do bolso e me entregou um espelho para que eu pudesse ver meu rosto. Ele levantou um pouco de pele que eu nem sabia que tinha na pálpebra superior.

— Poderíamos eliminar esse excesso de pele e então você pareceria mais jovem e com mais frescor. — Isso significa, é claro, que eu pareço velha e cansada agora. — Você está na idade perfeita para iniciar um programa. — Ele sorriu. — Não posso fazer com que pareça ter 20 anos novamente, mas de qualquer forma nós não iríamos querer isso, não é?

Odeio quando os médicos falam nesse tom paternalista. Onde eles aprendem essa porcaria? Algum manual vagabundo de etiqueta médica?

Devolvi o sorriso e respondi:

— Parece ótimo! Tenho mais algumas perguntas.

— Leve todo o tempo que quiser — disse ele.

Espere um pouco. As mãos dele estavam tremendo? Eu acho que as mãos dele estavam tremendo. Sim. Definitivamente, estavam tremendo. Ele me flagrou olhando para elas disfarçadamente.

Eu queria dizer "O senhor acha que pode me fazer linda, feliz, objetiva, comprometida e confiante de modo que aqueles episódios de falta de autoconfiança que se enfileiram constituindo meus dias serão substituídos por aspirações renovadas e uma excitante convicção?", mas, em vez disso, perguntei:

— Suas mãos estão tremendo?

Ele sorriu com benevolência.

— Um pouco de excesso de café.

Claro. Depois veio a sempre obrigatória consulta depois da consulta. É aquela onde você se senta em um agradável escritoriozinho para conversar sobre os custos com a assistente/namorada/ex-mulher/irmã do médico. Ela possuía um rosto perfeito e uma pele impecável. A garota-propaganda do escritório. Por que não? Ela tem à disposição todos os procedimentos de graça. Ela sempre age como sua irmã mais velha e sorri um bocado. Ela explica as facilidades de pagamento e o procedimento pós-operatório, e depois puxa três grandes livros com fotos de antes e depois. Todas as mulheres nas fotos de "antes" parecem um cachorro velho cheio de papada, em contraste com as fotos do "depois", onde elas parecem lindas e serenas, jovens e firmes.

— Em que data você estava pensando? — perguntou ela, tomando como se aquele já fosse um fato consumado.

Olhei para minha agenda vazia e disse:

— Os próximos meses serão uma loucura, mas março seria ótimo.

Sempre tive essa ideia de que março é um mês porcaria. Nada como os Idos de Março para um *face-lift*.

— Bem, só temos vaga em abril, mas vou colocá-la na lista de espera, caso haja algum cancelamento.

Ela me entregou uma pasta cheia de documentos legais que suspeitosamente parecem ser a última vontade e um testamento. Afinal de contas, são negócios.

Sabe, agora que estou pensando nisso, aquelas mãos trêmulas me incomodaram um pouco. Talvez eu deva ligar para o próximo médico da lista. Aquele que Pamela diz ser tão bom.

O que fazer em seguida? Estava me sentindo um pouco feia, velha, uma bruxa, e deprimida. Cedo demais para ir para casa. Não quero outro cappuccino. Talvez eu dê uma volta até a Rodeo para ver a linha de banho na Barneys. Linha de banho, que anacronismo... Evoca imagens de malas Vuitton e jantares de gala em iates, quando na verdade é apenas Disney no mar.

As ruas estavam lotadas de turistas usando cores em tom pastel e carregados de câmeras digitais e sacolas de compras. Caminhei a passo lento pelas vitrines esmeradamente elaboradas de Valentino, Dolce & Gabana, Armani e Prada. Uma vez tive um sonho, quando era criança, em que eu estava fazendo compras com minha mãe na Madison Avenue na época de Natal. De repente, as vitrines começaram a se abrir para a calçada e manequins me chamaram como sereias para que eu levasse tudo o que eu quisesse. A maioria das crianças teria ficado apavorada, mas eu fiquei em êxtase.

Contei a Palmer sobre esse sonho uma vez e ele disse que era um complexo de mania de compras latente e profundamente localizado, e depois ele me deu um sorriso maroto.

Entrei na Barneys e minha vendedora, Ellen, me viu do outro lado do salão. Ela tem trinta e poucos anos, é loura, está sete quilos acima do peso e é muito atraente. Mora em um apartamento ao sul de Wilshire com a mãe, uma administradora escolar. Ela me recebeu com um grande sorriso.

— Recebeu minha mensagem? Estou segurando esses sapatos que você experimentou há algumas semanas. Eles vão entrar em liquidação na quinta-feira, 40% de desconto.

— Nossa. Não sei bem. — Nem consigo me lembrar deles.

Ela continua pressionando.

— São sapatos maravilhosos. Eu não podia vendê-los para alguém com tornozelos gordos.

— Tornozelos gordos?

— Ah, você sabe, aquelas pessoas cujos tornozelos têm a mesma grossura da batata da perna.

Não era típico de Ellen ser tão indelicada. Talvez fosse melhor ela sair do ramo agora antes que se transforme em uma daquelas mulheres ressentidas que trabalham nas lojas de alto nível da Rodeo Drive e da Madison e não sentem mais que desdém por suas clientes ricas.

Ela trouxe os sapatos. Sandálias altas de tiras cor de ameixa com joias brilhando no couro metálico. O preço de venda era 495 dólares, mas, com desconto, apenas 300. Uma barganha.

— Gostaria de levá-las para casa para experimentar?

Eu me senti colocada em uma posição difícil, então disse "tudo bem" e levei as sandálias de que não gostei o suficiente para comprar no preço normal, mas talvez goste mais delas agora.

O que eu geralmente acabo fazendo em dias como este é sair para resolver incumbências sem-fim de modo que às cinco da tarde esteja totalmente exausta, mesmo que eu não tenha conseguido resolver nada. Pequenas coisas se tornam tão importantes. Lembro-me de que há um casaco em meu carro que eu deveria ter devolvido antes que começassem todas as liquidações, mas eu não tenho o comprovante, o que significa que preciso ir para casa primeiro e depois começar tudo de novo. Quando finalmente cheguei em casa, o pensamento de voltar para a rua estava fora de questão, então a mercadoria provavelmente vai continuar no meu porta-malas, onde já está há alguns meses. De qualquer maneira, eu provavelmente perdi o comprovante, então talvez eu fique com ele.

Verifiquei as mensagens assim que voltei para casa. Nada do *Times*. Outra mensagem de minha irmã querendo passar aqui em casa com o bebê. E depois o telefone tocou.

— Aqui é da McKenzie's. Encontramos o livro que você queria.

Era Fred.

— Ah, oi. Muito obrigada. Até que horas vocês ficam abertos?

— Até as oito. Vou colocá-lo no salão Norte com seu nome.

— Está bem. Obrigada. Vou tentar chegar aí antes que a loja feche.

— Certo. Está ótimo.

Ele não está nem aí.

Interrompa-me se você já ouviu essa antes

Há dois motivos para se ler um livro: um deles é apreciá-lo, e o outro é vangloriar-se dele.
Bertrand Russell (1872-1970),
A conquista da felicidade

Eram quase oito horas da noite. Eu estava tendo dificuldades para me recompor. Talvez eu devesse esquecer tudo e pegar o livro pela manhã. Eu realmente estava me sentindo um lixo, minha garganta parecia ligeiramente inchada e doía um pouco ao engolir. Tomei dois analgésicos e pulei na cama. Em momentos como esse, eu normalmente telefono para o médico. É estranho. Apenas ligar e ouvi-lo recomendar algo já me faz sentir melhor, mesmo antes de eu pegar a receita. Às vezes chego a dirigir até a farmácia e comprar o remédio, mas nem chego a tomar. Só tê-lo comigo já é o bastante. Conversei com minhas amigas sobre isso, e elas disseram que essa é a razão pela qual eles recomendam "tomar duas aspirinas e me ligar pela manhã". Os profissionais da medicina sabem tudo sobre esse fenômeno que chamo de Síndrome do Alívio Auditivo (SAA). É o efeito calmante da voz do médico. Ele faz com que você se sinta bem simplesmente conversando com você.

Talvez eu deva tomar um pouco de chá. Fui até a cozinha e coloquei um pouco de água mineral na chaleira. Que chá seria o melhor para esta situação? Chai Light, Verde Tropical, Camomila, Earl Grey? Esse parece bom. "Dínamo de Limão, para aquelas dores que antecedem o resfriado." Preciso relaxar. Estou simplesmente exausta. Esse é o problema. O chá é horrível, então voltei para a cozinha, fiz um pouco de café forte ao qual acrescentei um pouco de vodca. Muito melhor.

Prendi meus cabelos em um rabo de cavalo. Escolhi uma saia jeans e um pulôver folgado (que está velho). Por que me importar com maquiagem? É apenas uma livraria. Dei uma olhada no espelho, satisfeita. Basicamente, eu estava uma droga. A quem estou enganando? Esse é um daqueles momentos em que fico vagando em vez de realmente tomar uma decisão. Fico com uma intenção na cabeça que não faz muito sentido afinal. Em seguida fico ambivalente e então só quero terminar tudo. A decisão não importa.

Entrei no carro e tomei o caminho da McKenzie's. Eram oito e quinze e o lugar parecia bem deserto. Talvez eu devesse esquecer. A loja estava trancada, então bati na porta. Fred surgiu de trás de um balcão e a abriu. Ele obviamente penteou os cabelos e os colocou para trás de alguma forma, talvez com água.

— Entre — convidou ele.

Tentei fazer a volta por trás dele para entrar pela porta e, acidentalmente, chutei uma pilha de livros. Eles voaram pela sala e Fred fingiu estremecer, como se houvesse tomado um susto.

— Opa — disse ele.

Ele pegou um dos livros e o arremessou contra um canto como se fosse uma bola de beisebol.

— O Iain Pears, certo?

Ele foi até a sala dos fundos para pegar o livro e acrescentou:

— Onde está sua amiga?

Tive de parar para pensar durante um minuto para perceber que ele estava falando de Darlene.

— Está trabalhando hoje. Ela é do Teamster.

Pude ver que ele ficou intrigado. Voltou com o livro e o colocou sobre o balcão.

— Ela é motorista de caminhão ou o quê?

— Na verdade ela dirige limusines para astros e estrelas, embora tenha precisado se qualificar para dirigir grandes tratores.

— Gosto disso em uma mulher — disse sorrindo.

Esse era o momento em que eu deveria dizer algo provocativo. É tão mais fácil falar sobre outra pessoa.

— Antes de ser motorista, ela era treinadora de animais e tinha uma iguana gigantesca e um rato adestrado em seu apartamento. — Posso ver que ele está gostando disso.

— Todos os seus amigos são tão anticonvencionais? — Como se ele não fosse.

— Na verdade, Darlene não é tão esquisita quando você a conhece melhor.

Uma mentira deslavada, mas soa bem. Ele me entregou o livro e comecei a vasculhar a bolsa em busca de um cartão de crédito.

— Bem, o que você considera esquisito?

Comecei a me sentir um pouquinho pressionada a dizer algo inteligente, mas me deu um branco total.

— Que tal algumas das pessoas com quem você trabalha? — Que droga. Isso foi um erro. Criticar seus colegas de trabalho. Eles são provavelmente seus melhores amigos.

— Mas espera-se deles que sejam esquisitos — respondeu bondosamente. Sinto que preciso ir embora.

— Bem, obrigada pelo livro — disse eu, de modo casual.

— De nada. Que tal tomarmos alguma coisa?

Uau! Ele me pegou desprevenida. Não que eu não quisesse que isso acontecesse, mas ainda assim, não tenho certeza de que este seja o melhor momento para começar alguma coisa. Não seja ridícula. É uma bebida, não um pedido de casamento... Ai, caramba, por que não? O que mais tenho para fazer — eu passei rímel? Pelo menos escovei os dentes?

— Está bem. Adoraria.

Pronto. Isso soou razoavelmente normal.

Fred trancou a loja e sugeriu que atravessássemos a rua para irmos ao Starbucks do bairro. Quando chegamos ao pátio, estava escuro e a iluminação pública à beira do San Vicente Boulevard estava flamejante com uma luz suave e encapelada. Fred jogou a mochila sobre um dos ombros e estendeu a mão.

— Sabe, acho que não fomos formalmente apresentados. Sou Fred.

Pegando na mão dele, pude sentir seu aperto firme e forte.

— Eu sou Dora, prazer em conhecê-lo.

Atravessamos o boulevard distraidamente e chegamos à faixa divisória central, que é ladeada de pimenteiras em flor de 200 anos de idade e à beira da extinção, declaradas agora, patrimônio histórico. Durante o dia, as pessoas usam o cinturão verde para fazer piqueniques no horário de almoço, correr e praticar tai chi chuan. Agora, no entanto, está tudo calmo e sereno, com exceção, é claro, dos carros que passam sibilando dos dois lados.

Esse Starbucks, diferente da maioria, tem máquinas de expresso caras à venda e poltronas de couro dispostas em torno de pequenas mesas de madeira. Fred jogou sua mochila sobre uma das cadeiras e entrou na fila.

— O que vai querer?

Estava entupida de cafeína e vodca e a última coisa que eu queria era outro café. Pensei por que simplesmente não íamos a um bar e tomávamos um drinque, mas este é um tipo de primeiro encontro, eu acho. Você nunca faz nada que você realmente quer e você nunca diz nada que você realmente pensa, então eu lhe disse que queria um café com leite. Fiquei imaginando o que *ele* realmente gostaria de beber. Ele pediu uma garrafa de água. Que ótimo. Não era exatamente um sinal de que iríamos nos sentar e jogar conversa fora.

Nós nos sentamos e ele lançou os olhos sobre o volume de setecentas páginas sobre meu colo.

— Você realmente vai ler isso?

— Vou — menti. (Na verdade, eu já estava na metade. Como a McKenzie's não tinha, consegui na Borders. Não há muito que eu queira dizer a ele a essa altura. O que dizer?) — Mas então, o que você está lendo agora? — Essa foi original.

— No momento estou lendo os primeiros romances pós-modernos e mordazes de autoria de alguns caras que ensinam escrita criativa na Universidade de Nova York. Amo o estilo. É tão disperso e abstrato.

Fiquei sem palavras. Simplesmente não tinha nada para dizer a esse respeito. Uma voz lá no fundo dizia: "Ah, não dê ouvidos a ele... Ele é enfadonho e pretensioso. De qualquer forma, a palavra *pós-moderno* é tão cansativa e antiquada. Ele devia ter vergonha." Levantei os olhos e vi a Sara da livraria, que se aboletou na cadeira ao meu lado. O cabelo dela estava ainda mais despenteado que antes, se é que isso é possível. Pense em alguém que acabou de acordar, dez dias em um albergue para estudantes e uma passagem Eurorail com desconto e você começa a ter uma ideia do desastre que se estatelou sobre a cabeça dela. Ela piscou e deu um beliscão na bochecha dele. Fiquei um pouco envergonhada do comentário que havia feito mais cedo.

— Então, quem é? — perguntou ela, me examinando.

— O nome dela é Dora e ela é hétero. Eu acho — respondeu Fred.

— Que pena. Alguém já lhe disse que você parece com a Nicole Kidman? — disse Sara.

Não nos últimos tempos.

— Na verdade eu acho que pareço mais com Virginia Woolf.

Sara, como a maioria dos sabichões hiperintelecutais de 19 anos de idade, disse:

— Achei que o filme ficou muito imperfeito, na verdade. Mas o público não está pronto para a verdadeira Virginia Woolf de *Rumo ao farol* e o grupo Bloomsbury, onde as lésbicas vitorianas escreviam cartas apaixonadas umas para as outras e circulavam pelo interior usando aqueles chapéus ridículos e se oferecendo para tudo e todos.

Fred a interrompeu.

— Esse é o lance da Sara. Escritores gays mortos e não apreciados.

Sem nem sequer olhar para ele, Sara retrucou:

— Tudo bem, Fred gosta de tópicos mais contemporâneos. Vamos falar sobre Ann Bannon, a rainha dos *pulp* lésbicos, que é dez vezes mais interessante que seus literatos patriarcais, intelectualmente pretensiosos e autocentrados, que pensam ter descoberto a nova explosão da produção literária. Ou ainda, em consideração aos seus classicistas, que tal Willa Cather, ou devo dizer William Cather, que modificou seu nome quando estudava no Sarah Lawrence, cortou os cabelos, usava ternos masculinos e assumiu uma personagem masculina para *Minha Antônia*?

Fred, de forma alguma ofendido, disse:

— Devo ter deixado essa escritora escapar.

— Bem, eles não ensinam isso no ensino médio — retrucou Sara.

Olhei para os dois e pensei: "Que ótimo, talvez eu nem tenha que abrir a boca." Que precipitação. Sara se inclinou e me perguntou, ao mesmo tempo em que me examinava:

— Mas então, de que tipo de livros você gosta?

— Nossa — comecei obsessivamente a pensar alto. — Há tantas categorias diferentes que é impossível simplesmente citar algumas, não acha?

— Tente — disse Sara, me pressionando.

— Está bem, está bem, estou pensando. Gosto de histórias de amantes, sedução, sexo, casamento, violência, assassinato, sonhos e morte, e também histórias que se concentram sobre a família com todas as suas disfunções e misérias. Eu amo os escritores que fazem suas personagens femininas independentes, inteligentes e corajosas, mas também românticas e apaixonadas. Amo enredos sobre velhos amargos e mulheres que se transformam totalmente em pessoas suaves e piegas pelo amor de uma criança. Eu amo escritores que se concentram em mulheres que chegam à meia-idade e depois se perguntam "E agora?", ou mulheres solitárias e decepcionadas que moram nos subúrbios e não conseguem sair, ou autores que escrevem sobre a dor do crescimento, a procura pela identidade. Mas acima de tudo amo os livros sobre casos de amor espontâneos que dão errado ou que dão uma guinada rumo a um território inexplorado. É das repentinas idiossincrasias do destino que gosto e das consequências inesperadas. Todo mundo gosta, não é?

— Meu Deus, Dora. — Fred estava espantado. Ficou quieto por um minuto e depois começou a dizer alguma coisa.

Eu estava agitada. Continuava a tagarelar.

— Que tal autores como Carson McCullers, Anne Tyler, William Styron, Mary Gordon, Faulkner, Fitzgerald, Mary McCarthy, Alice Munro?

Ergui os olhos e percebi que estavam ambos olhando para mim fixamente. Que embaraçoso. Caí naquele precipício abominável onde frequentemente caem os leitores vorazes, uma ostentação devota, presunçosa, autocongratulatória, virtuosa de "que pessoa versada culta, superior e sensível eu sou". Eles provavelmente já ouviram tudo isso um zilhão de vezes. Eles trabalham em uma livraria. Como sou entediante.

— Minha autora favorita — disse Fred — é Dorothy Parker, que escreveu frases como "A voz dele era íntima como o farfalhar dos lençóis e ele beijava de maneira natural".

Meu Deus. Quero morrer agora.

Conversa informal

As pessoas costumam dizer que a vida é o principal, mas prefiro ler.
Logan Pearsall Smith, ensaísta americano (1865-1946), *Afterthoughts*

Quanto tempo leva para que um homem ligue para uma mulher na qual ele está interessado, presumindo-se, é claro, que ele ESTEJA interessado, o que eu acho que ele está? Uma coisa que me recuso a fazer é ficar sentada ao lado do telefone e esperar, embora eu tenha dado a ele meu celular. Vamos ver, ele entra mais ou menos às dez horas e fica provavelmente distraído e ocupado até a hora do almoço. Ele poderia ligar então, mas os homens normalmente esperam até as cinco, a "Zona Crepúsculo", quando a promessa de algo está no ar.

Olhei para o relógio, sete da manhã. O telefone tocou.

— Meu Deus, Dora, fiquei tentando encontrar você a noite toda. Sou eu, Brooke.

— Brooke? — Ouvi um estrondo ecoando por trás de sua voz.

— Acordei você? Dora? Você está me ouvindo? Estou fazendo essa droga de matéria sobre uma falha na segurança do aeroporto... Espere um segundo... Vou lá para dentro.

— Oi, Brooke — disse eu, meio acordada, meio dormindo.

— Escute, Dora. Concentre-se. Você está aí? Tive uma reunião tarde da noite ontem com o Eddie no caderno regional e contei a ele sobre a entrevista. Ele quer que você envie o seu currículo por e-mail, e inclua um portfolio com alguns dos seus melhores artigos.

— Mas isso é ótimo. Você está sendo tão gentil. Entretanto, pode ser que eu leve algum tempo para juntar tudo. — Que droga. Onde foi que eu coloquei aquelas coisas todas?

— Bem, não deixe passar muito tempo, está bem? Faça isso hoje. Preciso correr. Eu ligo mais tarde.

— Obrigada, Brooke. Estou muito grata.

Quebrei a cabeça tentando me lembrar de onde havia colocado a caixa com todos os meus artigos antigos. A última vez que eu me lembro de tê-los visto acho que foi na garagem do Palmer. Mas então, mudei a maior parte daquelas coisas para um depósito na Jefferson, perto do aeroporto. Ou talvez esteja aqui no porão do prédio. Não sei onde enfiei minhas coisas. Por que nunca consigo ser organizada? Minha irmã tem cada pedacinho de papel que ela já teve na vida arquivado em caixas plásticas com tampas herméticas organizadas em ordem alfabética.

Passei boa parte da manhã vasculhando o porão e os contêineres guardados com a *Containers R Us* no aeroporto. Depois de horas de buscas infrutíferas, por mais que eu não quisesse, decidi que era melhor ligar para o Palmer. Liguei para ele no estúdio. Quem atendeu foi a segunda-assistente.

Escritório do sr. Palmer.

— Oi, Stacy. Aqui é a Dora. Posso falar com o Palmer? — Uma pausa. Estou captando claramente o tratamento "ex-esposa sacal".

— Bem, vou ver se ele está. — Como se ela não soubesse.

Palmer atendeu imediatamente.

— Oi, Dora. Estou na outra linha. Deixe-me desligar.

— Não tem problema. Posso ligar mais tarde.

Eu o ouvi dizer para a outra pessoa:

— Eu ligo mais tarde.

E depois, para a arrogante Stacy:

— Feche a porta, sim? Então, Dora, a que devo esse prazer?

— Palmer, estou com um probleminha.

— Sei... — disse ele timidamente.

Contei-lhe o que estava acontecendo e que eu precisava entrar na garagem dele.

— Há alguém lá que possa me receber?

— Por que você não me encontra lá por volta do meio-dia? — ofereceu-se ele.

— Ah, não precisa se incomodar.

— Eu sei que não. Seja elegante, Dora.

— Tudo bem. Então a gente se vê ao meio-dia. Mas não poderei ficar.

Ele riu.

— Isso não foi elegante. Que tal almoçarmos depois?

— Estou toda desarrumada. Fiquei vasculhando caixas cheias de entulho a manhã inteira e tenho que conseguir organizar tudo no final do dia, e você sabe que esse não é o meu ponto forte.

— Ah, não? — provocou ele. — Ah, vamos lá. Deixe-me levá-la para almoçar. Eu não me importo se está desarrumada. Você está sempre linda.

Eu me derreto toda vez que ele faz isso. Ele SABE ser charmoso.

— Obrigada. Que gentil. Vejo você mais tarde.

Algumas horas depois, toquei a campainha, passei de carro pelo portão e fui diretamente para a garagem. Sem me esconder atrás dos arbustos. Não, senhor. Desta vez sou uma convidada, mas ainda assim não vou entrar na casa. Fiquei imaginando onde a namorada estaria.

A porta da garagem se abriu automaticamente por meio de um controle remoto em algum lugar. Fiquei de frente para uma torre de minhas velhas caixas de livros. Era impressionante o número exagerado delas, com livros da minha infância, da minha escola, de todos os meus antigos apartamentos. Acho que vou ter que levar essa tralha toda para casa. Se eu não tiver cuidado, vou acabar na capa da revista *People* — uma daquelas senhoras com gatos que acabam morrendo prematuramente por causa de todo o lixo que elas colecionaram. Posso até ver a manchete: "Maníaca por livros morre em incêndio." Não consigo acreditar que Palmer não tenha pedido para eu me livrar de tudo isso.

Comecei a vasculhar as caixas. Livros do meu período europeu, meu período vitoriano, meu período de literatura russa, meu período de Faulkner, meu período de Fitzgerald e meu período "não consigo suportar a minha vida". E lá estava, meu período produtivo, todas as minhas coisas da época do *Times*.

— Você quer que as meninas do escritório ajudem você a juntar tudo? — perguntou Palmer por trás de mim. Tenho certeza de que Stacy iria vibrar.

— Não, obrigada. Eu consigo.

— Fiz uma reserva no Bel Air Hotel.

— Palmer, olhe para mim. — Eu estava usando uma calça velha de moletom e uma camiseta cinza de mangas compridas que minha irmã havia me dado logo depois da separação que diz "tranquilidade" ao longo do braço. Não vou nem mencionar o suor de nervoso.

— Você está com a aparência de quem é daqui. Poderemos comer do lado de fora. Só os turistas se arrumam.

Paramos em frente ao Bel Air Hotel, um oásis cor-de-rosa em estilo espanhol cercado de cinco hectares de jardins viçosos com palmeiras altíssimas e salgueiros em cascata. Ao passar pelas cachoeiras, pelas pontes em arco e pelos plácidos lagos, cheguei à grande atração. Uma família de cisnes brancos como a neve que servem como pano de fundo para as centenas de casamentos que acontecem aqui todos os anos. Já vi fotos de casamento com a noiva regiamente de pé ao lado de Atenas, a louvada cisne-mãe, e seus cinco cisnezinhos cinzentos, apropriadamente batizados com os nomes das cinco filhas de Atlas.

Aproximamo-nos do terraço, uma idílica sacada a céu aberto com uma lareira que queimava eucalipto. As mesas estavam cobertas com luxuosos linhos italianos e o lugar todo exalava uma discreta elegância. Carla, a recepcionista, ex-atriz escandinava, cumprimentou Palmer com um beijo ligeiro na face e o acompanhou até a mesa de costume. Sorri timidamente enquanto caminhávamos para o sofá no canto.

Deslizamos para dentro da cabine circular e tentei não arrastar a toalha de mesa comigo. Lancei um olhar rápido para Palmer. Às vezes esqueço de como ele é bonito. Não é só o perfil aristocrata. São as mãos dele. Quando o conheci, eu lhe disse que as mãos dele me lembravam uma escultura de Rodin, aquelas mãos grandes e fortes com dedos longos e graciosos. Eu jamais conseguiria namorar um cara com mãozinhas atarracadas de gnomo. Fui atingida por uma lufada de sua loção pós-barba e uma onda de nostalgia me invadiu com força. Tenho que parar com isso. Não é de se admirar que os franceses afirmem que o almoço é a refeição mais sensual.

O garçom nos entregou o cardápio. Por um momento pensei em pedir uma sopa de aspargos brancos (está na época) e uma salada de legumes grelhados. Mas depois eu vi. Um hambúrguer de 20 dólares — 225 gramas de suculenta carne de boi Angus, batatas crocantes e queijo, bacon ou champignons, à sua escolha. Esse sanduíche estava me chamando. As mulheres em Los Angeles não pedem cheeseburgers. Elas pedem coisas como a salada de repolho Spa Cobb. Olhei para Palmer e disse:

— Você primeiro.

Ele disse:

— Vou querer a Spa Cobb.

Ai, céus. Estes estão bem perto de serem os piores seis meses de toda a minha vida. Vou pedir.

— Vou querer o hambúrguer com bacon. E queijo.

Palmer não disse uma só palavra, embora eu pense ter visto um leve sorriso no canto de sua boca.

— Gostaria de uma taça de vinho para acompanhar?

Se eu gostaria de entornar uma bebida? Nesse estranho momento crítico? Com toda certeza iria fazer com que a conversa se tornasse mais natural. Talvez ele devesse tomar um drinque. Não, não posso. Se eu tenho alguma chance de montar esse portfolio esta tarde, é melhor eu não beber.

— Não, obrigada.

— Então, você vai voltar a trabalhar. — É mais uma afirmação que uma pergunta.

— Espero que sim. Cometi um erro quando parei de trabalhar. — Opa. Espero que ele não leve isso para o lado pessoal. Ele levou.

— Quem pediu a você para parar de trabalhar? — Havia um leve traço de rispidez em sua voz.

— Bem, você sabe. Meu pai e tudo o mais...

— Eu sei, mas sempre achei que você escrevia bem demais para não trabalhar. Além disso, acho que é quando você fica mais feliz. Estou certo?

— Acho que o único momento em que estou realmente feliz é quando estou lendo. "Os livros fazem a vida ter sentido."* Alguém disse isso. De qualquer forma, é assim que me sinto.

— Mesmo? Não há outros momentos felizes? — Seu tom repentinamente se tornou íntimo e intenso. — Eu nunca fiz você feliz?

Fiquei desarmada. Não sabia o que me esperava, mas certamente não era isso. Rememorei a época quando Palmer e eu íamos para a cama e conversávamos a metade da noite sobre nada, ou quando eu acordava com o som alto do noticiário da TV, água corrente, gavetas batendo e o aroma amargo e torrado de café soltando fumaça sobre a minha mesinha de cabeceira. Era bom, era muito bom, quando nós nos arrumávamos para ir a mais um evento e depois desistíamos, momentos antes de chegarmos lá, e decidíamos sair para jantar, só nós dois. Ou quando ele ficava com aquela expressão quando eu entrava na sala e sua mão roçava meu braço, sinalizando nosso código especial e então havia aquela coisa de casal à noite, sentados na sacada ao ar livre, quando não dizíamos nada. É bom quando o silêncio é confortante assim.

— Sim, Palmer. Você realmente me fez feliz.

Ele ficou quieto por alguns instantes.

— Obrigado por dizer isso.

---

* Julian Barnes, *O papagaio de Flaubert*.

Houve um silêncio estranho enquanto nós dois olhávamos para o nada do outro lado do salão. Ele estudou meu rosto por alguns momentos e começou a sorrir.

Então meu celular tocou. Atendi.

— Oi! — Ai, meu Deus, é ele. Por que eu atendi? Eu não estava raciocinando.

— Eu me diverti muito ontem à noite — disse Fred.

Preciso desligar o telefone agora mesmo. Olhei para Palmer enquanto respondia com meu tom mais profissional possível.

— Posso ligar para você mais tarde?

— Acho que liguei em má hora. Eu ligo mais tarde — disse Fred.

Desliguei. Senti que Palmer sabia que era outro homem. Os homens têm um sexto sentido para essas coisas. A conversa mudou abruptamente para um tom casual. Ele perguntou sobre Virginia (eles sempre gostaram um do outro). Perguntei sobre a mãe dele (eca).

Depois ele disse:

— Eu nunca quis magoar você, Dora.

— Sei que não. — Eu deveria dizer mais alguma coisa. Deveria dizer que eu nunca quis magoá-lo. Que eu sinto muito por ter sido tão infeliz no final do nosso casamento. Que não sei se algum dia serei completamente feliz. Mas eu não disse nada.

Ele pediu a conta.

— Se você precisar de mais alguma coisa, basta me procurar. — Um educado beijo na face. — Mantenha-me informado sobre o emprego, está bem?

Entrei no carro e tentei avaliar o almoço. Ele ainda se importa comigo. Isso está claro. Eu ainda o acho atraente. Nenhum de nós dois se recuperou da separação. Espere. O que estou pensando? É claro que ele se recuperou da separação. Ele está morando com a estonteante e equilibrada Kimberly. Pensei em ligar para o Fred. Mas eu não estava no clima. O almoço foi desconcertante.

O telefone tocou.

— Já pode falar? — Era o Fred. Ele é lindo. Engraçado. Fácil de levar. Eu rio. Ele ri. Ele quer me ver... hoje à noite. Um encontro de verdade em uma espelunca onde se toca jazz com, espero, algum tipo de bebida alcoólica. Parece divertido.

Bem, como disse uma vez Edith Wharton, "se apenas parássemos de tentar ser felizes, nós poderíamos nos divertir um bocado".

Sobre repolhos e reis

A dança é um maravilhoso treinamento para as meninas: é o primeiro modo de aprender a adivinhar o que um homem vai fazer antes que ele o faça.
Christopher Morley, romancista americano (1890-1957), *Kitty Foyle*

Glendale. Quem vai a Glendale? Fica no Vale. Como ele conseguiu achar esse lugar, no meio de porra nenhuma? Parece que dirigi por uma semana inteira. A culpa é minha. Eu não queria contar a ele sobre minha fobia de estradas, ainda não. E não queria que ele fosse me buscar em casa por que assim eu ficaria presa se as coisas não se saíssem bem. Então dirigi durante uma hora e estou pelo menos vinte minutos atrasada.

Tentei não ser crítica quando Fred me disse que o clube ficava no Vale. Mas realmente, eu não conheço ninguém que vá tão longe, exceto para ir ao Costco. Ah, graças a Deus, há um manobrista no estacionamento. Parei o carro e ele perguntou:

— Qual é a senha?

Respondi:

— Botão de rosa.

Ele não riu. Como ficou evidente, ele realmente queria uma senha. Tentei explicar.

— Acho que meu amigo esqueceu de me dizer. O nome dele é Fred... Fred... — Que droga, não sei o sobrenome dele.

Enquanto deslizava uma nota de 5 dólares para ele, perguntei com voz doce:

— Pode estacionar meu carro perto do bar?

— Sem problema, senhora.

Entrei no Paddy's Crab Shack and Jazz Club. Dança e ostras na própria concha. O lugar parecia um bar de frutos do mar antiquado, ao estilo de New Orleans, com teto iluminado, aconchegantes cabines forradas de couro, painéis de madeira escura e serragem no chão. O único detalhe que fazia com que você soubesse que estava em Los Angeles eram as fotos autografadas por velhos astros e estrelas de cinema alinhadas na parede. O bar decorado em estilo Art déco ficava nos fundos e era ladeado por uma pequena pista de dança de madeira. O grupo de jazz movia-se perto do palco improvisado e percebi que eles não eram em nada parecidos com seus equivalentes moderninhos de Nova York. Do lugar onde eu estava, eles se pareciam mais com acadêmicos, ou talvez avaliadores de seguro, desinteressantes e grisalhos, acompanhados por suas esposas de expressões entediadas.

Encontrei Fred sentado em uma cabine nos fundos, bebendo devagar uma garrafa de cerveja. Sobre a mesa havia uma travessa gigante de ostras sobre gelo e metade delas havia sido comida.

— Então eu desisto, qual é a senha?

Ele ergueu os olhos para mim e sorriu.

— "Oh, Ostras, venham caminhar conosco/A Morsa suplicou".

— Que engraçadinho. Mas afinal do que se trata?

— Sax — ele disse, piscando para mim.

Não consigo me lembrar muito da noite. Começamos com cerveja e depois resolvemos tomar algumas doses de tequila. O trio de jazz não estava muito empolgante no início, mas no final da noite eles eram Duke Ellington executando um de seus *Sacred Concerts*.

Nós não tocamos em nenhum assunto referente ao passado — nem meu, nem dele. Eu ainda não sei seu sobrenome. Mas sei que ele está escrevendo uma peça, que ele é espirituoso e inteligente, ama poesia e tem uma memória fotográfica para tudo, desde as rimas nonsense de Lewis Carroll até as parelhas de versos de Alexander Pope.

Mais cedo, eu havia perguntado a ele se alguma vez já tinha ouvido falar do poema "Oração pela paz", de Ellen Bass. A essa altura, eu ainda estava sóbria o suficiente para tentar impressioná-lo. Exibindo-me ostensivamente, mandei:

— Há um sabor budista em um de seus poemas que é quase uma invocação à prece. Eu amo a imagem das rodas da bicicleta e o modo como Bass fica repetindo: "Faça menos o mal, menos o mal."

— Ah, "Oração pela paz" — respondeu ele sem hesitação. — Normalmente eu não leio poesia, mas eu gostei desse poema porque é bom e fácil de entender. Acessível como Robert Frost. A maior parte da poesia atual é detestável, muito obscura. É frustrante de ler. Discurso sem sentido profundamente comovente.

Oh-oh. Esse cara realmente sabe do que está falando. Agora vou ter que pensar em algo inteligente para responder. Engoli outra dose de tequila.

— Sabe, há essa teoria pretensiosa — como se eu não estivesse sendo pretensiosa — que diz que você tem de trabalhar um pouco para compreender um bom poema. É o elemento da obscuridade que permite que você extraia dele um significado mais pessoal.

Fred sorriu (o álcool já está começando a nos derrubar, graças a Deus) e recitou: "Você era generosa, assustadora, uma presença transbordante."*

Nesse momento, ele me ofereceu uma ostra.

Meu Deus, ele é sexy!

— C.K. Williams. Ganhou o Pulitzer no ano 2000. É bom, hem? — disse ele numa fala arastada. Ou enrolada?

Quem se importa! Tentei manter a cabeça no lugar e me ater ao assunto, mas não estava sendo fácil.

No meio de todas essas preliminares esotéricas, algo formidável aconteceu. A banda de jazz fez uma pausa e entrou música gra-

* C.K. Williams, *The Singing*, "Scale:11."

vada. Enquanto Frank Sinatra murmurava "Fly Me to the Moon", Fred olhava embriagado dentro dos meus olhos e sussurrava romanticamente:

— Estou bêbado. Vamos dançar.

Agora vamos retroceder um pouco — eu sou péssima dançarina. Eu sempre fui consciente a esse respeito. Primeiramente eu descobri que eu não tinha qualquer talento nessa área quando minha mãe enviou minha irmã e eu para a escola de dança e etiqueta da sra. Tavistock. Eu tinha 7 anos e a febre das discotecas havia tomado conta do país. Com exceção, entretanto, do Meadowbrook Country Club, onde quarenta alunos cativos do segundo e do terceiro ano se congregavam duas vezes por semana para aprender os fundamentos da dança de salão. Eu lembro que a única coisa que eu sabia fazer bem era o passo básico, e quando isso seria útil?

Mas esta noite eu estava serena, sedutora e sensual. Fred me arrebatou para a pista de dança. Queria me sentir arrebatada apenas uma vez na vida. E consegui. Não me preocupei com a música ou com o meu inexistente senso de ritmo. Como escreveu Lord Byron: "Perseguimos as horas ardentes com pés voadores." Pelo menos foi essa a sensação que tive. Também estávamos completamente bêbados.

Fred colocou a palma da mão sobre a curva de minhas costas e a coreografia devagar, devagar, rápido, rápido logo se transformou em um intrincado trabalho com os pés, com muitos rodopios e movimentos com os braços, viradas duplas, abraços eróticos e ação sensual com os quadris. A certa altura, arranquei meus sapatos enquanto ele me curvava e sussurrava em meu ouvido: "Ah, o anjo fêmea dançando sozinha em seus pés descalços. Ela está dançando há muito tempo, até mesmo para os músicos."*

— De quem é isso? — murmurei, ainda flutuando nos braços dele. Ele e sua mão em meu pescoço, enquanto posso sentir seu hálito quente e úmido em meu rosto.

---

* Bily Collins, *Sailing Alone Around the Room*, "Questions About Angels".

— Billy Collins. Ele é músico de jazz, budista, encantador e príncipe.*

— Como você — suspirei, perigosamente inebriada, quase sem me mover, incapaz de fazer mais que um simples abraço. Os versos de Bass ficam martelando na minha mente: "Faça menos mal. Menos mal." Mas, fiquei pensando, o mal já estava feito.

---

* Donna Seaman, *Booklist*.

A manhã seguinte

Nenhuma garota jamais foi
desonrada por um livro.
James J. Walker, prefeito
de Nova York (1881-1946)

Meus olhos estavam injetados e eu tinha olheiras profundas sob eles. Meus cabelos emaranhados estavam espichados em moitas e, quanto às minhas sobrancelhas, parecia que alguém as havia penteado com um batedor de ovos. Eu estava cercada pelos escombros do meu apartamento, onde pilhas de roupas descartadas jaziam no mesmo lugar em que haviam sido jogadas na noite anterior, no frenesi de tentar encontrar a coisa certa pra vestir. Havia o mau cheiro persistente de perfume e cigarros que emanava de meu corpo e meu hálito recendia a peixe e cerveja. Apoiei-me no batente da porta, deixando minha irmã entrar.

Ela me olhou rapidamente de cima a baixo.

— Meu Deus, o que aconteceu com você? Você está doente? Porque eu não posso pegar um resfriado. Camille poderia pegar e depois Andy, e isso me custaria um mês inteiro.

Ela carregava uma caixa repleta de arquivos, envelopes de papel manilha, etiquetas, uma variedade de instrumentos para escrita e papel ofício que de tão branco fez meus olhos doerem.

— Não, não estou doente. Que horas são? — Lembrei-me vagamente de ter pedido a ela que viesse e me ajudasse com meu currículo.

— Dora, é meio-dia. — Odeio quando as pessoas jogam as coisas na minha cara assim. — Preciso pegar Camille em exatamente duas horas, então se arrume e vamos trabalhar — disse ela, enquanto abria as persianas e as portas deslizantes da minha sala de estar e deixava entrar um ofuscante jorro de luz do sol e uma brisa do mar.

— Você não quer ouvir sobre o meu encontro?

— Ah. Claro. — Ela estava distraída, dispondo todos os apetrechos sobre minha mesa de trabalho.

— Está bem. Ele é interessante, eu me diverti muito, e não, eu não dormi com ele. — Só faltou um drinque para que eu acabasse com ele na cama, mas não havia necessidade de mencionar isso nesse momento.

— Então, o que ele faz? — perguntou Virginia, previsivelmente. Por que essa é sempre a primeira coisa que todo mundo pergunta?

— Ele trabalha na McKenzie's.

Virginia ergueu as sobrancelhas.

— Ele é escritor e é brilhante, está trabalhando em uma peça.

— E minha babá é roteirista. E aquele garçom de quem gostamos no Morton's é diretor de cinema. É essa coisa de vida dupla em Los Angeles, ninguém realmente é o que está fazendo. Tudo é temporário até que suas verdadeiras carreiras comecem.

— Você é uma esnobe.

— Bem, você também é. Apenas pense se você chegaria a sequer tomar uma xícara de café com ele se fosse vendedor de meias na Bloomingdale's. É essa coisa toda que você tem com os livros.

— Como se você já não tivesse feito isso.

— Está bem. Chega. Já passamos por isso muitas vezes. — Entreguei a ela meu rascunho. — Meu Deus, isso está uma bagunça. Parece que você gastou dez minutos nele.

— Bem, eu fiquei um pouco distraída... — E eu não estava falando de Thomas Pynchon.

Virginia me deu um sorriso tolerante.

— Você é impossível, Dora.

Olhou para o relógio. Agora ela era toda profissional. Passamos as duas horas seguintes compondo um currículo enxuto, de aparência profissional, e anexando alguns dos meus melhores artigos. Depois de dez anos ajudando Andy a solicitar diferentes tipos de sociedades e concessões, Virginia é uma profissional.

Depois veio o problema de dirigir no centro da cidade. Que droga. Virginia olhou para mim ao sair e disse:

— Por que você simplesmente não chama um mensageiro?

Eram quatro horas. O trânsito da cidade estava um nó. Parecia uma boa ideia. Eu a acompanhei até a porta. O currículo estava ótimo. Eu me contrataria.

— Obrigada, Ratinha. Você me salvou. Se pelo menos eu tivesse sua cabeça. Você é um assombro, um verdadeiro assombro.

Virginia começou a rir. Nós costumávamos nos comparar a Rato e Toupeira. Ela, é claro, era Rato, o sobrevivente inteligente e empreendedor. Eu, ai de mim, sempre era Toupeira, entocada sob a terra.

Anos atrás, quando nossa mãe nos deu *O vento nos salgueiros*, ela disse que era necessário merecer ler a obra-prima de Kenneth Grahame e que isso era um teste de caráter. Eu gostei mesmo da história, mas aos 8 anos, pensava que era sobre animais e não enxergava o que havia de tão especial. Somente anos mais tarde percebi que o livro está no mesmo patamar de *Odisseia* e *As aventuras de Huckleberry Finn* e incluía descrições homéricas da natureza e imagens de saudade e insatisfação divinas.

Ao sair pela porta, Virginia me deu um beijo de despedida e disse:

— A propósito, seus artigos são realmente bons, Dora. Não desista. Ligue se precisar de mim.

Então agora, aqui estamos, vinte anos mais tarde, Ratinha ajudando a ainda esquisita Toupeira a chegar à praia com segurança.

Você pode ficar de chapéu

Eu o estou relendo com uma
despreocupação lenta e deliberada.
T.E. Lawrence, também conhecido
como Lawrence da Arábia (1888-1935)

Sempre pensei que um caso de paixão acontece uma ou duas vezes na vida. O tipo de caso no qual estou pensando é do tipo sexo-a--noite-inteira — sexo no carro, na pia da cozinha, no corredor, em um beco, seja lá quando e onde for, sem nenhum dos pensamentos mundanos de como ele ganha a vida ou onde ele mora ou se ele liga para a mãe dele, ou mesmo se ele joga ou transa por aí. Todas essas considerações vêm mais tarde, depois que você para de tomar iogurte às duas da madrugada para reunir forças para mais umazinha antes do amanhecer, ou depois que aquele sentimento vertiginoso e entorpecedor de alegria cede lugar à rotina, ou talvez mesmo depois que você atinge os 35 e percebe que a libido é dispensável, mas um estilo de vida decente não é.

Tudo isso me leva à noite em que fui para casa com Fred. Havíamos ido ao indispensável restaurante tailandês onde ele me deixou deslumbrada com seu conhecimento sobre *Vida e aventuras de Nicholas Nickleby*; dirigimos até a praia e discutimos as obras poéticas de Tennyson e a última peça de Tom Stoppard. Havíamos chegado de uma reunião informal para tomar café com Ken e Sara, e pensei que se ouvisse mais algum gracejo literário competitivo, eu iria explodir, então fiquei encantada e mais que disposta quando

Fred pegou minha mão, levou-me para sob a luz da lua e sussurrou: "Vamos para minha casa." Ele acariciou minha cabeça e meu pescoço como se eu fosse uma criança, e de repente eu estava tão excitada que quase tropecei no meio-fio. Já havia algum tempo que não me sentia assim. Bastante tempo.

Fred mora no terceiro andar de um prédio de apartamentos desinteressante, em estado levemente precário perto da UCLA. O prédio abriga pessoas subindo e descendo, um mix de estudantes de graduação, jovens recém-casados e uma família paquistanesa cujo cheiro da comida impregna os corredores com aromas de curry, cominho e incenso estragado. O elevador estava quebrado, então Fred ficou atrás de mim, plantou suas mãos largas nas minhas costas e me empurrou escadas acima. Quando finalmente chegamos ao apartamento dele, meu coração havia disparado, eu estava sem fôlego e minhas coxas gritavam de dor. Nós rimos, mas comecei a pensar melhor. Nada como uma árdua subida de escadas para enfiar na cabeça o fato de que você não é uma franguinha.

As coisas ficaram piores quando entramos no apartamento. Podia ser o alojamento de um estudante universitário, repleto de livros empilhados por toda parte, um quarto desleixado com uma pilha de roupa suja no canto, uma bicicleta que ocupa metade da sala de estar e uma televisão de plasma na parede. Nada de arte, sem frescuras. Também havia uma aparelhagem de som da Bose. Muito diferente da casa reluzente de aço e vidro, gravemente moderninha de Bel Air que visitei algumas semanas antes quando Pamela atenciosamente me arranjou um encontro com um parceiro de negócios do marido dela. Jantamos na casa dela, o que consistiu em quatro pratos de sopa, uma salada de camarão e mexilhões que remexi com um garfo de coquetel de madrepérola e um condimentado chadornnay com "só um toque de arrogância", como o marido dela disse. Nesse meio-tempo, Pamela mantinha uma conversa jovial, ainda que um pouco forçada, perfeitamente consciente de que o encontro arranjado havia sido um fiasco. A sobremesa foi uma compota de figos arrematada com molho de menta e conhaque de pêssegos.

Quando o colega do marido de Pamela começou a falar, tentei me mostrar interessada, muito embora ele tivesse a aparência suspeita de um velho conservador dentro de roupas modernas — camisa Turnbull e Asser engomada, feita sob medida, com colarinho grande, e um enorme e complexo relógio esportivo de titânio negro com uma quantidade chocante de mostradores e botões, um tipo de Hummer para o pulso. O conjunto tinha como complemento uma refrescante rajada de Eau Savage de Dior e, quando a certa altura ele chamou o marido de Pamela de "querido", eu quis abandonar tudo e todos ali mesmo.

Depois do jantar, nós nos amontoamos no Range Rover dele e fomos, através de uma entrada ladeada de figueiras, até sua pomposa casa nova, que estava "bem na fase de acabamento", como ele observou. Ele, aparentemente, tinha o mesmo consultor de arte de Pamela e nos mostrou sua mais recente aquisição de um grupo de artistas cubanos que fazia instalações relativas à literatura censurada ao redor do mundo. A peça consistia de cinquenta tiras de papel parecidas com bandeiras dispostas uma sobre a outra em uma parede totalmente branca na sala de estar. Cada bandeira tinha impressas frases de romances famosos que haviam sido censuradas, incluindo obras de Dante, Ginsberg, Maurice Sendak, Neruda e Orwell.

— Eu chamo de meus cinquenta estilosos — disse meu par, ao que ninguém respondeu.

Eu realmente amei suas cadeiras Barcelona escarlates e a cozinha em placas de calcário com todos os aparelhos impressionantes, imaculados, de tecnologia alemã, e os armários silenciosos de fechamento automático, mas ainda assim não consegui sequer apertar a mão dele para dizer um boa-noite. Ele era basicamente um idiota.

Fiquei observando as costas musculosas e o pescoço de Fred enquanto ele movia algumas coisas do sofá e depois acenou para que eu me sentasse. Sempre há esse momento logo antes de você começar um caso: quando você prossegue ou não. Às vezes você se sente como se estivesse de pé em uma estação de metrô escura, aproximando-se cada vez mais dos trilhos, e de repente um impulso irracional faz você se jogar da plataforma bem na frente de um trem em alta velocidade. Há um termo psicológico para esse tipo de ímpeto fatal que, aparentemente, muitos dos nova-iorquinos que andam de metrô já experimentaram. Mas a questão é que, uma vez que você vai para a cama com alguém, as coisas mudam e você não pode voltar atrás. Quando se é mais jovem, a tendência é não pensar sobre as consequências. Você conhece um cara, você se sente atraída, vocês fazem amor, ele telefona ou não telefona. A vida continua e você tem de lidar com isso. Mas agora estou em uma idade onde o equilíbrio é importante e não se pode ser séria demais ou frívola demais, e há essa vertigem levemente distorcida e sempre presente que mostra como tudo isso pode ser precário.

Fred, por outro lado, age como se estivesse no piloto automático. Ele foi até a aparelhagem de som e colocou Randy Newman cantando "You Can Leave Your Hat On".* A música é um lento strip-tease:

Baby, take off your dress

*Yes, yes, yes***

Que sutil. Em seguida, ele foi até o bar, pegou uma garrafa de tequila, dois copinhos e se sentou no sofá ao meu lado. Ele tomou um trago e me estendeu a garrafa. Fiquei olhando para os copos vazios por um momento e, obedientemente, engoli. Um dos grandes.

Tive aquela sensação trêmula e absurda de apreensão enquanto o álcool começa a arder no alto da minha cabeça e atrás dos lóbulos das minhas orelhas e a queimar pelo caminho até minhas entranhas. Então, senti uma onda de calor em meu corpo enquanto silenciosamente o observei tirar uma das botas, depois a outra, afundar nos travesseiros e esticar as pernas. Eu não estava confortável. Decidi que

* "Você pode ficar de chapéu." (*N. do T.*)

** "Gata, tire seu vestido/Sim, sim, sim." (*N. do T.*)

ainda podia cair fora dessa situação. Estava prestes a dizer algo superficial quando ele me surpreendeu.

Ele colocou os braços à minha volta e me puxou em sua direção de forma impetuosa. Pensei que eu tivesse mais tempo. Pensei que fôssemos discutir o assunto. Meu Deus, mas isso é bom. Eu me havia esquecido de seu sensacional charme sulista, uma sensualidade de arrasar. Seus braços eram poderosos e ele continuava se movendo, empurrando tecido para o lado e derrubando travesseiros para fora do sofá até que finalmente ele me tocou. Suas mãos acariciaram minha cabeça, deslizaram pelo meu pescoço. Eu pude ouvi-lo respirar e senti o cheiro de sabonete em sua pele quando ele carinhosamente roçou seus lábios sobre os meus e depois se inclinou e me beijou no pescoço. Eu não estava aguentando. Estava inundada de desejo.

Ele recuou e me deu um sorriso divertido.

— Você gosta disso, hem? — disse. — Você mudou de ideia?

Então ele sempre soube. Eu ri.

— Cale a boca — respondi. Obviamente eu queria mais. Comecei a desabotoar minha blusa.

— Ainda não — disse ele. — Qual é a pressa? Vamos conversar.

— Meu Deus, Fred, você está falando sério?

— Estou. Vamos conversar sobre por que eu gosto de você.

— Se você me disser que sou sua alma gêmea, vou embora.

Fred não respondeu, então fiquei em silêncio enquanto ele deslizava a mão sob a minha blusa, gentilmente fazia pressão sobre as minhas costelas e começava a traçar círculos invisíveis em volta de meus seios.

— Gosto do seu pescoço longo e elegante e o modo como seus tornozelos se curvam bem ali, em suas adoráveis pernas, e eu gosto de seu peito pequeno e firme, como de uma adolescente, e do modo como você pulsa quando eu toco em você. Sua boca é magnífica. É macia e úmida quando beijo você, e suas costas têm uma curva que aparece sob suas roupas quando você caminha.

Suas mãos estavam se movendo pelas minhas pernas e ele começou a acariciar a parte interna das minhas coxas.

— Gosto do seu jeito de andar. Seus ombros são quadrados e retos e sempre sei que é você, mesmo a distância, por que ninguém que eu conheça se move como você.

Eu já estava longe, muito longe, sua voz ainda ao meu redor, e eu me ouço soltar um gemido. Eu deixo que ele assuma. Vou deixá-lo fazer qualquer coisa. É como despencar de uma ponte. Lá vou eu de novo.

Casa da felicidade

Lily se sentia orgulhosa de seu indulgente
reconhecimento da literatura e sempre
carregava um Omar Khayyam
em sua bolsa de viagem.
Edith Wharton (1862-1937), *A casa dos mortos*

O convite para a festa de aniversário de Pamela chegou em um envelope cor-de-rosa em formato de porco e dizia: "Venha vestido de faroeste para comer como um porco." Era, aparentemente, a ideia de algum organizador de festas "original". Pessoalmente, eu não faria um convite em formato de porco para o meu aniversário. A maioria dos convidados parecia ser de amigos mais velhos do marido semiaposentado da Pamela, William, e as fantasias incorporavam todas as espécies em vias de extinção existentes — avestruzes, crocodilos, pele de cobra. Felizmente, ninguém está fazendo piquete na porta da festa.

Alguém poderia questionar minha sensatez ao trazer Fred a um evento como este. Só estávamos namorando havia algumas semanas. Dorothy Parker uma vez disse que ela queria gravados em sua lápide os seguintes dizeres: "Para onde quer que ela tenha ido, incluindo este lugar, foi contra sua vontade." Eu deveria ter seguido seu conselho e ficado em casa, mas era aniversário de Pamela e eu queria que Fred conhecesse meus amigos.

Estava chovendo enquanto dirigíamos por obscuras ruas secundárias em West Hollywood procurando o endereço. Finalmente achamos — um armazém que fora reformado para parecer um celeiro. Na frente da construção havia estátuas em tamanho natural de novilhos e cavalos em fardos de palha encharcados e uma grande placa pintada à mão sobre a entrada que diria "Curral da Pamela". A chuva caía torrencialmente quando paramos o carro e o entregamos ao manobrista.

Pamela nos cumprimentou à porta, entusiasmada, usando calções de couro típicos dos vaqueiros e uma camisa de seda turquesa.

— Oi! Olha quem resolveu aparecer!

— Pamela, este é o Fred. Desculpe pelo atraso.

William, cujo hálito cheirava a uísque, usava um distintivo de xerife e disse ao me abraçar:

— Pensamos que talvez Dora estivesse dirigindo.

Ele me deu uma piscadela bem-humorada e uma cutucada. Lancei um olhar para Pamela e tentei desviar a conversa para outro assunto. Olhei em volta. A triste verdade sobre a maioria das festas é que se você não estiver levemente embriagado, elas não são tão divertidas.

— Oi, Fred. Ouvimos tanto a seu respeito — disse Pamela. Odeio quando as pessoas dizem isso. Porque a pessoa em questão fica sempre imaginando o que elas ouviram e o que você disse a elas. E só tem algumas semanas.

Fred olhou para mim e disse:

— Só coisas boas, espero. — Risadas débeis.

— Então, Dora, já teve notícias do emprego? — Coube a Pamela trazer à tona esse assunto constrangedor. — Ela era repórter de elite do *Times* — disse ela, empurrando meu ombro. — Você contou a ele sobre todos os prêmios que ganhou?

— Pamela, isso foi há muito tempo — Que ótimo. Agora vamos nos concentrar em minha carreira inexistente.

Vi minha velha amiga Heather perto do bar acenando para que fôssemos até lá. Ela estava com seu último namorado, que, pelo que ouvi dizer, é um jovem executivo bem-sucedido no ramo do cinema.

Ela me deu um grande abraço.

— Heather, você está maravilhosa!

Heather é uma daquelas mulheres que está sempre bonita, não importa o que ela esteja vestindo. Ela é alta e tem uma pele de pêssego, perfeita, e exala um tipo de calor do Meio-Oeste e uma espécie normalidade, embora tenha uma predisposição para exagerar nas doses de remédio para dormir e caminhar, sonâmbula e de camisola, pela vizinhança. Na verdade, uma noite, ouvi que aconteceu um grande mal-entendido com um policial que pensou que ela tinha sido sequestrada em algum outro lugar e deixada em Brentwood, o bairro onde mora. Seu marido precisou esclarecer a confusão e esse pode ter sido o ponto crítico do relacionamento deles. Ela está solteira há alguns anos.

Heather usava joias indianas caríssimas e um cinto com uma concha de prata de lei. Ela parece ter um interminável suprimento de dinheiro de seu ex-marido, que importa alguma coisa da China mas ninguém sabe o quê.

Quando Fred e eu começamos a pedir um drinque, uma voz anasalada anunciou pelas caixas de som: "Olá, pessoal! Vão para seus lugares, é hora de encher a pança!"

Estávamos sentados à mesa de Pamela, que era uma tábua de carvalho sobre suportes e bancos ao estilo sulista. Em cada lugar havia uma boneca de vaqueira, cuja cabeça, que balançava, lembrava Pamela, e garrafas letais de tequila Patron de altíssimo teor alcoólico acompanhadas de copinhos de shot. Também havia bandanas vermelhas, lenços umedecidos e babadores de plástico, e tudo isso me deu uma sensação ruim sobre a comida. Essa sensação se justificou quando, ao som brincalhão de "Friends in Low Places", garçons vestidos de caubói, dançando uma coreografia ensaiada, começaram a trazer enormes travessas de costela pingando um viscoso molho de churrasco, tigelas gigantescas de feijão assado servidas com conchas, broas de milho do tamanho de tijolos e salada de repolho nadando em um mar de maionese.

Todos estavam conversando animadamente sobre o clima. Dois dias de chuva em Los Angeles e ela vira o centro das conversas, como, digamos, uma eleição presidencial. Metade dos meus amigos fica apenas sentada em casa, matutando, esperando que a camada de nuvens negras se dissipe, como um surto de depressão.

Pamela estava resmungando a respeito do tempo escuro e sombrio, com chuva demais e nevoeiro, e ela até mesmo cancelou a consulta com o dentista, o que é incomum por que ela o ama — ele é um desses dentistas que adoram alta tecnologia, com televisões de plasma instaladas sobre cada cadeira, filmes recém-lançados e fones de ouvido da Bose. Ele também cuida de todos os esquisitos neuróticos que se preocupam com germes na cidade. Tudo é coberto com plástico esterilizado e há sensores de movimento que abrem todas as portas.

O entusiasmo da festa crescia em uma razão diretamente promocional às quantidades maciças de tequila que os convidados bebiam distraidamente. Percebi que duas mulheres, que por acaso sei que não se falavam havia quatro anos, estavam em uma conversa agradável no canto.

Enquanto isso, William berrava do outro lado da mesa para o namorado de Heather sobre a nova aquisição da Viacom e sobre como seus sócios haviam calculado essa manobra alguns meses antes e "ganharam alguns milhões com essa". O outro cara começou a conversar sobre todas as consolidações, até mesmo nos negócios da agência. O radar de William se aguçou enquanto tentava imaginar onde seria a próxima fusão e se as últimas ofertas públicas estariam caras demais. A conversa se desvia para imóveis, que é para onde tudo é levado em Los Angeles. William falava sobre shoppings e lojas-âncora e acrescentou que seus sócios estão examinando alguns negócios no Texas, na Louisiana e no Tennessee.

Fred ficava pedindo licença para escapar para o Saloon Giddy-Up, onde escolheu alguma coisa com gelo e estava conversando por um período longo demais com o barman, que, no final da noite, já era seu novo melhor amigo.

No entanto, ele estava um gato; mais que um gato. Ele fez questão de não usar nada que pudesse nem remotamente ser relacionado a caubóis. Na verdade, estava com a aparência duvidosamente bem-arrumada. Não importa. Quando nós nos sentamos, Pamela deu um sorriso largo e sincero para Fred e disse:

— Eu realmente amo perambular pelas livrarias. É um deleite.

Um deleite? Fred assustadoramente tem esse efeito sobre as mulheres. Ele me entregou um copinho cheio de tequila e disse:

— Vire tudo, gata.

Nesse meio-tempo, Heather, cuja missão na vida é fazer todos se sentirem confortáveis, levantou os olhos para Fred com seu rosto *dolce vita* e perguntou:

— Então, quais são os livros mais recentes... O que você recomenda?

Ele sorriu para ela.

— Que tipo de livros você gosta?

— Não gosto de nada deprimente. Gosto de ler livros alegres.

Percebi a zombaria e um lampejo levemente galanteador no olhar de Fred. No minuto em que você diz algo assim para um leitor sério eles pensam que você é completamente superficial. Você também poderia dizer-lhes que gostaria de ser animadora de torcida dos Lakers.

— Nada depressivo, não é? Há alguns romances novos... — E ele ofereceu alguns títulos leves, frívolos e superficiais. — Pode ser que você goste desses — disse ele maliciosamente.

Então ele me fez um aceno de cabeça com cumplicidade. Isso está começando a parecer algo saído de um romance de Edith Wharton. Homens esnobes brincando com as mulheres que eles acham que estão abaixo deles. Heather não entendeu a situação. Ela agradeceu e eles continuaram a conversar, mas fiquei aborrecida.

Mais tarde, durante o jantar, o marido de Pamela, William (que todos nós aturamos por que ele é muito gentil com Pamela), começou a entreter a todos com histórias sobre a viagem deles a Florença. Eles ficaram no Grand, é claro, comeram um excelente *paglia e fieno* nesse tal restaurante e ganharam uma garrafa de um excelente

Chianti de 14 dólares nesse restaurante (esqueçam o fato de que eles pagaram 600 dólares por diária no hotel). Ele continuou com voz animada e ribombante a falar sobre o guia de turismo que era professor universitário de história da arte, e sussurrou conspiratoriamente o nome da loja fabulosa onde é possível comprar bolsas de couro feitas na mesma fábrica da Prada pela metade do preço.

Fred reprimiu um bocejo no momento em que Heather perguntou a ele de modo de infantil:

— Você já esteve lá, Fred?

— Não, não gosto muito de viajar. Penso que é muito parecido com golfe ou tênis. Há determinadas atividades que as pessoas se sentem obrigadas a executar quando elas atingem um determinado status na vida. Prefiro ficar em casa e ler *Morte em Veneza.*

Depois de um momento de silêncio embaraçoso, tentei remediar a situação e manter a conversa fluindo.

— Algo tipo aquele livro *O turista acidental.* Vocês se lembram do cara que escrevia livros de viagem para pessoas que não gostavam de viajar? Ele dava conselhos às pessoas sobre como evitar contato humano, onde encontrar comida americana e como se convencerem de que realmente não haviam saído de casa.

Olhei à minha volta. Ninguém estava acreditando. Todo mundo sabia que não foi isso que Fred quis dizer.

Todo mundo menos Heather.

— Ah, isso é um livro? Pensei que fosse um filme antigo. Aquela atriz de quem não sei o nome não estava nele? Você sabe...

— Talvez Annette Bening? — sugeriu um outro convidado.

— Não, não. Definitivamente não era Annette Bening. Era, sabe, a garota de *Thelma e Louise.*

Agora a mesa toda estava envolvida.

— Susan Sarandon?

— Não. A outra.

— Estou com a imagem dela na minha cabeça. Ela é grande, cabelos escuros. Alta mesmo.

— Não era aquele cara de *Corpos ardentes*, como é o nome dele? William Hurt, não era com ele?

— Isso. Ele é surdo?

— Não, ele não é surdo. Era o papel que ele estava representando em *God's Children*.

— Não era *God's Children*. Era *Filhos do silêncio* e foi mais ou menos há trinta anos.

Meu Deus. Eles precisam parar. Onde Fred está indo? De volta ao bar. Foi nesse momento que Pamela disse triunfalmente:

— Geena Davis! Era ela. A bendita Geena Davis! — Pamela não consegue, de jeito nenhum, dizer algo que lembre, mesmo remotamente, um palavrão. Ela também sussurra nomes de doenças.

Nessa altura, um dos membros da banda agarrou o microfone e gritou:

— Vaqueiros e vaqueiras, agora é hora de trocar de par. Quero que todos os vaqueiros peguem seus guardanapos e copos e mudem para três cadeiras à direita.

Todos começaram a rir quando os homens começaram a se levantar e se mudar para três cadeiras adiante, em sentido horário.

William se sentou perto de mim, e Pamela, a aniversariante, tinha uma cadeira visivelmente vazia à sua direita. Eu disse com rapidez:

— Ah, acho que Fred foi lá fora dar um telefonema. Eu já volto.

Onde diabos ele estaria? Eu sorri confiante ao mover-me rapidamente pela multidão de convidados e me dirigi ao bar. Nada de Fred. Que droga. Vaguei um pouco pelo salão e olhei para fora na direção do estacionamento. Talvez ele tenha ido embora. Não que eu possa culpá-lo. Esta festa está verdadeiramente ultrajante.

Finalmente o localizei sentado em um muro atrás da entrada da cozinha. Ele e o barman estavam fumando. A tempestade parecia ter amainado um pouco, mas havia uma mancha cinza-escura de nevoeiro no horizonte e eu podia sentir meus cabelos se armando. Quando finalmente cheguei perto dele, ele me deu um sorriso transparente e me apresentou a seu novo amigo, Chad, um cara com aparência de estúpido, membros flácidos e cabelos ligeiramente grisalhos que estava estudando para ser ator.

— Oi! — disse desinteressadamente, tentando pelo menos manter a aparência de "ei, estamos todos nos divertindo aqui". — Todos trocaram de cadeira para a hora do bolo e seu lugar é ao lado da anfitriã. Você se importaria em voltar lá para dentro?

— Tudo bem. Em um minuto. — Senti uma frieza no ar ao perceber a má-acolhida. Uma fina película de chuva se espalhava por meu rosto e eu distraidamente desamarrei minha bandana e comecei a secar minha testa.

— Fred, eles estão todos sentados e é um pouco embaraçoso.

O barman deu um olhar para Fred que, eu sei, significa: "Meu Deus, essa moça está nervosa."

— Dora, eu tentei, mas não tenho nada a dizer para aquelas pessoas. Por que nós simplesmente não escapulimos pelos fundos? — brincou enquanto deslizava o braço à minha volta e tentava me dar um aperto embriagado. Mas eu não estava no clima. Isso tudo era realmente desagradável.

— O que há com você, Dora? Alegre-se!

— Está bem. Esqueça — retruquei. O barman estava sorrindo maliciosamente nessa hora.

— A gente se fala mais tarde — disse Fred ao barman, obviamente mudando de ideia. Ele esmagou a ponta de seu cigarro com má vontade contra a parede e me seguiu de volta ao salão, caminhando atrás de mim a cerca de cinco passos de distância, como um estudante de castigo.

Voltamos para a mesa exatamente quando as luzes começaram a diminuir. Uma carroça puxada por um pônei-anão que levava um bolo elaborado em camadas começou a dramaticamente se aproximar de Pamela.

— Ah, todos nós pensamos que vocês tinham ido embora — Heather deixou escapar em um tom profundo, bem-intencionado, enquanto uma rodada de brindes longos, bêbados e patéticos se iniciava.

Nós nos sentamos e Fred quase não falou mais. Eu deveria tê-lo deixado lá fora. Isso é tão ruim. Mas ele poderia tentar só um pouquinho. Na livraria, ele tem uma graça natural com todos os estranhos que entram pela porta — uma maravilha literária com um espirituoso elemento de encanto e uma fantástica habilidade para citar textualmente passagens relevantes. E agora eu o via mexer na boneca com a cabeça que balança e depois olhar para o nada com uma expressão vaga. É óbvio só para mim ou será que todos estão notando que ele não quer estar aqui?

Pamela estava conversando com a mulher do outro lado da mesa sobre pré-escolas. Pamela disse à mulher que a escola de Madison é muito consciente do processo de construção da autoestima e baniu as brincadeiras danosas aos sentimentos. Na verdade, ela diz com orgulho, eles sequer brincam de pique-pega; em vez disso, brincam de Círculo de Crianças, onde ninguém está "de fora". Parece que até mesmo o jogo de queimado caiu em desgraça. E ela prossegue, elaborando que não há notas vermelhas nos testes porque isso é estressante demais para as crianças... Cor de lavanda é muito mais calmante.* Fred me lançou um olhar.

Pamela, distraída, inclinou-se para ele e disse:

— Então, ouvi dizer que você é dramaturgo?

— Sou.

— Do que trata sua peça?

— É meio complicado.

— Ah. Há quanto tempo você está trabalhando nela?

— Alguns anos.

Pamela estava se esforçando para inseri-lo na conversa.

— Então, é verdade mesmo o que andam dizendo sobre a morte dos romances?

Fred olhou para ela, incrédulo.

---

* Christina Hoff Sommers e Sally Satel, M.D., *One Nation Under Therapy*.

— O que estão dizendo exatamente? — respondeu ele, colocando-a em maus lençóis.

— Bem, você sabe, que as pessoas só querem assistir à televisão e alugar filmes.

— Essas pessoas provavelmente nunca leram, para começo de conversa. — Houve um silêncio desconfortável enquanto ela procurou mudar de assunto.

— E quais são os livros mais procurados? O que as pessoas estão lendo?

— Livros que fazem parte da usual lista de livros do *The New York Times*.

— Ah. Tipo...?

— Baldacci, Steel, Roberts, Clancy, coisas assim.

— Ah, eu gosto de Tom Clancy.

— Muitas pessoas gostam.

Pamela se esticou para, discretamente, afrouxar um furo de seu cinto e pegar seu pó compacto. Ela reaplicou meticulosamente o batom e disse:

— Bem, foi bom conversar com você, Fred, mas acho que preciso me misturar um pouco com meus convidados.

Foi aí que um casal à mesa ao lado, que aparentemente estava tendo uma pequena discussão, explodiu. Ela estava gritando.

— Foda-se!

Ele gritou de volta.

— Foda-se você também!

Então ela saiu correndo para a chuva aos prantos. Ele rapidamente se desculpou sem se dirigir a ninguém e foi atrás dela.

Pamela murmurou um "xiii", propositadamente ignorando a explosão de raiva, e continuou desempenhando suas tarefas de anfitriã. Fred olhou para mim e revirou os olhos.

Tudo bem, então esta aqui não é a Távola Redonda dos chefes da tribo Algonquin. Ele poderia pelo menos ter se esforçado. Sem dúvida, esta festa está sinistra. Mas não de forma positiva. Como em *Sua-*

ve é a noite, quando Dick Diver diz: "Quero dar uma festa realmente má. Estou falando sério. Uma reunião em que haja briga e sedução e pessoas voltando para casa sentindo-se ofendidas e mulheres que desmaiem no banheiro. Espere e verá."

Não havia meio de salvar a noite.

Onde vivem os monstros

O gamo ergueu seu rosto para ele. Virou a cabeça
com um movimento amplo, admirável, e o fez
estremecer encarando-o com seus olhos líquidos.
Marjorie Kinnan Rawlings (1896-1953),
Virtude selvagem

Levando em consideração tudo o que aconteceu, a noite passada foi um desastre. Nós fugimos logo depois de cortarem o bolo e, quando entramos no carro, em vez de simplesmente desabafarmos — eu dizendo a ele que ele foi um canalha, ele me dizendo que meus amigos são burgueses e entediantes —, nós evitamos o confronto. Já aprendi que, normalmente, isso é um erro, mas a essa altura já nos havíamos transformado em passageiros emburrados trocando amabilidades de forma dolorosamente civilizada.

— Você se importa se eu ligar a música? — perguntou Fred com um sorriso benigno.

— Ah, não, de maneira alguma — respondi calmamente.

— Acho que já ouvimos música country demais por hoje — disse ele, o que poderia ter sido engraçado se nosso humor estivesse diferente.

E então ele soltou a bomba.

— Qual o melhor caminho para deixar você em casa?

Agora fiquei com raiva. Era eu quem ia dizer "Leve-me para casa". Mas, em vez disso, respondi educadamente:

— Primeiro, pegue a 10 e vá para o norte na 405 e pegue a saída na Wilshire. Pegue a Wilshire West para San Vicente e explico o resto quando chegarmos lá.

— Não seria melhor para mim se eu pegasse a 10 direto para a rua 26, e depois subir para San Vicente?

Eu não sabia quanto tempo mais eu iria suportar a situação.

— Não, a rua 26 em geral está engarrafada, então a 405 seria a melhor opção. — Se ele me perguntar mais alguma coisa sobre o caminho a tomar, vou estourar.

— Seus amigos são muito simpáticos. — Ele não estava sendo sincero. Por que estava dizendo isso?

— Obrigada. — (Seu imbecil.) Ele me deixou na porta do prédio dizendo que tinha de acordar cedo, mas sabíamos que era mentira.

* * *

Darlene aturou minha rabugice o dia todo. Ela me ligou de manhã para me informar que não poderíamos fazer nossa caminhada de sempre porque havia uma grande infestação de lulas e todas as praias estavam fechadas temporariamente.

— Você está brincando? De qualquer forma, o que é uma lula? O mesmo que calamari?

— Isso, só que sem o azeite. Como foi a noite passada?

— Ah, meu Deus, vejamos. Fomos a uma festa temática cara e brega em West Hollywood que era para ser dança de quadrilha e que, admito, era de mau gosto mesmo para Pamela, e ele ficou tratando meus amigos com superioridade e resolveu ficar do lado de fora com o barman. Quando pedi a ele para, por favor, voltar para a festa e agir como adulto, ele ficou encolhido e praticamente mudo pelo resto da noite. Ele odeia meus amigos.

— E daí? Eu odeio seus amigos. — Ela riu. — Brincadeirinha. Não odeio de verdade.

— Bem, foi extremamente desconfortável.

— Você transou com ele?

— Não, não transei com ele. Ele me largou em casa. Não via a hora de se livrar de mim. E, pessoalmente, eu não via a hora de me livrar dele.

— Mas por que você o jogou nesse cenário bizarro, afinal de contas?

— Era a festa de aniversário de uma das minhas amigas mais antigas — bufei. — Ele poderia ter sido mais cordial. Fiquei esperando o momento em que ele diria algo mordaz e provocativo. Deus sabe quantas oportunidades ele teve entre as perguntas de Heather sobre livros e os incentivos de Pamela para que falasse sobre o trabalho dele, mas, em vez disso, ele ficava lá todo crítico e santarrão.

— Ele estava inseguro — insistiu Darlene.

— Não estava, não. Ele estava desdenhoso e esnobe.

— Está bem. Então ele estava os dois. Ele ainda é um gato e uma ótima transa. E daí? Sabe qual é o seu problema, Dora? Você transforma todas essas coisas sociais em algo desagradável por nada. Você está deprimida desde a separação e o que está fazendo agora? Lendo e indo a consultas médicas. Sinto muito. Sei que você está mal. Eu não quero magoar você. Eu magoei você?

— Não, Darlene. A essa altura não tenho mais sentimentos.

— Está bem. Vamos falar sobre alguma coisa positiva. Como está indo com o emprego?

Ah, isso é algo positivo.

— Ainda estou esperando uma resposta deles.

— Eu posso ligar para Sully, ela ainda está nos Classificados. Ela pode ter ouvido alguma coisa a respeito.

— Obrigada, mas não — respondi, desanimada.

— Relaxe, Dora. Você vai conseguir o emprego e o Príncipe dos Livros telefonará para se desculpar.

— Não vai, não.

— Ele vai ligar. Eles sempre ligam para você.

— Não que eu me importe, mas nem sempre eles ligam. Não tenho mais 25 anos. Sou divorciada. Duas vezes. Quase. Não tenho emprego. Meu dinheiro não vai durar muito mais. E o dr. H. me disse que eu deveria dar uma levantada bem aqui. — Apontei para minha pálpebra superior como se ela pudesse ver o que eu estava fazendo.

— Bem, fodam-se todos eles — disse Darlene com um floreio. — Vamos fazer alguma coisa.

Decidimos nos encontrar para um almoço tardio e depois fazer uma das minhas caminhadas preferidas, uma trilha de três quilômetros pelas montanhas de Santa Mônica, terminando no Inspiration Point, que oferece uma vista de 360 graus do centro da cidade ao oceano Pacífico.

Quando terminamos de descer a trilha, já era quase noite. Darlene e eu estávamos molhadas, meladas e suadas como cavalos voltando de uma longa cavalgada e o ar úmido e frio condensava nossa respiração. A lua, fina como a apara de uma lata, já estava visível no céu quando saímos do estacionamento e fomos em direção à Sunset.

Darlene foi quem o avistou primeiro — um animal robusto, um macho de rabo negro com uma galhada prodigiosa deitado à beira da estrada.

— Dora, pare! Acho que alguém atropelou um cervo.

Encostei e ela saltou do carro para investigar. Eu a vi se curvar sobre o corpo do bicho prostrado, observando atentamente seu rosto aturdido e manso. Seu pelo era da cor de um beagle, estava porém emaranhado e cheio de lama, e parecia haver algo preto e pegajoso em suas orelhas longas, rijas e que podiam girar delicadamente para todos os lados.

— Ele está morto? — perguntei.

— Não sei. Tem um espelho?

— Tenho. Por quê?

Darlene estava sentindo a umidade da ponta do focinho do animal com os dedos.

— Não consigo saber se ele está respirando ou morto.

— Espere um minuto. — Ao sair do carro com meu pó compacto, vi o animal repentinamente se mover desajeitadamente em uma série de movimentos convulsivos que eram uma tentativa de se levantar. Meu Deus, ele tem dentes enormes. Os cervos mordem? Darlene deu um salto para trás.

— Bem, acho que ele não está morto — disse eu, um pouco nervosa. — Talvez alguém tenha esbarrado nele e ele precise, você sabe, apenas se aprumar — disse eu esperançosa.

— Talvez, mas não acho que devamos deixá-lo aqui deitado. Você acha que conseguimos colocá-lo no porta-malas?

— Darlene, ele parece ter mais de 1,80 metro e deve pesar uns noventa quilos.

— Então que tal o banco de trás? Mel tem mais ou menos o mesmo tamanho.

Tudo bem. Agora vou surtar. Eu não quero estar aqui. Está frio e escuro e estou presa aqui. De repente, desejo um banho quente e um livro.

— Você está brincando, certo?

— Claro que estou brincando. Coloque seu carro atrás do cervo, ligue o pisca-alerta e vou tentar sinalizar para alguém com um furgão ou algo parecido.

Reposicionei o carro, peguei o celular e comecei a ligar para diversas agências de proteção à vida silvestre, que já tinham encerrado o expediente e as chamadas só caíam nas elaboradas mensagens das respectivas secretárias eletrônicas, o que era totalmente inútil para nós. Lembrei-me de que havia um hospital com emergência para animais em Sepulveda e liguei para lá em seguida.

O homem que atendeu nos deu uma delicada dispensa-padrão.

— Não lidamos com vida silvestre aqui. Há um surto de doença de Lyme no alto do cânion. Além disso, é ilegal ministrar quaisquer drogas. Se nós o curarmos, depois o libertarmos e alguém caçá-lo e comê-lo, esse alguém pode ser envenenado.

Tentei imaginar a lógica do que eu havia acabado de ouvir. Ele prosseguiu dizendo que havia um lugar em Torrance logo depois da 405 que poderia aceitar o cervo até que a Agência de Animais Silvestres de Malibu abrisse pela manhã.

— O pessoal de lá — continuou ele — pode lidar com qualquer coisa.

Enquanto isso, eu conseguia apenas vislumbrar Darlene de pé, alguns metros adiante, seus cabelos rajados de branco brilhando sob a iluminação da rua enquanto sinalizava para os carros que passavam pararem. Um homem em um carro diminuiu a velocidade, presumivelmente para olhar para ela, e depois desapareceu em alta velocidade.

— *Sayonara*, seu cabeça de titica! — berrou. — Isso é foda-se em francês!

Finalmente, depois de mais alguns minutos, uma picape preta encostou na ciclovia. Vi seu corpo longo e sinuoso se inclinando para dentro da cabine enquanto jogava os cabelos na direção do motorista. Ele não tinha nenhuma chance.

— Está bem — gritou ela alguns minutos mais tarde. — Ele disse que levará o cervo.

— Está bem o quê? — respondi, repentinamente me sentindo protetora do animal e temerosa de que ele estivesse pensando em comer carne de cervo!

— Ele disse que irá levá-lo para um abrigo. Só temos de ajudá-lo a carregar o bicho para a caçamba.

Tentei me mostrar grata e calma quando o homem baixo e musculoso que usava uma camiseta preta apertada e jeans saiu da picape, caminhou até mim e deu um sorriso grande como o de um tubarão. Depois ele desafivelou o cinto de couro e o puxou das calças como um chicote.

Olhei para Darlene e meu coração começou a disparar.

— Relaxe, Dora. Esse é o Bill. Ele é um docinho. Adivinhe! Ele pensa que pareço com a Daryl Hannah. De qualquer forma, ele disse que vai amarrar as patas do cervo para que ele não saia nos chutando e depois nós todos o erguemos para a picape — disse ela animadamente. Às vezes Darlene tem esse tipo estranho de energia maternal que é altamente confortante. Pelo menos, no momento.

Depois Bill olhou para nós e disse:

— Uma de vocês tem de ir junto com ele lá atrás para que o bicho não role e acabe caindo do carro.

Olhei para Darlene e nós duas pensamos a mesma coisa. Eu não consigo dirigir na maldita estrada, então eu é que teria que ir com o estranho e com o cervo, no escuro, sem ela. Fiz uma última tentativa de escapar dessa situação.

— Sabe, o homem no abrigo disse que os cervos nesta área estão infestados com carrapatos que estão carregando a doença de Lyme.

— Então lave bem as mãos quando você chegar lá — retrucou ela.

E foi assim que tudo aconteceu: nós três seguramos o bicho, amarramos suas patas traseiras e o levantamos, colocando-o na caçamba da picape enquanto a poeira voava do animal em ondas cegantes que causavam uma dor aguda nos olhos como espessas nuvens de gás lacrimogêneo. Depois saltei para junto dele, nos cobri com um pedaço de lona gordurenta e sustentei a cabeça do animal enquanto o bom e velho Bill corria pelo acostamento da 405, seu pisca-alerta ligado por todo o caminho até Torrance.

Todo o tempo, o animal lutou para se endireitar e eu podia sentir que ele estava gradualmente recobrando seu equilíbrio e força. Ele tinha cheiro de terra, de mato, como uma pilha de folhas úmidas, e a certa altura deixou escapar um som violento e gutural, que não se pareci com nada que eu tivesse ouvido antes. Não era um uivo ou um rugido; era mais como um soluço surdo e sofrido de uma criancinha angustiada.

Deitada ao lado dele, segurando sua cabeça quente e pesada, fitei a expressão selvagem e cautelosa de seus olhos. Havia algo tão pouco natural em tudo aquilo — estar tão perto de uma criatura que precisava voltar para o lugar selvagem de onde tinha vindo, seja lá qual fosse esse lugar, o mais rápido possível. Tive uma sensação de urgência tanto para mim quanto para ele.

Houve um distúrbio no equilíbrio natural do mundo e eu e Darlene instintivamente sentimos a necessidade de restaurá-lo. De repente, visualizei de relance Toupeira resgatando o filho da Lontra na ilha de Pan e como ele "sentiu uma grande admiração se abater sobre ele, uma admiração que transformou seus músculos em água, curvou sua cabeça e fincou seus pés no chão. Não era terror ou pânico — na verdade ele se sentiu maravilhosamente em paz e feliz...".*

Quando finalmente chegamos ao abrigo, Bill saltou, desapareceu lá dentro e discutiu com os técnicos durante o que me pareceu ser séculos. Enquanto isso, exatamente quando o cervo dava sinais de uma renovada explosão de energia e eu lutava para mantê-lo deitado, meu celular tocou. Atendi automaticamente com minha mão livre, pensando que era Darlene.

— Dora?

Era Fred.

— Ah, oi.

— Então, o que está havendo?

— Ah. Nada.

— Você parece sem fôlego. Está tudo bem?

— Estou bem, Fred, só não posso falar agora.

— Está bem. Eu ligo mais tarde.

Desliguei. Que ótimo. Minha mãe costumava dizer que uma panela vigiada jamais derrama. De uma forma ou de outra isso também se aplica a receber ligações de homens. Eles esperam até que você esteja freneticamente tentando impedir que um cervo gigante fuja da caçamba de uma picape, e aí eles ligam.

---

* Kenneth Grahame, *O vento nos salgueiros.*

Apanhe o sabonete

Diga a ele que ando ocupada para
cacete — ou ocupada com um cacete.
Dorothy Parker (1893-1967) para Harold Ross
(*The New Yorker*), quando lhe perguntou por
que ela não havia entregue o manuscrito no prazo.

A primeira coisa em que pensei quando cheguei em casa foi nos carrapatos. Carrapatos no couro cabeludo. Carrapatos sob as unhas. Carrapatos em lugares ocultos que você nem nota até que eles estejam tão inchados que, seja lá qual for a doença que você tenha, já entrou em metástase e você é um caso perdido. Precisava de uma bebida. Abri uma garrafa novinha de alguma coisa cara que eu estava guardando para a ocasião certa. Eis a ocasião.

Abri a torneira de água da banheira, tão quente quanto eu pudesse aguentar sem queimar a pele. Discuti comigo mesma se deveria ligar para meu médico e contar a ele que me deitei com um cervo. Talvez depois do banho. Afundei na água, submergindo a cabeça. Tudo doía. Havia arranhões em toda a extensão de meus braços e um grande hematoma em meu rosto onde eu acidentalmente batera a cabeça na lateral da picape. Lavei meus cabelos suados com xampu pelo menos cinco vezes. O que eu realmente estava precisando era de vinagre branco. Lembrei-me de que minha mãe costumava colocá-lo no umidificador para se livrar das bactérias. Saí da banheira, nua em pelo, e me dirigi à cozinha. Inclinei-me sobre a pia e me ensopei de vinagre. Então o telefone tocou.

— Oi, aqui é o Victor. Há um cavalheiro dizendo que você o está esperando, Fred Mud, ele pode subir?

Que droga. Fred Mud? Ah. Muito engraçado. Quem se importa? Que se dane.

— Diga a ele para subir.

Atendi a porta usando uma velha camiseta sem mangas e calças de moletom. Meus cabelos estavam pingando e eu cheirava a algo em conserva. Ele obviamente está subindo para se desculpar. Acho que deveríamos nos sentar e conversar a respeito. Provavelmente uma boa ideia. Quem dera eu não estivesse um lixo.

Fred estava à porta com uma garrafa de Belvedere gelada, aquela de luxo com a figura gravada, e ele tinha um sorriso desconcertado.

— Meu Deus, o que aconteceu com você?

— Darlene e eu resgatamos um cervo. Entre — disse eu rapidamente.

— Isso dói? — Ele tocou meu rosto e recuei. Eu ainda estava aborrecida e cansada e, no que se referia a ele, confusa. Meu Deus, ele estava lindo.

— Oferta de paz — disse ele, e gentilmente acariciou meu braço. Comecei a ceder quando ele murmurou:

— Pobrezinha.

Suavemente ele me ergueu, entrou e me beijou, batendo a porta com o pé. Ele colocou as mãos sob a minha camiseta e depois as deslizou para dentro da calça de moletom, pressionando meus quadris contra os dele. Ele sussurrou um bocado de bobagens enquanto me empurrava de volta para a sala.

— Meu Deus, Dora. Você é linda.

Um louco desejo repentinamente tomou conta de mim. Tirei a camiseta e o moletom e me joguei sobre ele. Estávamos os dois inebriados de desejo quando tropeçamos e caímos no tapete. Ele sorriu e se colocou sobre mim, esmagando-me com seu corpo. Ele agarrou meus cabelos molhados de vinagre, puxou minha cabeça para trás e segurou meus braços atrás das minhas costas. Então ele começou a fazer alguma coisa com a língua. Meu corpo inteiro estava tremendo. Os botões da camisa dele afundavam em meu peito e o tecido rijo de suas calças proporcionava uma sensação gostosa. Tentei tirar a camisa dele e ele riu com minha luta urgente. É chocante o quanto eu o quero.

— Você não vai me respeitar de manhã — disse ele, deliciado.

— Você tem razão. Você foi desobediente e precisa ser punido. Posso pegar minhas algemas? — perguntei, ainda ofegante por causa do esforço.

Ele me olhou com um novo e estranho interesse.

— Você tem algemas?

— Talvez — provoquei. — Venha comigo.

Ele estava empolgado. Há algo quando um cara descobre que você é uma menina má. Só a ideia o deixou completamente excitado.

Conduzi Fred, como um escravo núbio, ao meu quarto e fiz-lhe sinal para que se sentasse na cama. A língua dele não estava exatamente pendendo da boca, mas acho que você consegue visualizar a cena. Abri a gaveta ao lado de minha cama, peguei minhas reluzentes algemas de aço e balancei as chaves provocativamente diante de seu rosto.

— Você não estava acreditando em mim, não é?

Ele gargalhava como um adolescente.

— Está bem. Onde você conseguiu essas algemas?

Eu não ia contar a ele que as ganhei de Darlene como presente de separação... O ex dela, Mel, o policial, as havia deixado para trás. Eu nem queria pensar no que Darlene havia feito com elas.

— Apenas deite-se — ordenei. Mas, nesse momento, ele se virou e me agarrou, algemando-me à cabeceira de ferro, com heras entrelaçadas, feita à mão.

Estávamos rindo muito, e ao mesmo tempo que eu chutava violentamente o peito dele, torcia o corpo para frente e para trás e passei as pernas em volta da cintura dele, espremendo-o como um torno. Puxei-o contra mim, senti seu corpo forte e pesado enquanto eu tentava respirar, sentindo desejo por ele.

Ele sabia. Ele se ergueu sobre os joelhos e desabotoou a camisa.

— Quanto você me quer? — provocou.

Ele introduziu os dedos em minha boca e depois se inclinou sobre mim e me beijou lenta e suavemente. Nossas bocas ficaram úmidas e quentes e formigando; esse cara realmente sabe beijar. Um bom beijo pode ser quase a mesma coisa que fazer amor. Se for feito da maneira certa, ele pode apagar magicamente todos os membros e as extremidades protuberantes de seus corpos. É uma sensação arrebatadora. Ah, nossa, nossa, nossa. Como isso é bom... O doce e hipnótico poder de tudo isso, de modo que você fique fora de si, suspensa em algum lugar distante, olhando para uma cena onde, uma vez, a realidade é melhor que a ficção.

Lembro-me de quando eu era adolescente: havia um menino chamado Chris que costumava me visitar depois da escola, sentar no meu quarto e me beijar. Nós começávamos devagar, rindo e brincando, mas ele sabia e eu sabia que tudo aquilo ia levar a algum estágio para o qual nós ainda não estávamos preparados. Aprendi que era tudo uma questão de consentir, baixar sua guarda e abrir-se para um emaranhado de fortes sensações e desejos que invadem você enquanto as diversas paredes contra incêndio são derrubadas uma a uma.

Fred tirou as calças e começou a me lamber embaixo dos braços, em minha barriga, nas solas dos meus pés e em outros lugares que me deixaram maluca.

Sempre há um momento em que você pode sentir seus músculos e ossos cederem e tudo em que você consegue pensar é que quer mais. Uma sensação egoísta, voraz, invade você e se o cara é bom, e Fred definitivamente é bom, você não quer que isso pare nunca mais.

Tive uma discussão na faculdade uma vez com Pamela, antes de William, quando ela era um bocado depravada. O conceito era que "fazer" com um cara de quem você estava a fim era tipo como descobrir seu GRANDE segredo: ele é bom de cama? Com isso nós queríamos dizer: ele é carinhoso ou rude? Ele vai com calma ou se deixa levar pelo impulso? Ele é forte e insistente ou deixa você dominar? É uma experiência religiosa ou apenas explícita? Decidimos que nunca se descobre de verdade o segredo de um bom amante porque eles são diferentes a cada vez. É uma questão de ruído — o tipo forte e silencioso nunca realmente nos satisfaz na cama. Um bom amante precisa saber como conversar, seduzir, filosofar, ser poético, fofocar, confessar e elogiar. E ter o outro lado, o lado negro, o discurso obsceno, impróprio, que febrilmente descreve em sussurros e murmúrios cada movimento sensacional.

Ao ficarmos mais velhas, nós duas percebemos que, ah, a técnica nunca é tudo. Como poderia ser tão simples, afinal? São as inefáveis qualidades de uma pessoa, como o temperamento, sensibilidade, integridade e idiossincrasias que verdadeiramente capturam a imaginação de um amante e os envia para aquele cobiçado lugar abençoado. Você pode lamber os beiços com relação ao corpo dele, a conta bancária, seu carrão, suas maneiras suaves, não importa, mas independentemente de como ele age na cama, aquela palavra horrorosa, "conexão", precisa persistir. Ou isso acontece ou você inevitavelmente acaba dispensando o cara sem uma boa razão aparente.

O rosto dele estava próximo ao meu e eu forçava meus pulsos contra as algemas e arqueava meu corpo, pressionando meus seios contra seu peito nu. Desentrelacei as pernas da cintura dele e, de modo amável, deixei que ele se deitasse em cima de mim. Ele estava duro como rocha e fez com que eu descobrisse isso.

— Abra as algemas, Fred — pedi com um gemido. — Eu quero que você me coma. Agora.

— Você não pode ter tudo o que quer, Dora. Assim não tem graça — disse ele, repreendendo-me enquanto segurava as chaves na frente do meu rosto e depois as atirou para o outro lado do quarto.

Ele pulsava e se movia. Senti como se sensação após sensação estivessem se acumulando girando em turbilhão à minha volta, levando-me para um lugar perdido.

Ao me penetrar, ele sussurrou:

— Quem diria que minha gatinha é uma putinha.

* * *

Caímos no sono embrulhados em um lânguido abraço e acordamos algumas horas mais tarde, cheirando a vinagre, vodca e sexo. Eu lhe disse que queria tomar um banho e ele respondeu:

— Eu também.

Além da vista, a melhor característica de meu apartamento é o banheiro principal. Há uma grande banheira antiga com pés em forma de pata perto da janela, o piso é clássico, de cerâmica branca, e reluzentes metais de aço inoxidável com palavras em francês, *chaud* e *froid*, nas torneiras.

Fred me seguiu até o banheiro e olhou em volta, percebendo a confusão de livros espalhados por toda parte. Ele apanhou uma versão dos contos de Welty e comentou:

— Você é realmente autêntica!

Fui apanhada de surpresa pelo elogio.

— Aqui é o lugar perfeito para me isolar do mundo. Posso passar o fim de semana inteiro aqui.

Derramei um bocado de sais de banho na banheira, talvez um pouco demais; todo meu corpo ficou escondido por trás de gigantescos montes de espuma branca como a neve.

Foi aí que percebi um brilho nos olhos de Fred.

Ele se sentou na beira da banheira com uma toalha em volta da cintura, pegou um sabonete e o atirou para o ar como se fosse uma moedinha da sorte, fazendo-o cair dentro da banheira. Ele desapareceu sob a superfície por um momento e lentamente flutuou para o fundo, roçando minha perna.

— Dora! Apanhe o sabonete! — E pulou para dentro da banheira.

Ficamos sentados de frente um para o outro durante um decoroso momento, como uma saudação antes do jogo. Que comece a balbúrdia. Mergulhei em busca do sabonete, deslizando contra a coxa dele, mas ele segurou meu pulso e deu um bote para frente em busca do escorregadio prêmio. Eu empurrei minhas costas contra o corpo dele em um tipo de golpe de luta livre, minha mão e o meu pé direitos pressionando sua barriga enquanto eu, inadvertidamente, deslizava para trás e afundava. O pé dele estava agora preso entre minhas coxas e ele começou a movê-lo sedutoramente cada vez mais para cima.

— Isso não é justo — reclamei enquanto agarrava seu pé e o puxava para baixo. Tentei alcançar o sabonete e vi a mão dele submersa, também tentando alcançá-lo; nós dois fizemos contato ao mesmo tempo e o sabonete repentinamente foi lançado para o ar e aterrissou no chão de cerâmica do banheiro, que ficou inundado.

Ficamos os dois olhando para o sabonete, que deslizou até o tapete. Estávamos ofegantes e cobertos por uma camada escorregadia de espuma.

— Venha aqui, gatinha — sussurrou no meu ouvido. — Desta vez, vamos fazer sem as algemas.

O que há em um nome

Embriague-se: os livros são
um monte de porcaria.
Philip Larkin, poeta britânico (1922-1985),
Um estudo sobre os hábitos de leitura

Alguma vez na vida você já comeu um cachorro-quente cheio de coisas, suculento, com queijo apimentado, coberto com mostarda e cebola dentro de um pão cozido no vapor às duas da madrugada, afogueada com a excitação de um novo amante, levemente de ressaca e esfomeada depois de fazer bastante sexo? Eu poderia dizer que é até melhor que o sexo. Não é, mas com certeza complementa uma noite de pecado.

Nós nos sentamos nos bancos giratórios do balcão daquela que é divulgada como a mais famosa lanchonete de cachorro-quente do país. As paredes de reboco são cobertas com fotos autografadas de artistas já falecidos e o cheiro de alho e de chili é lançado em rajadas pela porta e pela rua. A vizinhança já foi melhor, muito melhor. Alguns dizem que F. Scott comia aqui durante a época sombria em que ele morava em Hollywood e produziu suas 3 mil páginas de, principalmente, roteiros desprezíveis.

Normalmente há uma fila descendo o quarteirão esperando para entrar, mas, naquele momento, éramos só eu, Fred e um casal de leões de chácara de folga. Eu estava reclinada sobre o balcão rachada de fórmica branca, que brilhava com uma fina camada de gordura. Fred e eu estávamos surpreendentemente coerentes, considerando que havíamos entornado meia garrafa de Belvedere. Coerentes e curiosamente poderosos da forma como os amantes parecem ficar quando satisfazem totalmente um ao outro.

— Então, Dora, minha lindinha. Vamos falar de intimidades. Conte-me um segredo.

Um segredo. E justo agora que eu estava me sentindo tão relaxada.

— Conte-me um segredo você.

— Eu pedi primeiro.

Meu Deus. Eu poderia contar a ele que meu pai saiu de casa quando eu tinha 8 anos — mas não, é deprimente demais. Minha mãe era alcoólatra. Eu roubei acidentalmente um sutiã na Victoria's Secret. Desde a minha separação meu crédito desceu pela privada. Ou, que tal contar como coloquei Botox na testa para evitar franzir as sobrancelhas quando leio? Bem, definitivamente, não vou contar a ele sobre o lance da via expressa. Preciso encontrar o segredo certo. Não pode ser uma fofoca ou algo trivial. Também não pode ser profundo ou tenebroso ou sujo ou, por assim dizer, secreto demais. Isso estava me deixando com dor de cabeça.

— Tudo bem. Você sabia que fui batizada em homenagem a Eudora Welty?

Oh-oh. Eu detectei um leve desprezo? Estou um pouquinho bêbada? Mas que droga.

Ele sorriu com indulgência.

— Ah, isso é tão...

Eu conheço esse olhar. Ele acha que estou bêbada.

— É. É tão...

— Não sou louco pelas escritoras sulistas, uma penca de velhas solteironas amalucadas que viviam com os pais e cuidavam de seus jardins.

— Que gentil, Fred. — Que coisa mais tacanha, chauvinista e desagradável de se dizer. Tentei moderar minha volubilidade. — Sabe, Welty era uma escritora brilhante. Ler sua obra é como assistir a uma palhaçada vulgar. O ritmo é impecável.

Dei um beijo exagerado nas pontas dos meus dedos (o sinal internacional para "é isso aí, querido") e finalizei com um floreio com a mão.

Fred estava totalmente desatento.

— Eu não gosto de comédias vulgares.

— Você leu *O coração ponderado* ou *Por que eu vivo nos Correios*?

— Talvez.

— Não, você não leu. Do contrário, você não pensaria assim. Depois de Shakespeare, ela tem o melhor diálogo cômico de alto nível que eu já li.

— Shakespeare? Por favor, Dora. Não vamos nos empolgar.

Ficamos os dois em silêncio por um minuto enquanto eu pensava em minha próxima frase. A-rá! Já sei.

— Você sabe o que Mencken disse sobre Shakespeare, não sabe? "Tudo o que ele fez foi amarrar um monte de velhas citações bem--conhecidas."

Pensei por um minuto.

— Então, qual é seu segredo? — Lancei-lhe um olhar galanteador e bêbado.

Sem pestanejar, Fred olhou para mim e disse:

— Meu segredo é que eu realmente gosto de você, Eudora.

Ele riu e me girou, olhou para mim e plantou as mãos sobre meus ombros. Achei que ele ia me beijar, mas em vez disso ele pegou um dos meus dez guardanapos, limpou o chili de meu queixo e disse:

— Essa é minha ideia de uma festança.

Mais tarde, naquela noite, quando a diversão e as brincadeiras haviam finalmente terminado, desabamos nos braços um do outro, exaustos demais para falar. Bem, não de verdade.

— Dora — sussurrou ele. — Você pode fechar as portas de correr?

— O quê? Por quê? A brisa está gostosa.

— Não consigo dormir. O som da arrebentação. Muito alto.

— Ah. Está bem.

Levantei-me para fechar as portas... E pensar nisso... Ele não gosta do som da arrebentação... Não gosta de Eudora Welty e, para completar, não gosta dos meus amigos.

Bem, ninguém é perfeito.

Sem qualquer senso confiável de decoro

A ausência dos livros de Jane Austen, por si só, faria de uma biblioteca razoavelmente boa uma biblioteca sem qualquer livro.
Mark Twain (1835-1910), *Seguindo a linha do Equador: uma jornada ao redor do mundo*

Durante os meses que se seguiram, estabeleceu-se uma rotina em minha vida. Eu passava os dias em uma confusão cansada, lendo romances e realizando somente as incumbências mais necessárias, e as noites eu passava na cama com Fred. Eu driblava meus amigos e família, mantendo-os afastados, concedendo um ocasional almoço ou jantar enquanto respondia às suas perguntas com relação ao meu paradeiro com explicações vagas. Eu queria manter minha vida com Fred completamente separada. Ele havia decidido que as diferenças entre meus amigos e a vida dele eram irreconciliáveis, e eu estava determinada a não arruinar qualquer outra noite perfeitamente gloriosa incluindo-os.

Darlene era a única que cruzava a linha, se juntando periodicamente a nós para beber ou jantar, e ela fazia questão de dividir a conta por três.

A busca por um emprego ficou de lado. O editor do *Times* me disse que, embora não pudesse me contratar no momento, eu poderia escrever como *freelance* e ele me colocaria na lista para a primeira vaga. Ele me perguntou que tipo de histórias eu estaria disposta a escrever e, é claro, eu disse que escreveria sobre qualquer coisa.

A noite começou, como sempre, às sete e meia, na livraria. Fred e eu estávamos planejando jantar e, depois, ir ao cinema. Ao entrar, pude ouvir Fred e Sara discutindo na seção infantil.

— Sara, isso vai matá-la de medo. — Fred apanhou uma edição alegremente colorida de *O barba azul* que Sara estava segurando e a empurrou de volta à prateleira.

— O quê! Eu amei esse livro quando tinha a idade dela.

— Mas você é pervertida — concluiu.

— É verdade, mas se fosse minha a decisão, eu daria a ela algo que não seja constantemente regurgitado pela mídia.

— Como o quê? — Fred perguntou.

— Como a *Cinderela* original, onde as meias-irmãs cortam os dedos dos pés para que possam caber no sapatinho e os passarinhos arrancam os olhos delas a bicadas, no final — respondeu ela, fazendo caretas e depois dando risadinhas.

— Ora, Sara. Eu não quero passar a noite toda fazendo isso.

— Está bem. Que tal *O dragão do meu pai*, onde um garoto vai para uma ilha a fim de libertar um filhote de dragão escravizado por animais selvagens, ou *A princesa e o goblin*? Mas por favor esqueça coisas do tipo *O pequeno príncipe*. É tão idiota. Saint-Éxupery era totalmente doido, ele me dá vontade de vomitar. Crepúsculos, conversas com flores, péssimas palavras, como "efêmero" — finalizou Sara com um tom grosseiro de desaprovação. — Isso me faz lembrar dos livros que me faziam ler na escola primária mórmon, lá em Utah, logo depois de assarmos biscoitos de Jesus com as srtas. Evelyn e Gwen. Como se todos não soubessem que elas eram gays. Ah, oi, Dora — disse, dando o mais doce dos sorrisos.

Estava usando um minivestido que ela me contou, orgulhosa, ser uma antiga beca de coral evangélico cortada. Era azul-celeste brilhante, com uma enorme gola branca engomada, uma cruz dourada bordada e um capuz de frade que pendia de suas costas como um casaco de moletom. Estava apertado na cintura com um cinto de motoqueiro feito de couro marrom-escuro e seus cabelos, como sempre, eram uma moita negra de fios emaranhados. Ela recendia suavemente a naftalina e patchuli.

— Você é de Utah? — perguntei.

— Surpresa? Cresci em Provo e estudei na Universidade Brigham Young, ou Breed'um Young,* como costumávamos chamar. Só fiquei lá uns dois anos, talvez.

— Qual foi o problema, não havia lésbicas o suficiente para você? — provocou Fred.

— Não. Apenas diferenças familiares.

— Posso imaginar — acrescentou ele sem emoção.

— Pois é, Dora — disse Sara, assumindo o controle da conversa. — Fred precisa de alguns livros para a sobrinha de 6 anos e estamos tendo uma discussão aqui. Ele quer dar *Mulherzinhas* para ela e algumas porcarias da Disney. E eu quero que ela ganhe algo com mais substância.

— "Substância", para ela, quer dizer violência e terror.

— Bem — intervim —, sou obrigada a concordar com Sara sobre *Mulherzinhas*, mas e os clássicos? *Alice no país das maravilhas*, *A ilha do tesouro*, *O corcel negro*, *O mágico de Oz*, *O jardim secreto* ou poesia para crianças, como A. A. Milne ou *A coruja e a gatinha*.

— Um dos meus favoritos — Fred interrompeu. — Edward Lear uniu uma gatinha e uma coruja, arqui-inimigos, em uma aventura tremendamente romântica. Eles se apaixonam, casam-se e "de braços dados, à beira-mar, saíram a dançar sob a luz do luar, luar...".

Cacete, pensei. Ele está fazendo aquilo de novo. Eu me derreto sempre.

— Vamos esquecer o filme — sussurrei.

Ele deu uma piscadela para mim e disse a Sara:

— Tudo bem, vamos resolver isso. Que tal *A lenda do cavaleiro sem cabeça* ou *As aventuras de Huckleberry Finn*?

Agora eu tenho uma opinião categórica sobre o assunto.

— Sua sobrinha tem quantos anos? Seis? Ela é nova demais para ler *As aventuras de Huckleberry Finn*. A maioria das pessoas enxerga Huck Finn como uma aventura leve para crianças, mas toda vez que o leio, fico impressionada com o quão profundamente sério esse livro

---

* Jogo de palavras feito com o nome da instituição e o verbo "breed" (procriar). Poderia ser traduzido como "Procriem enquanto jovens". (*N. do T.*)

é. O que quero dizer é que quando você é criança espera que as coisas simplesmente se resolvam naturalmente e, de repente, bum, coisas horríveis começam a acontecer. Você descobre que a vida não é uma grande festa, mas é cheia de tristeza e de dor e de pessoas que são estúpidas, preconceituosas e hipócritas. Twain criou Huck de modo que ele pudesse dizer tudo isso — um menino semianalfabeto que é engraçado para caramba, mas cuja vida no rio é dura e solitária. Jim é realmente seu único amigo, e mesmo isso é pungente porque Huck acredita que ele está moralmente errado por protegê-lo.

Sara e Fred estavam olhando para mim do modo que as pessoas olham para você quando você exagerou. Literatura I, turma dos calouros. Sara quebrou o silêncio.... em meu favor.

— Quantos anos você tinha quando leu pela primeira vez? — perguntou.

— Eu li muitas vezes. Mas a primeira vez eu tinha uns 8 anos, logo depois de minha mãe acidentalmente despencar com nosso carro de uma ponte.

— Nossa — disse Fred.

— Estávamos presas no breu, na lama, e fiquei muito assustada. Então, quando li a parte onde Twain descreve como Huck se sentiu flutuando rio abaixo em seu bote, foi uma revelação.

— Passei por uma coisa parecida — disse Sara, com um olhar complacente de camaradagem. — Minha família me expulsou de casa quanto eu era adolescente. Eu dormia debaixo das arquibancadas do campo de futebol. "E com certeza era triste e solitário lá fora." — Ela sorriu para mim. Eu sabia que ela estava citando um trecho de *As aventuras de Huckleberry Finn*. — Eu deveria contar histórias engraçadas para divertir meus amigos no dia seguinte.

— Não consigo nem imaginar quais — Senti uma onda de compaixão. — Eu me entocava no meu quarto e lia. Mark Twain me fazia rir, mas agora eu entendo. O humor dele se baseia na tristeza. Eu adorei aquela frase dele: "Não existe humor no paraíso."

— É isso que eu vivia tentando dizer àqueles missionários que queriam me salvar — respondeu Sara.

Fred lançou para Sara um olhar penetrante.

— Hemingway disse que *As aventuras de Huckleberry Finn* foi "O melhor livro que já tivemos" e — então ele disse para atormentá-la — ELE era um deus da literatura.

Sara franziu a testa.

— Ah é, ele é exatamente o meu tipo: embriagando-se, bancando o don Juan, um imbecil chauvinista. O modelo de nossa sociedade literária patriarcal.

— Sara, minha querida — retrucou Fred com um tom condescendente —, quando você ficar mais velha, vai aprender a separar o escritor da escrita.

— Sabem — interrompi —, depois que li *As aventuras de Huckleberry Finn*, decidi que estava farta de Alcott e Austen. Os livros de Austen tratam em sua maior parte sobre as classes abastadas e não falam o suficiente de pessoas reais, e Alcott disse que Twain era um homem "sem qualquer senso confiável de decoro". Nunca mais tive a mesma consideração por ela depois disso.

— Espere um minuto. Espere um minuto! — intrometeu-se Sara. — Você nunca ouviu falar de Leona Rostenberg?

— Bem, não, nunca ouvi falar dela — respondi. Fred sorria maliciosamente. Ele sabia o que estava por vir.

— Ela já faleceu, uma pena. Mas foi ela que descobriu uma série de romances pornográficos escritos por Alcott sob um pseudônimo. Sangue, paixão, antros de ópio e outras coisas muito legais... Anos antes de ela escrever *Mulherzinhas*. Que hipócrita.

— Meu Deus, Sara. Como você sabe de todas essas coisas?

Sara estava claramente satisfeita consigo mesma.

— Sou uma investigadora literária, você não sabia?

— Mas e Austen? Alguma sujeira com relação a ela? — perguntei.

— Não. Ela é o que é. Com exceção de que Twain a odiava. Acho que ele disse algo do tipo "Jane é totalmente impossível.

Penso que é uma grande pena que a tenham deixado morrer uma morte natural."*

Fred ergueu as sobrancelhas, olhou para mim e disse:

— Pensei que você amasse Austen. Você não é uma daquelas fanáticas por Jane Austen? Elas estão infestando todos os cantos de West Los Angeles.

— Você não me conhece.

Fred sorriu e me deu um soquinho no ombro.

— Estou trabalhando nisso. Você quer ir à minha casa e conhecer minha mãe?

Soltei uma risada.

— Você está brincando, certo?

— Não. Eu gostaria que você a conhecesse.

Opaaa! Eu quero conhecer a mãe dele? Acho que não. Como eu saio dessa? Seria grosseiro dizer a ele que não quero conhecê-la? Definitivamente. Não posso dizer isso a ele. Eu costumava sair de casa sempre que a mãe de Palmer aparecia. Ela era mesquinha e mandona. E ela pegava emprestados os meus livros e nunca os devolvia. Sempre vinha com coisas do tipo "Ah, Palmer não está lindo?" e "Palmer não é brilhante?" sem parar. Você pode pensar que ela me faria algum tipo de elogio mesmo sem que ela quisesse, mas isso jamais passou por sua cabeça. Ela ficava na nossa casa de hóspedes durante um mês, sempre em janeiro, para escapar do frio. Eu rezava para que a época de degelo chegasse logo. Palmer costumava se desesperar em vez de confrontar o problema e dizia "O que você quer que eu faça?". Expulse a vaca daqui, é o que eu queria dizer, mas nunca disse. Eu ficava com pena e lhe servia café da manhã no quarto e o jantar em uma bandeja e a ouvia gritar com a televisão e eu a levava a todas as consultas médicas e para a ACM, onde ela dava quarenta voltas na piscina (ela era forte como um touro). Eu odiava cada minuto. Chega!

— Eu adoraria conhecer sua mãe.

---

* *Mark Twain-Howells Letters*, "My Mark Twain", de William Howells.

Dia das mães

Não julgue um livro pela capa.
Anônimo

Hermosa significa "linda". E é. Uma singular comunidade à beira da praia a quase trinta quilômetros de Los Angeles, essa cidadezinha de 20 mil habitantes consiste em um píer para a pesca, alguns parques, uma quadra de voleibol, alguns bares e restaurantes, uma rua principal ligeiramente gasta e não há muito mais que isso. A Pacific Coast Highway, PCH para os moradores locais, passa no meio da cidadezinha, dividindo-a como um sistema de castas. A oeste da estrada estão os apartamentos, condomínios e imóveis caros para aluguel por temporada que ficam de frente para o mar. A leste da estrada, os montes se erguem misturando-se a uma sonolenta vizinhança de classe média com casas velhas e malcuidadas, em ruas ladeadas de árvores.

Enquanto percorremos o caminho por entre os montes, passamos pela escola primária Ocean View, obviamente construída nos anos 1920, e depois uma extensão de árvores, todas elas com aquela aparência levemente inclinada, castigada pelo clima, causada por anos de duelo com a constante brisa do mar. Percebi que aquele era um bairro à moda antiga. Algumas casas adiante, uma mulher molhava a grama usando roupão e chinelos, e a um quarteirão dali, duas mulheres conversavam por cima da cerca viva. Tão diferente de West Los Angeles.

Paramos na entrada de um pequeno bangalô em estilo Craftsman. Parecia ligeiramente arruinado e provavelmente não era tocado há décadas. Mas neste caso é uma coisa boa. As palhetas da veneziana da janela estavam fora do lugar em alguns pontos, mas havia algo rústico e autêntico naquela estrutura que achei atraente. Ao lado da porta da frente havia uma varanda. Imagine, hoje, nesta época. Moro em um prédio com sistema de segurança, meu apartamento tem um sistema de alarme que se equipara ao de qualquer banco e, ainda assim, às vezes, no meio da noite, ouço um barulho e fico apreensiva.

Não havia trânsito na rua quando estacionamos atrás de um Chrysler castanho lançado há seis anos. Não conheço ninguém, além da Hertz e de agentes disfarçados, que compre esse tipo de carro americano de tamanho médio. O jardim da frente tinha uma aparência bem-cuidada no estilo "faça você mesmo". A grama vinha sendo cortada esporadicamente e na varanda havia vasos descombinados de terracota com plantas em flor e brincos-de-princesa colocados em suportes de macramê de juta que pareciam saídos dos anos 1970.

Peguei o buquê de junquilhos amarelos que trouxe para a mãe de Fred e subi os três largos degraus que levavam até a varanda.

A casa possuía grandes janelas e portas enormes e todo o madeiramento, embora descascando, tinha detalhes intricados e bem-feitos. Havia uma sensação de chegada a um lugar familiar.

A campainha estava coberta com fita-crepe, então Fred bateu algumas vezes na porta de tela e abriu a porta que estava destrancada. Estamos no Iowa ou o quê?

— Oi, Bea, chegamos — ele anunciou.

Ugh! Odeio quando as pessoas chamam suas mães pelo nome. Isso sempre me faz sentir desconfortável, e sei que não sou a única. Há algo de anormal nisso, como se a maternidade fosse estranha a eles, ou eles detestassem a mãe, ou a mãe fosse tão vaidosa que não queria admitir que tinha um filho crescido. Mesmo na minha família doentia, nem minha irmã nem eu jamais sequer pensaríamos em chamar nossos pais por seus nomes.

Bea estava de pé no corredor, com os olhos semicerrados por causa do sol da tarde que brilhava, inundando a varanda e o jardim. Os sons de uma televisão cujo volume foi abaixado vinham de algum lugar além do corredor e o cheiro de carne assada flutuava até nós. Fred deu-lhe um beijo superficial do tipo "vamos acabar logo com isso", e depois se virou e nos apresentou:

— Bea, esta é Dora.

Havia uma expressão no rosto dele que eu nunca havia visto antes. E então entendi. A outra razão pela qual algumas pessoas chamam seus pais pelos nomes é porque elas têm vergonha deles.

A mãe de Fred é uma mulher alta, robusta, de quase 80 anos, com um rosto amplo e bonito, olhos suaves, verde-acinzentados, e um maxilar forte e masculino. Ela usava um par de tênis Easy Spirit surrado, uma saia longa pregueada e uma blusa branca enrugada de mangas compridas com a gola Peter Pan. Seus abundantes cabelos grisalhos estavam escovados para trás em um coque impecável e suas mãos eram grandes e cobertas de manchas senis, mas a pele era firme e macia, nem de longe parecida com as mãos esqueléticas da maioria das mulheres de sua idade. A outra coisa que percebi nela foi que exalava um aroma de lavanda, não a lavanda roxa e seca que você encontra dentro dos sachês de armário, mas aquela lavanda fresca, selvagem, doce, do tipo que cresce nos jardins e que perfuma o ar com um leve aroma.

Quando ela pegou na minha mão e disse olá, pude sentir seu aperto forte e macio enquanto dizia:

— Bem, Dora. Estou tão feliz em conhecê-la. Você é simplesmente adorável.

Entreguei-lhe as flores. Havia em Bea uma qualidade discreta e retraída, embora perceptível, de que eu gostei imediatamente.

— Que gentil. Eu tenho o vaso perfeito para elas.

Nós a seguimos até a cozinha atravancada e acolhedora. Os balcões estavam cheios de potes e canecas multicoloridos e a geladeira estava decorada com os desenhos de uma criança que eram presos com ímãs. Havia três periquitos em uma gaiola no canto perto da mesa de madeira, e havia cupons cuidadosamente recortados e guardados em uma caixa plástica para cupons perto do telefone.

Enquanto Bea arrumava as flores, Fred disse:

— Então, onde ela está? — Havia um quase imperceptível tom de desdém em sua voz.

— No quarto, brincando.

Fred olhou para ela e respondeu:

— Você sabe que estou falando de Lorraine.

— Bem, ela não veio para casa na noite passada, mas espero que chegue a qualquer momento.

— Mal posso esperar — disse Fred, sua voz encharcada de sarcasmo.

Bea olhou na direção da porta.

— Fale baixo, Harper irá ouvi-lo.

— Você sabe que ela irá ficará desapontada. Você nunca a prepara. Já passamos por isso milhares de vezes.

— Não. Ela me disse que definitivamente estaria em casa para o Dia das Mães e ela disse isso a Harper também.

— E você acreditou nela? Ela virá para casa se acontecer de ela precisar de dinheiro, se o namorado terminar com ela ou se ela precisar de um lugar para passar a noite.

— Bem, o que você quer que faça?

— Diga a verdade para Harper, para que ela não fique aqui esperando sentada por ela. De novo.

— Ela sabe a verdade. Você não sabe disso?

Saí da cozinha em silêncio enquanto Bea olhava para o alto timidamente, com vergonha de ter essa conversa na minha frente.

Fui até o corredor e vi um quarto de criança à direita. O sol jorrava pelas cortinas de ilhós de algodão xadrez branco e havia uma cama de solteiro com uma colcha desbotada da Pequena Sereia e uma cabeceira de madeira pintada. Harper estava sentada no tapete de lã em frente a dez Barbies elaboradamente vestidas, que formavam duas fileiras em algum tipo de procissão. No centro, estava a carruagem da Barbie com uma princesa Barbie sentada lá dentro, usando um vestido de casamento de seda branca. Um boneco Ken estava sentado ao lado dela usando uma coroa, mas sem sapatos. Jogadas para o lado havia várias bonecas nuas que, evidentemente, não haviam sido convidadas para as núpcias.

Harper tem cerca de 6 anos, com tranças castanhas e um prendedor rosa brilhante segurando a franja para trás, cuja metade caía sobre seus olhos. Ela estava usando jeans e uma camiseta rosa-escuro com delicadas pedrinhas brilhantes na parte da frente.

— Oi! Você deve ser Harper. Eu sou a Dora.

Harper não ergueu os olhos.

— Eu sei. Você é a amiga do tio Fred.

— Isso mesmo. Que bonecas lindas!

Harper ainda não aprovava minha presença.

— É um casamento.

Eu sorri.

— Claro.

— O príncipe Eric e a princesa Ariel estão se casando.

— Isso não é maravilhoso? E eles têm tantos amigos encantadores.

O rosto de Harper se iluminou enquanto engatinhava para um dos lados da procissão e começou a apontar para cada boneca.

— Esta é a princesa Lea e esta é a princesa Jasmine e esta é sua irmãzinha, Kelly.

Ela me apresentou a cada boneca. Todas têm nomes e histórias. Fiz um milhão de perguntas e em um determinado momento ela saiu correndo do quarto para pegar o cachorro da Barbie que havia deixado na sala de estar. Eu lhe disse:

— Minha irmã e eu só tínhamos as Barbies. Você tem tanta sorte em ter todas essas outras coisas.

Harper olhou para mim inocentemente.

— As Barbies existiam antigamente?

— Nossa, eu pareço assim tão velha? — disse rindo.

— Oh, não, você é linda — ela sorriu. Os dentes da frente não estavam lá. Que fofa. Nesse exato momento ouvimos a voz de Bea vindo da cozinha anunciando que o almoço estava pronto.

Harper gritou de volta:

— Não podemos ir agora. Estamos brincando.

Bea respondeu:

— Agora, Harper. Vai esfriar.

Harper, relutantemente, pôs as bonecas de lado e começou a se levantar. Ela pegou minha mão e me puxou para a sala de jantar.

Fred cumprimentou Harper e bagunçou seus cabelos.

— Oi, linda. Eu trouxe um presente.

— Eu sei o que é: mais livros! — disse ela com um sorriso.

Fred entregou os livros a ela e nós nos sentamos à mesa. Bea começou a conversar sobre trivialidades, obviamente tentando evitar a questão da ausência de Lorraine. Harper não mencionou o assunto e nem Fred, embora ele estivesse atipicamente de mau humor. O ar na sala estava sufocante e Bea se levantou para ligar o ventilador. Uma brisa bem-vinda começou a correr pela sala.

O almoço consistiu em carne de peito de boi cozida em mistura para sopa de cebola, feijões verdes frescos e purê de batata tradicional, que nunca fica tão bom quando sou eu quem faz. Bea assou uma torta de pêssegos para a sobremesa e obviamente empregou um bocado de tempo e de esforço para preparar tal refeição.

— É uma alegria ter uma excelente refeição feita em casa — disse eu a Bea.

Bea deu uma risada baixa e disse:

— Fred acha que é pesada demais. Mas acho que é a comida que proporciona bem-estar.

Bea tem esse jeito de falar com frases que terminam com um suspiro ou com "céus, céus, céus". Ela também usa apartes como "amém" ou "está bem" ou "é verdade". Em diversos momentos durante o almoço, Harper perguntou se ela e eu podíamos sair da mesa para "brincar mais um pouquinho". Bea sorriu para ela com indulgência e lhe disse para esperar mais alguns minutos.

Fiquei impressionada por ainda não haver qualquer menção a Lorraine. Eu disse a Harper:

— Que nome lindo você tem. Você foi batizada assim em homenagem à autora de *O sol é para todos*?

Harper parecia perplexa e se virou para Bea.

— Fui, vovó?

— Harper, você sabe a razão do seu nome.

— Precisamos entrar nesse assunto agora? — perguntou Fred.

Bea o ignorou.

— Minha filha a batizou assim em homenagem à minha profissão. Eu era uma moça Harper.

Eu estava prestes a perguntar o que era isso quando o telefone tocou e os ombros de Bea ficaram tensos. Tive a sensação de que quando o telefone toca por aqui não são boas as notícias.

Bea se levantou, foi até a cozinha e atendeu ao telefone. Ficou desconfortavelmente silencioso enquanto ouvíamos o lado dela da conversa.

— Ah, meu Deus. Ah, não. Está bem, está bem. Nós vamos buscá-la. — Fred pulou da cadeira e foi até a cozinha. Bea desligou e ouvimos a voz zangada de Fred.

— Eu não vou buscá-la.

— Por favor, Fred. Eu disse a ela que nós iríamos — Bea suplicou.

— Deixe que ela pegue um táxi.

— Ela não tem nenhum dinheiro e agora eu não tenho como me comunicar com ela.

— Meu Deus, Bea. É sempre a mesma porcaria aqui. Como você espera que ela algum dia vá melhorar se você vive livrando a barra dela?

Olhei para o rosto assustado de Harper.

— Minha mãe deve estar doente novamente.

— É, eu sinto muito. Vamos brincar mais um pouco.

Peguei a mão dela e a levei de volta para o quarto. Ela estava chupando o polegar enquanto caminhávamos. Assim que chegamos no quarto, ela agarrou sua mantinha cor-de-rosa que estava sobre uma cadeira.

Tentei desviar sua atenção.

— É sua manta especial?

— É, Bea chama de minha rosinha bonitinha.

— Essa é boa. Gostei. — Ergui os olhos e vi Fred no corredor.

Ele me fez sinal para segui-lo pelo corredor. Há algo errado, isso é certo. Ele estava segurando um cigarro fumado até o filtro.

— O que está acontecendo? — sussurrei.

— Estou protelando — respondeu ele sem emoção.

— Você vai buscá-la?

— É claro. É Dia das Mães.

— Quer que eu vá com você?

— Por que você iria querer ir comigo?

— Sei lá. Apoio moral?

— Ah, certo. Acredite em mim, já fiz isso tantas vezes que eu conseguiria ir buscá-la até dormindo. Estou de mau humor e no momento sou péssima companhia. Olhe, Dora, sinto muito por tudo isso.

— Está tudo bem. Mesmo.

Ele ficou mais maleável.

— Isso pode levar algum tempo. Você se importa em esperar aqui?

— Sem problema. — O que eu podia dizer?

Ele ficou aliviado. Deu-me um beijo no rosto e disse:

— Eu lhe devo uma.

A mulher dos cabelos extraordinariamente longos

Sabedoria não é sabedoria quando
advém somente dos livros.
Horácio (65-8 a.C.)

Foi uma longa tarde. Ajudei Bea a lavar os pratos enquanto Harper assistia à televisão. Depois disso, sentamos em cadeiras de plástico na varanda, li *O dedo mágico*, de Roald Dahl, para Harper e ficamos observando as nuvens surgirem no horizonte. O quintal de Bea à luz do crepúsculo parece até um jardim encantado. Há casas de passarinho feitas artesanalmente a partir de cabaças petrificadas e penduradas nas árvores, e um par de pequenos mensageiros dos ventos feitos de bambu tilintavam levemente ao sabor da brisa. Logo antes do pôr do sol, gaivotas voavam em círculos sobre as casas da vizinhança e chamavam umas as outras com sons guturais. Eu amo essa hora do dia. As cores no céu são vivas e luminosas como cenas dos vitrais de uma catedral e Harper e eu observamos a luz esmorecer e os vermelhos e rosas vibrantes no céu ficarem fracos e anêmicos. Alguém fazia um churrasco na casa ao lado e o cheiro de carvão vegetal e de algarobeira perfumavam o ar. Quando o céu escureceu, Harper e eu nos recolhemos para dentro.

Ajudei Harper a tomar seu banho porque as dores nas costas de Bea estavam atacando e, surpreendentemente, Harper estava com fome de novo. Há algo de maravilhoso no cheiro de uma criança depois de um banho, úmido, fresco, floral, talcoso, e inalei o doce aroma enquanto Harper vestia o roupão e se dirigia à cozinha. Bea ainda não estava se sentindo bem, então Harper e eu fizemos pequenos sanduíches e os levamos para o quarto dela, onde nós iríamos tomar o chá das cinco com as Barbies. Às sete e meia ela começou a esfregar os olhos. Eu ainda era adolescente quando fui babá de uma criança dessa idade, mas eu ainda sabia o que isso significava. Eu a observei escovar os dentes mecanicamente e a coloquei na cama. Bea entrou e lhe deu um beijo de boa-noite, e eu também.

— Por que você também não se deita? Deve estar exausta — Bea me disse ao apagarmos a luz.

E estava mesmo. Fui até o quarto de hóspedes e puxei um livro da bolsa, o novo título de David Mitchell, *Atlas nebuloso*. É sobre a transmigração de almas por quatro continentes e três fusos horários, mas decidi rapidamente que era totalmente impossível lê-lo. Deitei na cama e fiquei olhando a luz do sol poente passando pela janela, projetando sombras sobre a enorme escrivaninha, a cadeira de balanço e a mesinha de cabeceira.

Lá fora, no quintal, vi um varal e uma longa caixa de areia coberta. Quando me levantei para lavar o rosto no banheiro, salpicos de poeira dançavam furiosamente sob a luz diáfana. Talvez eu devesse simplesmente chamar um táxi e ir para casa. A que distância estarei da civilização? Vinte minutos? Acho que eu não deveria fazer isso. Seria tão grosseiro. Já sei, vou dar um pulo até a cozinha e ver se consigo encontrar uma garrafa de alguma coisa. Bea serviu xerez no almoço, mas tenho esperança de encontrar algo um pouquinho mais forte.

A caminho da cozinha, ouvi um cão latir e alguém, talvez Bea, tossir e depois bocejar. Eu podia ouvir o som abafado de uma comédia na televisão com risadas gravadas vindo de seu quarto. Quando alcancei a cozinha, a gaiola estava coberta com um pano de prato e percebi que qualquer ruído os faria começar a trinar. Onde procurar? Talvez no armário? Bingo. Duas garrafas de Paul Masson Chablis e meia garrafa de Cutty Sark. Normalmente não bebo uísque, mas eu não queria abrir o vinho, então resolvi dar só um gole. Coloquei em uma xícara de plástico e virei. O álcool queimou no meio da minha testa e aqueceu meu plexo solar. Tomei mais um gole, enxaguei a boca com uma Coca-Cola Diet que achei na geladeira e voltei ao meu quarto. Olhei para o relógio. Isso estava demorando mais do que pensara. O que ele estaria fazendo? Voltei para meu livro e decidi me acomodar e esperar.

Mais tarde naquela noite, Fred ainda fora, a casa silenciosa e fracamente iluminada, Bea bateu de leve na minha porta e disse "toc-toc". Levantei-me para deixá-la entrar.

— Eu não queria perturbá-la, Dora. — Ela estava carregando o que parecia ser uma pesada bolsa de viagem de couro marrom recheada de escovas, garrafas plásticas, rolinhos e pentes. A bolsa de viagem parecia antiga, como algo saído de uma cidade portuária desanimada. O couro estava rachado e nitidamente manchado de água, e havia o cheiro de bolor, de coisa velha, que sempre parece estar presente nas lojas de roupas usadas. — Você gostaria que eu escovasse seus cabelos?

— O quê? — perguntei, confusa.

— Você gostaria que eu escovasse seus cabelos? Eu costumava fazer isso a trabalho quando nós todos morávamos em Delaware, cem anos atrás. Antes de mudarmos para New Orleans. — Ela riu nervosamente.

— Ah, entendi. Por que não? Você era cabeleireira?

— Não exatamente. Não do modo como dizem hoje. Eu era uma moça Harper.

— Uma moça Harper — repeti. Eu não tinha ideia do que ela estava falando, então apenas sorri.

— Isso, eu costumava fazer os cabelos das moças mais adoráveis. Era uma alegria tão grande. Sim, é verdade. As DuPont e as Rothschild. Cuidei dos cabelos de todas elas. E elas tinham famílias tão adoráveis.

Fiquei observando enquanto ela tirava da bolsa suas escovas, uma a uma, e depois seus pentes de casco de tartaruga e frascos de sabonete de azeite de oliva, xampu de alcatrão e vinagre branco.

— Acho que não sei exatamente o que você fazia, mas eu adoraria se você escovasse os meus cabelos — disse eu, tentando soar entusiasmada. Francamente, eu estava pensando que tudo aquilo soava um pouco estranho, mas eu não queria que ela soubesse disso.

Bea me disse que o método Harper era um tratamento de cabelos feito em domicílio adotado pela alta sociedade que envolvia massagem no pescoço e nos ombros juntamente com um xampu especial preparado com ingredientes naturais e uma longa sessão de secagem com escova. O negócio foi iniciado por uma canadense chamada Martha Harper, que tinha cabelos castanhos tão maravilhosos que P.T. Barnum tentou contratá-la para seu circo como "A Mulher dos Cabelos Extraordinariamente Longos".

— Ah, todas as celebridades e primeiras-damas recebiam as moças Harper em suas casas — disse Bea. Aparentemente, a ênfase estava sobre cabelos saudáveis, e as moças treinadas usavam tinturas naturais para os cabelos, tônicos especiais e outros métodos de estimulação do couro cabeludo e de crescimento dos cabelos. — A beleza vem da limpeza e da boa circulação. Era isso que todas nós pregávamos.

— Onde você aprendeu tudo isso, Bea?

— Ah, bem, havia esses salões de treinamento espalhados por todo o país, mas eles foram fechando. Eu tinha uma amiga que trabalhava em um deles no centro da cidade e ela me ensinou. Tive alguns clientes durante 25, até mesmo trinta anos. Todas as noites, de segunda a sexta-feira, eu ia até Wilmington e mesmo até Rittenhouse Square, na Filadélfia, para tratar dos cabelos das minhas moças. Meu Whiz, meu marido, Whizwald, que já faleceu, costumava esperar por mim até que eu chegasse em casa. Depois nós nos sentávamos à mesa para jantar às nove e meia ou mesmo às dez. Ele era um bom homem, meu Whiz. Ele era eletricista por profissão, mas tinha habilidades de jardinagem e era um ótimo dançarino. Acho que você percebeu que não sou muito boa com meu jardim lá fora.

— De forma alguma, Bea. Seu jardim é encantador. Vocês realmente costumavam sair para dançar?

— Ah, sim. Éramos os sócios mais antigos da Sociedade Dançante de Delaware Square, e íamos aos eventos sociais uma vez por mês e dançávamos a noite toda. Eu tinha um closet repleto dos mais lindos trajes de festa, assim como Whiz. Ele era tão garboso naquela época.

Fred nunca me havia contado isso. Nada disso. A mãe dele foi cabeleireira da nata da sociedade e seu pai, eletricista. Eles saíam para dançar aos sábados à noite usando aqueles trajes espalhafatosamente insanos com sianinhas cafonas e franjas prateadas que os mais velhos usam quando vão a festas. Não é de se admirar que ele tenha ido para Nova York aos 17 anos. Uma mortificante combinação de fatores para um jovem intelectual que se achava um artista. Ainda assim, havia algo adorável, puro e decente em Bea. Era de se esperar que a essa altura ele a apreciasse.

— Venha se sentar aqui, Dora. Poderei alcançar sua cabeça com mais facilidade — disse ela, fazendo um gesto para que eu fosse para a cadeira de balanço. — Estou com uma artrite nos dedos e nas articulações que incomoda, não consigo mais fazer o trabalho que eu costumava fazer...

— Ah, tudo bem, Bea. Você não tem que fazer isso. Verdade.

— Não, eu gosto. Isso me acalma, afasta minha mente dos problemas. Eu me preocupo tanto com Lorraine. Tentamos tudo, só Deus sabe. Ela já entrou e saiu de programas de reabilitação diversas vezes, mas depois de alguns dias ela fica desesperada e me telefona. Eu sempre vou buscá-la e a trago para casa. Não consigo evitar. Ela fica em um estado deplorável. É o demônio, aquela droga. O namorado dela a colocou nisso e depois ele acabou largando-a quando ela engravidou. Pensei que mudando para cá eu poderia ajudá-la. Mas ela só piora. Na maioria dos dias somos só eu e Harper, e essa é a verdade.

Bea ficou quieta por um minuto enquanto escovava meus cabelos. Eu não conseguia encontrar algo para dizer.

— Harper ama que eu faça os cabelos dela. É a nossa maneira de nos confortarmos uma à outra. Nossa, Dora, você tem cabelos tão bonitos, tão volumosos e saudáveis. Que bom para você.

Bea escovava meus cabelos com uma escova de cerdas naturais de javali, importada da Inglaterra. Seus movimentos eram firmes e fortes, e logo toda minha cabeça começou a formigar com a circulação no meu couro cabeludo sendo estimulada. De vez em quando ela dava pancadinhas com algo que tinha cheiro de uma combinação de alcatrão e vinagre em minha cabeça, esfregava com os dedos e escovava meus cabelos novamente com movimentos longos e metódicos. Primeiro em um sentido, depois no outro. Então ela jogou meus cabelos sobre meu rosto e escovou com um movimento circular começando pela minha nuca. Eu acho que esta é melhor coisa depois da minha massagista tailandesa que vai ao meu apartamento duas vezes por semana e cobra 95 dólares, mais a gorjeta. Não. Isso é melhor. Isso é o nirvana. A sra. DuPont era uma velha astuta.

— Quanto você cobrava para fazer isso, Bea? — perguntei, claramente em êxtase.

— Meus honorários eram de 35 dólares para ir duas vezes por semana, mas eu fazia de graça em aniversários e no Natal. Elas gostavam disso.

— Você ganhava gorjetas?

— Shhhh, Dora, você deve relaxar.

— Eu sei, Bea, mas isso é brilhante. Estou absolutamente encantada.

Bea continuou escovando até que os postes de iluminação lá fora começaram a acender e pude ver os anéis de luz refletidos na calçada. Ela fez uma breve pausa para acender a luminária ao lado da cama e para dar uma olhada em Harper.

Quando ela voltou, eu me levantei.

— Bea, isso foi hipnótico. Muito obrigada.

— Ah, não me agradeça. Eu amei fazer. Talvez você consiga ter um bom descanso agora. É bom para isso. Essa é a razão por que eu sempre fazia os cabelos das minhas moças à noite.

Depois que Bea saiu, deitei na cama no escuro e observei os faróis dos carros que passavam dançarem pelo teto. Lembro de fazer a mesma coisa quando criança, e depois ouvir o som longínquo do trem local ecoando na estação, seu apito soando pela distante vizinhança. Eu me virei de lado e passei os dedos pelos cabelos. Estavam sedosos, com volume e absolutamente limpos. Pela primeira vez na vida, não peguei meu livro para conseguir dormir. Simplesmente adormeci, entorpecida.

Na teia da aranha

... da escuridão veio
uma voz fraca...
E.B. White (1899-1985),
A teia de Charlotte

Acordei com a presença de Fred de pé ao lado de minha cama, tenso, olhando para meu rosto. A luz da manhã penetrava pela janela do quarto e eu me sentia como se tivesse sido pulverizada com pó de anjo. Eu não ficava relaxada assim havia anos. Ele se inclinou sobre mim e me deu um beijo mecânico na face. Ele tinha olheiras escuras e inchadas e a aparência de quem não dormiu.

— Que horas são?

— Quase seis.

— Você a encontrou?

— Não. Quando cheguei lá, ela já havia sumido. Eu a procurei nos lugares de costume, mas acho que ela encontrou uma oferta melhor. Isso acontece o tempo todo, Dora. Vamos embora daqui.

Eu me arrumei, fui ao banheiro e percebi que meus cabelos estavam brilhando. Quando Fred e eu começamos a sair em silêncio, Bea apareceu em seu enorme roupão de banho de chenile cor de lavanda. Os bolsos estavam recheados de lenços de papel e havia algumas manchas de café na lapela. Harper ainda estava dormindo.

— Ah, vocês estão indo embora? Posso preparar o café da manhã para vocês? Que tal uns ovos fritos?

— Não, obrigado, Bea — Fred respondeu. — Preciso voltar.

— Então, o que devo fazer agora, o que você acha? —perguntou cuidadosamente.

— Eles vão ligar para você quando ela aparecer. Você conhece o procedimento — disse ele, despedindo-se asperamente. Fiquei um pouco desconcertada com sua aspereza.

— Espero que tudo saia bem. Obrigada novamente pela... Você sabe — disse eu, tocando meus cabelos.

— Ah, por favor, o prazer foi meu, querida. — Bea me deu um abraço. Eu realmente gosto dessa mulher. Ela ficou de pé na entrada e nos observou partir.

Fred permaneceu em silêncio na viagem de volta.

— Talvez você devesse ter ficado para ajudar Bea — sugeri.

— Dora, você tem alguma ideia do que é viver com alguém como Lorraine? — respondeu ele com raiva, interrompendo-me.

— Não, acho que não — respondi, sentindo que eu havia ultrapassado meus limites.

— Ela passa por cima do seu amor e do amor de todos os que a conhecem. Você implora a ela para parar, você a leva a terapeutas, encontros do AA, oficiais de condicional, consultas médicas, você empresta dinheiro a ela, você empresta mais dinheiro a ela, você tira as chaves dela, mas tudo continua exatamente da mesma forma. Ela é indiferente aos seus apelos. E, finalmente, você a joga para fora de casa e diz a ela para não voltar até que esteja sóbria. E então você fica agradecido porque toda a provação acabou até que o telefone toca no meio da noite e é alguém que a encontrou em uma esquina, falando coisas sem nexo, suja e desamparada. E ela precisa voltar para casa. Bea já gastou a maior parte de suas economias pagando por todas essas coisas. As clínicas particulares de reabilitação custam milhares de dólares e você tem que pagar adiantado, mas Lorraine não fica nem uma semana. A primeira vez que ela foi internada não conseguiu lidar com a desintoxicação nem com as regras, então ligou para Bea gritando de dor e em agonia. Bea ficou desesperada e foi buscá-la. A justiça a enviou para o confinamento por um mês, e assim que ela chegou em casa, Bea deu a ela dinheiro para o mercado e foi isso. Não é possível argumentar com Bea no que se refere a Lorraine. Ela cede todas as vezes, aí a situação vira um desastre e depois Bea vem chorando até mim pedindo ajuda.

— Eu não tinha ideia.

— É pior quando Lorraine simplesmente se enfia no quarto, tranca a porta e não deixa Bea ou Harper entrarem por dias e dias. Depois ela sai e destrói o lugar procurando dinheiro. Roubou as joias de Bea, sua prataria, sua câmera, tudo que ela pudesse penhorar. Ela limpou até o cofrinho de Harper. Bea finalmente encontrou um excelente lugar que é onde Lorraine deveria estar agora. Mas, como você ouviu, ela obviamente fugiu.

— Por que você não tira Harper de lá?

— Harper não vai a lugar nenhum sem Bea. E Bea não vai a lugar nenhum sem Lorraine. Então ficamos em um impasse.

— Há quanto tempo isso vem acontecendo?

— Desde que Bea se mudou para cá, cinco anos atrás. Harper pensa que a mãe dela está doente — respondeu ele com repugnância. — E eu estou farto. É extenuante demais. Além do mais, o que posso fazer?

— Sinto tanto, Fred. — Mas fiquei pensando, não há sempre algo que se possa fazer? Chegamos ao meu prédio. Ele me deu um leve beijo de despedida, disse que nos veríamos mais tarde e foi embora.

Ao entrar em meu apartamento, lembrei-me de um velho ditado que minha mãe adorava repetir: "Se os problemas de todos fossem pendurados em um fio, você apanharia os seus próprios problemas."

Eu havia planejado aproveitar o dia de hoje para dar alguns telefonemas com relação ao meu emprego. Não estava mais exatamente no clima para isso, mas já vinha adiando por tempo demais. Eu me lavei e decidi montar uma outra versão do meu portfolio. Ouvi dizer que o *Santa Monica Tribune* está procurando uma repórter local. Esses jornais pequenos não parecem ser grande coisa, mas os editores dos jornais diários os leem religiosamente e os vasculham em busca de furos jornalísticos e novos profissionais. Acho que estou nessa categoria novamente.

Tive uma reunião com meu contador outro dia e ele delicadamente sugeriu pela décima-bilionésima vez que eu deveria reduzir meus gastos. Ele indagou se eu possuía qualquer outra fonte de renda, acho que se referindo a Palmer. Quando respondi que não, ele, procurando ser útil, sugeriu que eu acelerasse minha busca por um emprego. Sei que ele acha que vivo em outro planeta no que se refere a finanças. E tenho de admitir que mal olho para meu extrato bancário ou o histórico do talão de cheques, no que diz respeito ao assunto. Minha irmã usa expressões estranhas como "as galinhas estão se empoleirando" para me motivar a tomar as rédeas da situação. Eu estava ignorando totalmente até semana passada, quando ela começou a se referir a mim como "parente pobre".

Gosto de colocar a culpa pela minha atitude arrogante com relação a dinheiro em meu pai, que nos compensava por suas ausências nos enviando cheques polpudos periodicamente. Os cheques eram especialmente generosos quando ele perdia eventos significativos como aniversários, peças na escola, Natal e bailes pai e filha. Eu sabia quando o envelope chegava que ele não apareceria. A bebedeira de minha mãe pioraria e todo ciclo começaria de novo. Minha irmã e eu tomávamos conta de nós mesmas até que o porre acabasse e então ela alegremente tentasse fingir que aquela era apenas uma situação temporária. Muitas vezes ela dizia "quando seu pai voltar", mas minha grande pergunta era "quando?". Às vezes eu afundava em um pântano de raiva e ressentimento indefinidos. É estranho que Harper não pareça se sentir assim com relação a Lorraine, embora seja difícil saber o que a menina estava pensando na noite passada.

Coloquei meu portfolio sobre a mesa, peguei todos os apetrechos que minha irmã me trouxe e liguei o laptop. Foi quando Fred me ligou e me deu a notícia. Lorraine foi encontrada na praia dentro de um saco de dormir. Ela já estava morta havia cerca de seis horas, de acordo com a patrulha da praia, que ligou para Bea logo depois que Fred e eu fomos embora. A voz de Fred estava tensa ao me dizer que iria voltar para a casa de Bea e, em seguida, iria ao necrotério.

Há uma espécie de tortura silenciosa com relação a más notícias. Todos os sons do comportamento humano normal, de repente, cessam, mas a coisa mais estranha é que ainda assim consegue-se ouvir o som do relógio fazendo tique-taque, o vento suspirando pelos arbustos, um pássaro gorjeando a distância ou o zumbido do motor de uma geladeira na cozinha. Os sons humanos meio que desaparecem. Como o véu falso de proteção e conforto que todos parecemos tomar por certo entre os inevitáveis desastres da vida. Já tive essa sensação antes. Em um minuto você está cheia de confiança e afeto, e no seguinte, você sente como se houvesse sido arrancada de seu mundo e estivesse caindo em algum outro lugar traiçoeiro e desconhecido.

Fred me contou que Lorraine tomou uma overdose de uma mistura de heroína e cocaína. Ele foi surpreendentemente clínico e frio ao discorrer sobre os detalhes de como eles a encontraram e o que planejanavam fazer. Ele também me informou que Bea estava tomada pela tristeza e que eles ainda não haviam contado a Harper. Com certo receio, eu me ofereci para ir até lá levar comida e Fred disse algo isento de opinião como "faça o que quiser".

Peguei o carro e fui até a pequena loja de brinquedos perto da minha casa para comprar algumas coisas para Harper. Depois parei em uma butique francesa de roupas para crianças e comprei um caríssimo suéter felpudo cor-de-rosa com uma saia de flanela e meia-calça combinando. Mandei embrulhar tudo e coloquei no porta-malas do carro. É engraçado como a mente tem uns lampejos de coisas que aconteceram anos antes, especialmente quando você menos espera.

Minha mãe me acordou uma manhã quando eu tinha 10 anos e me disse que o pai de minha amiguinha se havia matado com um tiro na cabeça na noite anterior. Ele se sentou no carro, na frente da grande mansão Tudor, ao anoitecer, como na canção dos Beatles, e toda a família dentro da casa ouviu o tiro. De qualquer forma, minha irmã e eu voltamos à casa dela depois do funeral e a única coisa de que me lembro é da pilha de presentes perto da porta. Eles eram todos para minha amiga, é claro, e fiquei louca de inveja, do modo como as crianças ficam quando são totalmente alheias à esmagadora tristeza de algo que ocorre fora de seus universos. Eu me lembro de pensar que meu pai também tinha ido embora, não importando se ele estava morando em outro lugar, e eu não merecia ganhar alguma coisa também?

Parei na Vicente Foods, peguei uma peça de presunto assado com mel, lasanha do balcão da delicatéssen, um bolo de chocolate em camadas, uma garrafa grande de uísque e várias garrafas de vinho. Eu iria só deixar as coisas lá e ir embora.

Estava quase escuro quando cheguei à casa de Bea. Fiquei surpresa que não houvesse qualquer outro carro nas ruas ou na entrada. Na verdade, o lugar parecia deserto e a porta da frente estava entreaberta. Harper me cumprimentou de pijamas e com um grande sorriso de expectativa.

— Você está aqui por causa da minha mãe? — perguntou.

— Isso, Harper. Eu sinto tanto.

— Ela está no céu e no meu coração — Harper repetiu com uma voz treinada, quase monótona, e me perguntei quem teria ensinado isso a ela.

— Isso é bom — respondi. Definitivamente, eu estava sem palavras.

— Isso é para mim? — Harper exclamou de repente, com um largo sorriso.

Bea surgiu atrás de Harper e passou os braços amorosamente em volta do pescoço da neta.

Ela estava usando um vestido de ficar em casa e chinelos, e seus cabelos prateados e sedosos estavam puxados para trás de forma casual.

— Deus abençoe seu coração, Dora. Você não precisava ter voltado toda essa distância. Olhe para você. Oh, meu Deus, e todas essas compras e essas coisas para Harper. Você é um tesouro.

Eu estava prestes a dizer algo educado como "não foi nada" quando de repente percebi que Bea estava chorando e desajeitadamente tentava enxugar o rosto com um lencinho bordado à moda antiga. Ela tinha outro no bolso do vestido com delicadas margaridas bordadas nas margens, e me senti impotente.

Pus meus braços em volta dela e senti sua figura robusta tremendo através do vestido mole e amarrotado. Seu rosto estava quente e úmido e pude sentir aquele leve aroma de lavanda em seu pescoço. Ficamos naquele abraço por alguns momentos, como amigas que não se encontravam havia muito tempo, e fui invadida por sentimentos de perda e de tristeza.

— Eu sinto tanto, Bea.

— Eu sei, querida. Obrigada.

De algum lugar atrás de nós, ouvi a voz hesitante de Harper.

— Posso abri-los agora?

— É claro — respondi. Como poderia ir embora? Pensei em ficar mais um pouco. Pelo menos até que alguém mais chegasse.

Harper abriu os presentes, rasgando o papel. Seu rosto se iluminou quando viu o suéter cor-de-rosa de prima-dona. Ela o vestiu sobre o pijama e correu para se olhar no espelho. Depois voltou e disse com orgulho:

— Estou parecendo uma adolescente.

Olhei para Bea, que estava claramente perturbada e distraída, e disse para Harper:

— Por que você não vai brincar enquanto faço o jantar?

Entrei na cozinha e vi pratos do café da manhã pela metade ainda sobre a mesa e um copo de leite morno sobre o balcão. Aparentemente, Bea estava no meio do café da manhã quando recebeu a notícia. Comecei a lavar as coisas e Bea entrou. Seu rosto estava cansado e suas mãos estavam tremendo.

— Quer conversar? — perguntei. — Há alguém para quem você gostaria que eu ligasse?

— Não, obrigada. Algumas coisas não podem ser feitas. Ela não podia ser salva, sabe? Eu não acredito que se possa salvar alguém, mesmo. Ela precisava fazer isso sozinha e a droga tirou essa vontade dela. Você não a conheceu, mas ela amava Harper e me amava e amava o irmão e os amigos dela. Eu sei que ela sabia que estávamos rezando por ela. E sei que ela se sentia horrível por nos desapontar o tempo todo.

Havia um tom de determinação em sua voz quando acrescentou:

— Você precisa se alimentar melhor, Dora. Aposto que você é uma daquelas garotas que comem o dia todo e ainda assim parecem um pardal. — Ela me sorriu um sorriso triste. — Você precisa de alguma ajuda aqui?

— Não, vá descansar um pouco, Bea. Eu chamo você quando estiver pronto.

— Isso seria realmente muito bom, querida. Meus pés estão me matando. Obrigada.

Eu a observei caminhar até o corredor e depois fatiei o presunto, fiz uma salada rápida, abri o vinho que trouxe e dei alguns goles.

Pus tudo sobre a mesa e chamei Bea e Harper. Harper veio correndo como fazem todas as crianças. Ela perguntou se poderia comer bolo, mas eu lhe disse que teria de jantar primeiro. Ela se sentou com metade do corpo para fora da cadeira e começou a devorar o presunto. Obviamente não havia comido nada desde o café da manhã. Bea entrou e seus olhos estavam inchados.

— Não sei o que pode estar fazendo com que Fred demore tanto. Meu Deus, por que ele não liga?

Eu também gostaria de ter a resposta para essa pergunta.

— Sabe, Bea, às vezes essas coisas levam algum tempo. Vocês estão lidando com o governo e tenho certeza de que há um bocado de burocracia.

Bea se sentou pesadamente e ficou fitando o nada. Depois ela fechou os olhos por um momento e pousou as mãos no colo. Eu não sabia dizer se ela estava rezando ou cochilando.

— Posso servir-lhe algo para beber, Bea?

Silêncio. Ela abriu os olhos lentamente.

— Eu tentei fazer com que ela fosse à igreja. Eles têm um grupo de jovens lá que poderia tê-la ajudado. "Porque está escrito, aos Seus anjos dará ordem a teu respeito. E eles te susterão nas suas mãos."

Harper estava comendo, aparentemente sem ouvir nada. Eu não sabia como confortar Bea. Onde estavam todas as outras pessoas? Vizinhos? Amigos? Pensei que talvez ninguém soubesse ainda.

Alguém bateu à porta e Bea deu um salto. Com o canto dos olhos vi dois policiais uniformizados e Fred entrou com eles. Quando Bea viu Fred, ela explodiu em um choro sofrido e se jogou em seus braços. Tive a sensação de que eu não deveria estar presente intrometendo-me em seus momentos mais dolorosos e privados. Eu deveria ter esperado.

Harper puxou minha manga.

— Posso comer meu bolo agora? — Ou ela não tem consciência da cena que está se desenrolando à porta ou tem um bocado de prática em lidar com momentos terríveis. Rapidamente eu disse a Harper para comermos bolo no quarto dela. Peguei o bolo, dois pratos e a apressei pelo corredor.

Passamos pelo quarto de Lorraine e Harper se lançou lá dentro dizendo: "Deixei minha mantinha aqui." Fiquei de pé à porta e ela acendeu a luz.

— Você quer ver uma foto da minha mãe?

— Adoraria — respondi. Ai, meu Deus.

Ela pegou minha mão e me fez entrar no quarto, e me mostrou uma pequena foto emoldurada sobre a mesinha de cabeceira. A foto mostrava Harper e a mãe na praia. Lorraine parecia surpreendentemente jovem, uma moça solene de cabelos escuros de vinte e poucos anos com os braços em volta de Harper. O quarto tinha pouca iluminação, com um tecido indiano servindo como cortina e uma túnica indonésia sobre a cama. Havia candelabros de madeira entalhada em forma de gárgulas em uma pequena estante e pesados colares com cruzes de prata pendurados nas laterais da cabeceira da cama. A mesinha de cabeceira estava atravancada com um cinzeiro sujo, um maço amassado de cigarros, pacotes de chicletes e uma lata aberta de Coca-Cola Diet. No chão, próximo à cama, havia um par de coturnos tipo Doc Martens surrados e uma pilha de roupas sujas. Ficou claro que Bea não entrava nesse quarto. A manta de Harper estava sobre a cama, perto de algumas Barbies, vidros de esmalte com glitter e uma lata de Aqua Net. Havia uma televisão no canto com algumas fitas infantis sobre ela.

— Você quer esperar aqui até minha mãe chegar em casa? — Harper me fez essa pergunta como se eu fosse uma de suas coleguinhas de brincadeiras. Já me disseram que leva algum tempo até que as crianças compreendam o caráter definitivo da morte. Harper, claramente, não compreende.

Respondi:

— Não, querida. Vamos para o seu quarto.

Peguei a grande fatia de bolo de chocolate, sentei Harper perto de mim em sua poltrona e peguei um dos livros que Fred comprou para ela, *A menina e o porquinho*.

— Vamos ler, Harper.

Ela se aconchegou em mim, equilibrando o bolo sobre o colo e embrulhando-se na mantinha.

— ... da escuridão veio uma voz fraca que nunca havia ouvido antes. Parecia um pouco fina, mas era agradável. "Você quer um amigo, Wilbur?" ela disse. "Serei seu amigo..."

Eu lembro, da minha infância, que esse livro é sobre a vida e a morte, a passagem do tempo, amizade e milagres. Meu trecho favorito é: "Os seres humanos devem sempre estar atentos para a chegada das maravilhas." O som de minha voz embalou o sono de Harper, mas continuei a ler... até o fim.

Funeral

Morrer é uma arte,
como tudo mais.
Sylvia Plath (1932-1963)

Lorraine não teve um funeral normal. Fred e Bea concordaram com a cremação no necrotério Bunker Bros. perto do centro comercial do bairro e então, depois, serviriam uma espécie de chá da tarde em casa. Verdade seja dita: eu me senti desconfortável em comparecer, mas Fred tomou como certo que eu estaria lá, e achei que realmente eu poderia ser útil.

Dirigi até a casa em uma tarde de domingo amena e ensolarada. Diversos carros velhos e caindo aos pedaços se enfileiravam na rua em frente à casa de Bea. Alguns deles possuíam adesivos de fã-clube do Grateful Dead ou pela libertação do Haiti e uma picape da Ford tinha a silhueta de uma mulher nua na porta do carona. O *Times* de domingo ainda estava dentro de sua embalagem plástica na entrada da casa e as plantas nos vasos estavam com a aparência pior que antes. Encostada na parede da varanda telada havia uma pilha de pranchas de surf de cores vivas e um monte de bolsas de viagem. "Que estranho", pensei.

Entrei na diminuta e abafada sala de estar, que a essa altura estava abarrotada de gente, e Bea me cumprimentou à porta. Entreguei a ela uma garrafa de vinho e um grande bolo de café. Ela estava usando um avental de organza, longo, branco e engomado com uma faixa larga, um vestido preto, simples e largo, e um colar de contas de ébano negro e reluzente. Seus cabelos grisalhos estavam puxados para trás em um coque trançado e ela estava só de meias, sem sapatos. Parecia cansada e um pouco desligada.

— Ah, Dora. Vamos, entre. Posso pegar uma bebida para você?

— Não, obrigada. Posso ajudá-la em alguma coisa? Com a comida ou com Harper?

— Isso é gentil de sua parte, querida — ela disse, enfiando um lencinho úmido no bolso do avental. — Mas na verdade não há muito que fazer. Eu mandei trazer a maioria dos pratos do supermercado do centro comercial. Normalmente não faço isso, é verdade, mas eu não iria fazer as coisas de coração. Sabe, quando Whiz morreu, meus vizinhos se encarregaram de tudo. Ah, meu Deus, tivemos todos os tipos de ensopados que você possa imaginar e mais álcool que possa supor. Naquele tempo, você tinha de comprar bebida nas lojas autorizadas pelo governo e não era tão fácil simplesmente sair e tomar um trago. Agora é diferente, é claro. Meu tio Albert, ele ficou tão bêbado...

— Oi, Dora. Que bom que você veio — disse Fred de forma impessoal, formal, interrompendo Bea no meio da frase. Ele parecia tenso e desconfortável.

— Como você está?

— Bem — respondeu, dando-me uma beijoca no rosto, e depois sussurrou: "Estou feliz por você estar aqui."

— Obrigada. Bem, sei que você tem muito que fazer — comentei quando vi alguns convidados se aproximando. Fui até a mesa de jogos onde o bar improvisado foi montado e me servi de um suco. Harper veio correndo em minha direção. Ela estava usando a roupa que ganhara de mim na semana anterior, a meia-calça, a saia e o suéter felpudo cor-de-rosa. Apresentou-me a uma amiguinha da escola e as duas saíram correndo de mãos dadas, desaparecendo pelo corredor.

Eu me sentei no sofá e olhei à minha volta. Havia, sobre a mesinha de café, um grande envelope de papel-manilha recheado de folhas que pareciam documentos, além de vários álbuns grandes de fotografias com capa de couro. Na prateleira sobre a lareira havia uma urna de peltre de aparência modesta com duas velas, uma de cada lado, e a mesma foto de Lorraine e Harper que eu vira na outra noite, posicionada ao lado da urna.

Há algo perturbador acerca de uma urna. Odeio olhar para ela, embora com toda certeza seja muito melhor que um funeral com caixão aberto. Uma vez fui a um desses, quando meu tio morreu. Todos fizemos uma fila para prestar nossas condolências e, quando foi minha vez, percebi que os óculos dele estavam ligeiramente tortos sobre o rosto exageradamente maquiado com blush. Minha tia foi até o caixão para endireitar os óculos e percebi que ficara uma mancha de maquiagem na mão dela. Nunca compreendi a necessidade de deixar o caixão aberto. Sei que as pessoas querem se despedir, mas parece uma tortura a mais dar uma última olhada para seu ente querido usando maquiagem macabra. Quando meu pai morreu e o sinistro diretor do funeral sugeriu o caixão aberto, todas nós concordamos que uma foto grande era o máximo que permitiríamos.

Eu me lembro que no funeral dele as pessoas diziam coisas como "Ele está em um lugar melhor" ou "Ele está em paz". Eu odiava tudo isso porque, se você perguntasse a ele, ele não iria querer estar ali, e nem elas.

Os amigos de Lorraine começaram a chegar. Havia duas mulheres de cabelos escuros na faixa dos 20 anos que pareciam ter dormido em um quarto muito escuro e, então, alguém repentinamente acendera todas as luzes. Elas ficavam piscando por causa da luz da tarde e eram as duas excessivamente pálidas. Fazia cerca de 25°C, mas a mulher mais alta estava usando um pesado casaco preto de inverno com ornamentos de pele rotos e botas pretas de cano curto e saltos altos. Ela usava maquiagem preta pesada e luvas de renda preta sem dedos. O nome dela é Violet. Sua amiga usava um fraque de lã preta sobre a calça jeans e pesadas botas pretas, um tipo de melancolia gótica estilizada. Quando Harper as viu, ela sorriu e as duas moças lhe deram um longo e caloroso abraço. Mais encorajador que depressivo.

— Olá, meu tesouro — sussurrou Violet. — Ah, minha querida. Eu a amo tanto. E eu sinto taaaanto. Sua mãe teria tanto orgulho de você hoje. Você está fantástica.

— Dora trouxe isso para mim. Para a festa.

— Você está linda — ecoou a amiga, que tinha listras azul-rei nos cabelos e um tipo de tatuagem no pulso que não consegui distinguir. Depois as duas foram abraçar Bea. Essas garotas poderiam ter sido amigas íntimas de Edgar Allan Poe, mas, de alguma forma, perto da magnífica Bea, parecia mais uma cena distorcida de Thornton Wilder.

As três combinavam de forma surpreendente. Admitamos: Lorraine, definitivamente, levava uma vida bastante confusa, mas ela realmente tinha bons amigos que pareciam adorá-la.

Folheei o álbum de fotos à minha frente. Lorraine ainda criança de roupa de banho e pés de pato de borracha, Lorraine e Fred se divertindo em um parque de diversões, Lorraine com um largo sorriso do tipo "infância feliz" em uma praia com as pernas tortas usando um chapéu desajeitado e óculos de sol. Quando foi, eu me perguntei, que ela caiu no abismo? Não havia fotos de Lorraine com qualquer homem ou, ainda, com um bebê.

Mais pessoas chegavam, lotando a sala já abafada. Havia um homem alto, de cabelos ralos e grisalhos na altura dos ombros chamado Ish, além de alguns casais mais velhos, bem-vestidos, na casa dos 60 e 70 anos que se apresentaram como amigos de Bea da igreja. A maioria parecia levemente desconfortável e alguns tinham pequenos buquês de flores ou garrafas de vinho nas mãos. Perto da porta havia alguns rapazes esqueléticos, com a barba por fazer, na faixa dos 20 anos e que pareciam perdidos. Bea cumprimentava cada convidado com um sorriso entusiástico e caloroso como se todos fossem velhos amigos da família. A carga emocional sobre ela era óbvia, mas ainda assim conseguia ser hospitaleira.

— Que bom que você veio, querido.

— Viu o álbum dela?

— Por favor, sente-se, meu bem.

O pastor da igreja de Bea também estava presente. Eu o vi pegar o braço dela e conduzi-la para um canto da sala, onde eles se sentaram de frente um para o outro em cadeiras de encosto. Bea curvou a cabeça e baixou os olhos enquanto o homem tomava suas mãos nas dele e falava baixinho como se ela fosse uma criança. Pela janela, via-se que as sombras se alongavam lá fora e eu o ouvi dizer para Bea que não era culpa dela, que nada que ela fizesse teria feito diferença.

— O que você precisa compreender, minha querida, é que tudo o que você fez foi por amor e Deus sabe disso.

Bea sacudiu a cabeça e começou a chorar. Harper puxou meu braço.

— Há umas bandejas enormes cheias de sanduíches. Você quer um? Temos um monte de comida.

— Você é uma anfitriã maravilhosa, Harper. Mas vou me servir.

Fui para a cozinha, onde encontrei algumas pessoas conversando baixinho no canto e Fred bebericando um uísque. Seus olhos estavam cansados e ele parecia abalado, mas um pouco mais relaxado.

— Nós vamos até a praia para a cerimônia — disse ele, e fiquei pensando "que cerimônia?". Acho que vão fazer uma cerimônia fúnebre, afinal de contas... Isso é bom. Ele saiu da cozinha e enquanto eu me servia de algo para comer ouvi uma mulher sussurrar no canto: "Foi melhor assim. Não era bom para a criança. Ninguém irá dizer isso na cara da Bea, mas é o que todos estão pensando..."

Fred fez o comunicado na sala de estar e depois foi até a prateleira sobre a lareira, ergueu a tampa da urna e removeu um pequeno saco plástico, cujo conteúdo, de forma suspeita, parecia areia de gato. As pessoas começaram a se amontoar nos carros e Harper animadamente perguntou a Bea:

— Posso ir com as garotas?

Uma das gêmeas góticas disse:

— Legal, Harper. Venha com a gente.

— Dora, espere. Você virá comigo e Bea — disse Fred.

Os rapazes pegaram suas pranchas de surf e as atiraram nos carros. Alguns deles estavam com pranchões e havia eucalipto amarrado a eles e, na maioria dos casos, as pranchas ficavam para fora das janelas dos carros, como um cachorro pegando uma brisa. Eles amarraram uma bandeira vermelha nas extremidades e partiram. Descemos o monte, cruzamos a Pacific Coast Highway e subimos a costa um pouco até que chegamos a uma praia um tanto deserta.

Quando chegamos lá, a maioria dos convidados já estava presente e caminhava pela areia em direção à beira da água. As moças carregavam ramos de cravos e de sálvia e alguém segurava uma grande concha do mar.

Os rapazes então puxaram roupas de neoprene e camisetas de surfista das mochilas e se despiram até ficarem só de cuecas. Ninguém falava nada. Ish parecia estar liderando. Ele vestiu sua roupa de neoprene e jogou a mochila com o saquinho plástico sobre o ombro. Todos deslizaram para o oceano atrás dele, carregando os eucaliptos e os cravos.

Era um daqueles dias com pôr do sol perfeito na Califórnia — o vento havia cessado e o céu estava rajado de laranjas, púrpuras e vermelhos, poderia ser um pôster de *Verão sem fim*. Eles remaram sobre as pranchas no gelado Pacífico até estarem muito além da arrebentação. Nesse momento, como nadadores sincronizados nos Jogos Olímpicos, formaram um círculo quase perfeito e as pranchas ficaram apontadas para cima como um grande cata-vento. Uma das moças queimava sálvia na praia, dizendo-nos que aquele era um antigo ritual dos índios Chumash para limpar a alma e afugentar a tristeza.

Ish, montado na prancha, disse algo inaudível, abriu o saco plástico e dramaticamente derramou as cinzas no mar. Alguém soprou a concha e começou a tocar um tambor. Todos na praia choravam silenciosamente. Olhei para Fred, que estava impassível e com os olhos voltados para baixo. Ele tinha os braços em volta de Bea, que soluçava. Harper estava junto de Bea com uma expressão de perplexidade no rosto.

Depois que os surfistas retornaram, os convidados se revezaram, prestando homenagens improvisadas a Lorraine. Eu soube que várias dessas moças eram amizades relativamente recentes e que Lorraine pulava bastante de um lugar a outro, que ela veio para a Califórnia havia seis anos e conseguira um emprego como *barmaid* em um restaurante local. Aparentemente ela tinha um namorado chamado Bobby D, que não parecia estar presente. Então Ish se levantou, colocou os óculos escuros e começou a falar.

— Lorraine, querida. Eu não conhecia você muito bem, mas eu disse a Bobby D que eu o substituiria hoje porque ele está infeliz para cacete desde que você, sabe, desistiu. Não tenho certeza se você pode me ouvir aí em cima, mas se puder, tenho algumas coisas para dizer...

Fiquei pensando comigo mesma, não consigo nem imaginar... Olhei para Fred e ele estava sacudindo a cabeça, incrédulo.

Ish continuou:

— Sabemos que você vai para um lugar melhor e que as coisas ficaram um bocado complicadas para você perto do fim. Mas, querida, nós amamos você. Lembre-se disso. E jamais esqueceremos você. Você deixou uma linda bonequinha aqui na Terra e sei que Bobby D está pensando em você neste exato momento e sempre a amará. Amém.

Os sons da estrada aumentavam e diminuíam de intensidade junto com as eternas ondas quebrando e eu podia ouvir o ronco de um avião a distância, em algum lugar entre as nuvens.

Bea era a próxima. Ela pegou um pedaço dobrado de folha pautada de um caderno e pigarreou. Sua voz estava trêmula, porém audível. Violet pôs seus braços em torno dela enquanto lia e Harper, surpreendendo-me, veio postar-se ao meu lado e pegou minha mão. Sua mãozinha era tão pequena, suave e macia. E ela estava se mantendo tão firme. Dei um beijo no alto de sua cabeça e Bea começou a ler:

— Senhor, agora deixa partir na paz o Teu servo, Senhor, conforme a Tua palavra: porque os meus olhos viram a Tua salvação, que preparaste para todos os povos. Pois toda carne é como a erva, e toda sua glória, como a flor da erva; seca-se a erva, e cai sua flor.*

Fred foi o último a falar. Ele recita de memória, é claro, e sua voz é clara, forte e hipnótica. Começou dizendo:

— Este é um poema chamado "Canção de Amor", de William Carlos Williams.

Limpe a casa,
pendure cortinas limpas
nas janelas
coloque um vestido novo
e venha comigo!
O olmeiro está espalhando
seus pãezinhos de doces aromas
vindos de um céu branco!

Quem saberá de nós
nos tempos vindouros?
Deixe-o dizer que havia
uma explosão de fragrâncias
dos ramos negros.

---

* Lucas 2, 29-32.

Dr. Seuss não gosta de crianças

Para mim, foi surpreendente e decepcionante descobrir que os livros de histórias haviam sido escritos por pessoas, que os livros não eram maravilhas da natureza, nascendo espontaneamente como a grama.
Eudora Welty (1909-2001), *O começo de um escritor*

Você pode estar se perguntando por que estávamos percorrendo a rodovia 405 em alta velocidade no Thunderbird conversível 1963 amarelo-desbotado. Eu estava no banco do carona, Bea e Harper estavam no banco de trás, o sol nos castigava e os para-brisas funcionavam mais como funis que como barreira contra o vento. Darlene estava dirigindo seu extravagante e potente carro como se fosse uma Ferrari, e quando ela reduziu a marcha ouvi um barulho suspeito que parecia metal esmagando asfalto. Minhas coxas estavam coladas ao banco de vinil, o rádio tocava alto uma velha canção dos Beach Boys, os dissabores são coisa do passado, e Darlene estava nas nuvens.

— Eu amo meu carro! — gritou ela para mim, tentando suplantar o vento. Às vezes você precisa de uma festa. Aí você liga para Darlene.

Já faz um mês desde a morte de Lorraine. Fred e eu passamos um bocado de tempo ajudando Bea com todas as formalidades e a burocracia. Geralmente eu brincava com Harper do lado de fora enquanto eles se sentavam à mesa de jantar para preencher relatórios, lidar com as montanhas de documentos que precisavam pôr em ordem.

Depois de algumas semanas assim, Fred me disse que Harper finalmente voltaria à escola e Bea havia pedido a ele que fosse junto para dar apoio moral. Ele acrescentou que Harper não estava tão entusiasmada e que Bea ficava adiando a data de sua volta. No dia anterior ao que ele deveria buscá-las, Fred recebeu um telefonema de Bea dizendo a ele que não se incomodasse. Nós tínhamos acabado de tomar o café da manhã e Fred estava se arrumando para ir para o trabalho. Os dois, ultimamente, estavam deixando um ao outro enervados e era óbvio, pelo menos para mim, que Bea sentia que havia interrompido a vida de Fred por tempo demais.

— Ela não está falando realmente a sério — disse eu a ele. — Ela apenas não quer impor nada. Ainda acho que você deve ir.

— Se você acha que é tão importante, por que você não vai? — falou rispidamente.

— Está bem, eu vou — respondi. Nossa, ele estava de mau humor. Mas agora eu estava encrencada. No entanto, eu ESTOU certa. Alguém deveria ficar com elas.

Liguei para Bea, disse a ela que eu gostaria de ir no lugar de Fred e perguntei se havia problema. Eu comprara algumas coisas para o quarto de Harper e, de qualquer maneira, eu estava planejando levá-las no fim de semana seguinte. Bea, sempre bondosa, disse que seria um prazer me receber. Fred rosnou e saiu para o trabalho.

Na manhã seguinte, segurei a mãozinha delicada de Harper, junto com Bea, e entrei com ela na sala da segunda série. A professora, uma jovem de vinte e poucos anos, abraçou Harper e Bea e disse-lhes o quanto havia sentido falta de Harper nas aulas. Havia um pôster no quadro-negro assinado por todas as crianças dando as boas-vindas a Harper, e percebi que ela tentava escapar de ser o centro das atenções. Nenhuma criança deseja ser diferente.

A professora puxou Bea e eu para um canto e nos garantiu que o conselheiro estava de prontidão para ajudar no que fosse necessário. Parecia que a escola tinha tudo sob controle. Ao sairmos, Harper, sussurrando no meu ouvido, perguntou se eu estaria lá quando ela chegasse em casa.

— Estarei, claro — respondi. Ela pôs os bracinhos finos em torno do meu pescoço e enterrou o rosto no meu ombro. Então ela também sussurrou algo para Bea e ficou abraçada a ela até que Bea carinhosamente a afastou.

— Agora você é uma moça crescida e vai ficar bem.

Eu havia comprado um edredom macio de cetim cor-de-rosa com lençóis e travesseiros combinando para o quarto de Harper, além de um lindo tapete redondo cor-de-rosa para colocar ao lado da cama. Quando Bea e eu chegamos em casa, arrumamos o quarto de Harper e depois passamos o restante do dia levando caixas com coisas de Lorraine para a caridade.

Quando Harper chegou em casa e viu o quarto, seus olhos se arregalaram e ela colocou as mãos no rosto.

— Eu adorei — disse ela timidamente.

Mais tarde, naquela noite, quando eu disse a Fred o que havia acontecido durante o dia, ele admitiu que foi bom que eu tivesse ido e me agradeceu. Ele disse que Harper andava agitada e que já estava na hora de ela voltar à escola.

Nas semanas que se seguiram, Harper retomou suas atividades normais, inclusive os estudos bíblicos e uma aula de arte depois da escola. Alguém assumiu o grupo de escoteiras e algumas das outras coisas que Bea costumava fazer. Toda vez que eu visitava a casa com Fred, Harper parecia estar ocupada e admiravelmente bem-ajustada, considerando a situação.

Então junho chegou e o ritmo das coisas se modificou. A escola de Harper encerrou o semestre e seus horários ficaram mais flexíveis. Fred e eu tentávamos visitá-las sempre que podíamos, mas na última vez que fomos lá, Bea parecia cansada, Fred desligado, e Harper introvertida de maneira fora do normal.

Estávamos no meio de um terrível June Gloom, o fenômeno que ocorre na Califórnia quando a camada marinha gelada colide com o ar quente vindo do continente e cria um espesso lençol de nevoeiro matinal que pode durar o dia todo. O estado de espírito de Harper, que andava bem estável, mudou repentinamente para pior. Não sei se era depressão, tristeza ou tédio, ou uma mistura dos três, mas Bea estava começando a se preocupar, assim como eu. Harper simplesmente parecia ter ficado sem objetivos. Ela ficava deitada no sofá, sem energia, de pijama de flanela, afetada por um tipo de inércia que a deixava fitando o vazio, completamente alheia a qualquer atividade que sugeríssemos.

Mais ou menos na mesma época, Fred recebeu um telefonema de Nova York com relação à peça dele. Isso foi um pomo da discórdia entre nós porque ele ainda não me deixava lê-la. Ele disse que era porque eu não iria gostar, mas acho que ele estava com receio da minha reação. Tanto faz. Um agente em Nova York mostrou interesse e queria uma reunião com ele. Fred estava cautelosamente otimista e celebramos no jantar na noite antes de ele partir. Ele me levou a um de seus lugares favoritos, a Cabana do Caranguejo do Paddy. Coloquei uma blusa preta transparente de chifon e uma saia justa bem sexy. Aquele seria nosso primeiro encontro de verdade desde a morte de Lorraine, e nós dois achávamos que precisávamos de uma noite assim.

Fred parecia cansado e não estava falante como de costume. Para mim, tudo bem. Totalmente compreensível. Pelo menos, ele não estava tão deprimido como antes. Nós dois entornamos algumas e começamos a relaxar. Ele me disse que estava lendo um romance fininho fantástico chamado *A artista do corpo*, sobre uma mulher que mora sozinha e encontra um cara estranho, fantasmagórico, que sabe tudo sobre ela. Esquisito. Depois ele me divertiu com a última história de cliente burro da livraria. Diversas vezes senti um impulso de falar sobre Bea e Harper, mas me contive. Ele sempre parecia não reagir a qualquer uma das minhas inquietações.

Depois do jantar, Fred me pegou nos braços e dançamos ao som de "You Are So Beautiful", de Johnny Hartman e John Coltrane. Eu simplesmente amo o jeito dele de dançar. Eu amo a sensação que ele me passa e o cheiro dele. Ele fez aquilo que adoro, roçando a boca na minha orelha. Ele ainda me satisfaz. Nada mais a dizer.

Na manhã seguinte, eu disse a Fred que visitaria Bea enquanto ele estivesse fora. Quando liguei para ela à tarde, ela me disse que a situação com Harper havia piorado. Harper teve um colapso nervoso no dia anterior quando uma amiga foi à casa delas para brincar e ela se recusou a ir para o estudo bíblico ou qualquer outro lugar. Ela só queria ficar no quarto de Lorraine e ver televisão.

Aconteceu de Darlene ligar logo depois e quando comentei com ela o que estava acontecendo, sua resposta foi:

— Vamos pegar a estrada! Eu dirijo!

Primeiro pensei que, bem, era uma ideia idiota, mas depois eu me lembrei que era o que minha mãe costumava fazer quando as coisas estavam ruins em casa. Uma viagem literária de carro. Por que não?

Então é por isso que estávamos indo para La Jolla. Muitas vezes mencionada como o melhor lugar para se morar na América, o chamariz é que era onde morava Theodor Geisel, mais conhecido como dr. Seuss.

Saímos da estrada na aristocrática cidade litorânea de La Jolla. Passamos por campos de golfe, restaurantes e lojas sóbrias como Cartier e Ralph Lauren até que chegamos a um posto de gasolina. Bea e Harper pegaram a chave e se dirigiram para o banheiro enquanto eu abastecia o carro e entregava a Darlene algumas biografias de dr. Seuss que encontrara na Internet.

Quando minha mãe proferia fatos históricos durante nossas viagens literárias, minha irmã e eu a ignorávamos. Mas como se tratava de dr. Seuss, eu esperava capturar o interesse de Harper.

— Darlene, escolha alguns fatos para eu contar a Harper — pedi enquanto eu passava o cartão de crédito.

— Nem pensar. Isso é tão chaaaato... Vamos para o Sea World.

— Eu NÃO vou para o Sea World. E você está errada. Todas as crianças gostam do dr. Seuss. *O gatola da cartola*, *Ovos verdes e presunto*, *Como o Grinch roubou o Natal.*

— Tudo bem. Se você está dizendo. —Darlene começou a parafrasear os artigos com uma voz cantada. — Diz aqui que o nome verdadeiro do dr. Seuss era Theodor Geisel e que ele se mudou para La Jolla no início dos anos 1950 com sua primeira esposa. Publicou

44 livros infantis. Inventou o nome de dr. Seuss quando publicou *E pensar que eu vi isso na rua Mulberry*. Seuss era seu nome do meio e ele apenas acrescentou o título de doutor. Oh-oh! Ouça isso. Conheceu sua segunda esposa, Audrey, 18 anos mais nova, quando estavam os dois ainda casados com outros. Ao descobrir o caso do marido, a primeira esposa de Seuss, Helen, cometeu suicídio. Audrey se divorciou do marido, casou-se com Seuss e mandou suas duas filhas para o colégio interno.*

— O quê?! Onde você está lendo isso?

— *The New York Times*. Não dá para inventar essas coisas. Ouça, palavra da mulher dele: "Ele estava muito feliz sem as crianças. Eu nunca fui muito maternal. Havia muitas outras coisas que eu queria fazer."** Meu Deus, quem são essas pessoas?

— Não era exatamente isso que eu tinha em mente.

Harper e Bea voltaram do banheiro. Os cabelos estavam despenteados pelo vento. Ela usava uma camiseta branca de *O gato da cartola* que eu comprara para ela e uma saia jeans com babados. Bea usava um chapéu mole de algodão amarrado embaixo do queixo e as duas pareciam animadas por finalmente estarem aqui.

— Já estamos chegando lá? — perguntou Harper com uma voz fina e cheia de expectativa. Seus olhos estavam arregalados de antecipação.

Darlene e eu nos entreolhamos.

— Ah, estamos! — respondi com um entusiasmo forçado.

Pegamos o carro e prosseguimos até o cume do monte Soledad, em La Jolla, onde fileiras de eucaliptos retorcidos e curvos ladeavam a rua. A casa era uma estrutura de dois andares que circundava uma velha torre de observação, o estúdio de Seuss, e havia uma janela que oferecia uma visão panorâmica do oceano Pacífico. Bem

---

* *The New York Times*, 29 de novembro de 2000. "Mrs. Seuss Hears a Who, and Tells About It", de Joyce Wadler.

** Idem.

à nossa frente havia um Cadillac 1984 com a placa personalizada onde estava escrito GRINCH.

Ao nos aproximarmos da casa, Darlene apontou seu dedo indicador para a própria cabeça e dramaticamente puxou um gatilho imaginário, o sinal universal para estourar os próprios miolos.

— Bum! — fez ela com os lábios, sem emitir som, enquanto passava acelerada pela casa de Geisel.

— Querida, você pode diminuir um pouco? — Bea pediu a Darlene. De má vontade, ela desacelerou.

Sussurrei para Darlene para se comportar e rapidamente contei a Harper minha própria versão da vida de Geisel. Que degradação.

Normalmente, eu teria feito o serviço completo. Teríamos estacionado a alguns quarteirões de distância, caminhado até a casa e conversado com algumas pessoas da vizinhança. Então poderíamos dar uma olhada no quarto e especular sobre o que teria sido se sentar junto àquelas magníficas janelas e escrever alguns dos livros infantis mais adorados de todos os tempos. Eu teria contado a Harper como Seuss começara como cartunista e que seu primeiro livro infantil fora um livro de abecedário. E como antes de suas histórias, os livros infantis eram estúpidos como os de Dick and Jane que, em tom monótono, faziam as crianças se entediarem até as lágrimas. Mas eu não estava com vontade.

Em vez disso, eu disse:

— Não podemos entrar porque a viúva ainda mora lá.

— Falando de bruxas malvadas, podemos ir para Coronado agora? — perguntou Darlene.

Nossa próxima parada seria a casa de L. Frank Baum. Graças a Deus tínhamos mais alguma coisa planejada para o dia.

A caminho do país das fadas

Não há fragata melhor que um livro
para nos levar a terras distantes.
Emily Dickinson (1830-1886)

Estávamos em alta velocidade cruzando a ponte de Coronado Bay, onde, a distância, o antigo e imponente Hotel del Coronado se eleva como Oz sobre a costa do Pacífico. Dizem que esse extravagante monumento vitoriano, com suas cúpulas, torres cobertas com telhas de madeira vermelha e arquitetura excêntrica foram a inspiração para a Cidade das Esmeraldas, e contei a Harper que o autor de *O mágico de Oz* morou no fim da rua, numa casa que agora é famosa.

Ao pararmos em frente ao hotel, Harper ficou sem fôlego.

— Vamos entrar aqui? — sussurrou maravilhada, em voz baixa, como se estivesse em uma catedral.

— Vamos — respondi. — Vamos passar a noite aqui.

— Já está tudo planejado. Deixe com sua tia Darlene — exultou Darlene, como se tivesse qualquer coisa a ver com o hotel.

— Meu Deus. Não parece com um bolo de casamento, Harper? Dora, minha querida, isso tudo é um pouco demais — disse Bea.

— Ah, não, Bea. Estou fazendo isso por mim também. Eu sempre quis vir aqui. É bom ter companhia. Espere até entrarmos. — disse eu. Harper estava puxando minha mão e correndo animadamente para dentro do formidável saguão do hotel, todo revestido de painéis de madeira.

Pude ouvi-la dando risadinhas enquanto Darlene e eu fazíamos o registro no hotel e a recepcionista confirmava nossos quartos contíguos. Quando me perguntaram se eu queria uma cama extra para Harper, respondi que sim.

— Certifique-se de que eles não cobram pela cama extra — acrescentou Darlene em voz alta demais. — Esses lugares sempre tentam enganar você com os extras. E não dê a Harper a chave do minibar. As Coca-Colas custam uns 10 dólares.

Eu a ignorei e levei as chaves do apartamento. Ela olhou furtivamente para os preços e disse:

— O hotel do outro lado da estrada custa 60 pratas por noite e você tem direito ao café da manhã. É por isso que você nunca tem dinheiro, Dora. Você poderia ter bajulado Harper com um passeio pelo hotel e depois se mudado para Cozee Cottage.

É sempre um prazer tão grande viajar com Darlene.

— Pare com isso, Darlene. O objetivo principal aqui é mimá-las.

— Está bem. Não importa. O que você está fazendo é realmente muito gentil, Dora.

Naquele momento, estavam servindo o chá da tarde na Sala da Coroa e pensei: por que não? Pelo que sei, Baum realmente desenhou os lustres em forma de coroa que pendem do teto abobadado em forma de pinho. Sentamo-nos a uma mesa perto da janela e fitamos o jardim, uma explosão de buganvílias, hibiscos e aves-do-paraíso. Eu me lembrei de quando me mudei para cá e fiquei impressionada ao ver aves-do-paraíso crescendo como ervas daninhas perto dos postos de gasolina — lá no Leste, elas são caras e difíceis de encontrar.

Decidimos experimentar e pedir o serviço completo: bolinhos com compota de morango e creme Devon, sanduíches de pepino sem as cascas, doces, morangos mergulhados em calda de chocolate. Havia cinco tipos diferentes de chá importado, mas Harper estava com vontade de tomar chocolate quente; por isso, pedimos o chocolate também.

O serviço era farto e Harper fez que sim com a cabeça, com seriedade, quando um garçom lhe perguntou se queria creme chantilly.

— Sim, por favor — respondeu ela, a boca aberta, os olhos brilhantes, enquanto ele se inclinava sobre o ombro dela e colocava com uma colher montes e montes na xícara de porcelana branca. Ele deixou o bule fumegante de prata de lei sobre a mesa, próximo a diversas travessas de prata carregadas de doces.

Já era o fim do dia e a escuridão invadia nossa festinha regada a chá, e me senti tomada pelo calor do salão, do chá e da companhia. Observei Harper estender a mão afetadamente para alcançar uma tortinha e depois comê-la muito lentamente, um pedacinho de cada vez.

— Meu Deus, que chique — sorriu Bea. — Isso é como um sonho.

— Certamente é — complementou Darlene, servindo-se de um pouco do chantilly da menina. — O que você pensa disso tudo, garota?

— Muito bom — respondeu Harper, pouco à vontade.

— Amanhã faremos uma pequena viagem de campo; veremos a casa do homem que escreveu *O mágico de Oz* — disse para Harper, puxando da bolsa algumas folhas de papel impressas com os resultados da minha pesquisa.

— Coloque isso de volta na bolsa, Dora. Não estrague este momento! Eu não quero saber nada sobre ele. Eu amei aquele filme — Darlene sibilou.

— Meus Deus. Relaxe. Baum amava as crianças. Ele era um cara legal.

— Bem, não sei que outro tipo de lixo você pode desencavar e, francamente, prefiro não ouvir — retrucou Darlene, acenando para que o garçom se aproximasse.

O garçom surgiu imediatamente e Darlene pediu:

— Alguma chance de se conseguir algo de alto teor alcoólico para adicionarmos ao chá? Já são cinco horas em algum lugar. — Ela olhou para o relógio de pulso com um floreado gesto de surpresa. — Oh, céus! Já são cinco horas aqui!

O garçom, um estudante universitário de 22 anos enfiado em trajes formais, sorriu, visivelmente se divertindo com o jeito dela.

Darlene exibiu um sorriso galanteador.

— Olhe para aqueles caras — disse ela, apontando para um grupo de executivos de meia-idade na mesa ao lado. — Tenho certeza de que eles estão morrendo de vontade de beber alguma coisa. Não estão, rapazes?

Eles pareciam mais do que amáveis. Minha noite de sorte.

Bea e Harper observavam tudo, maravilhadas. Harper levava as mãos ao rosto, cobrindo a boca, escondendo o sorriso, como as crianças fazem quando ouvem algo que não deveriam, e decidi levar Darlene para cima rapidamente antes que aquilo fosse adiante.

— Tudo bem. Hora de ver nossos quartos — disse eu com prazer.

Subimos, passando no saguão por um arcaico elevador de portas pantográficas operado por um ascensorista uniformizado à moda antiga que usava um chapeuzinho redondo. Harper vibrava.

— Vovó, podemos andar naquilo?

— Nossos quartos ficam no quarto andar e essa coisa velha só vai até o segundo. Vamos pegar o elevador comum — disse Darlene.

— Ah, não. Será divertido. Vamos pegar este — respondi.

— Você é uma boba, Dora — sussurrou Darlene com ternura. — Posso dizer que tipo de mãe você VAI ser. Seus filhos vão conseguir qualquer coisa de você.

Nossos quartos contíguos tinham varandas enormes de frente para a praia de areias brancas. Bea e Harper ficariam em um, e Darlene e eu dividiríamos o outro. Desfizemos as malas e nos preparamos para passar a noite. Darlene estava muito ocupada no banheiro recolhendo todos os itens de cortesia do hotel: sabonetes, xampu, condicionador, hidratante para o corpo, toucas de banho e ela jogou até mesmo uma vela na bolsa. Eu lhe disse que deixasse pelo menos algum sabonete para o banho. E que se ela roubasse o roupão, iria nos custar 100 pratas. Ela passou por mim e fez um gesto de arrogância levantando a cabeça. Então ligou o rádio e sintonizou uma estação que tocava rock. O Black

Eyed Peas estava tocando "Let's Get It Started" e ela continuou a falar sobre o último filme que viu — algo que os críticos chamam de espetáculo de horror-religioso-satânico, que concluí ser um filme medonho.

Por volta das oito horas, ela foi até o quarto de Bea e Harper e pude ouvi-las falando bobagens como se fossem velhas amigas. A conversa foi parar em torno dos dias de moça Harper de Bea e Darlene reagiu entusiasticamente.

— Você é uma mulher incrível, Bea — disse Darlene efusivamente, boba e afetuosa ao mesmo tempo. Se Darlene gostar de você, ela ficará fascinada, de um modo honesto e completamente sincero, com cada palavra que você disser.

Repentinamente, Darlene deu um salto e gritou:

— Bea, está começando!

Que coincidência que uma novela cafona que passa à noite seja um ponto em comum entre elas, no melhor estilo "Não posso perder". Darlene se deixou cair sobre a cama de Bea e as duas ficaram completamente absortas em frente à televisão.

Foi quando ouvi uma batida leve na porta de comunicação. Era Harper, usando seu pijama e os chinelos de tecido fornecidos pelo hotel, grandes demais para seus pezinhos. Ela segurava sua mantinha com uma das mãos e uma escova de dentes na outra.

— Posso entrar? — perguntou timidamente.

Estendi sua mantinha sobre a cama e dei-lhe um grande abraço. Seu corpinho era morno e delgado, e seus cabelos tinham o cheiro do xampu de óleo de oliva de Bea.

— Mas é claro — respondi com um sorriso.

— Bea disse que eu só posso ficar um pouquinho porque eu poderia incomodar você.

— Não, eu quero que você fique — respondi, fechando meu livro de contos e colocando-o sobre a mesinha de cabeceira.

Ela sorriu e pulou na cama, deslizando sob as cobertas ao meu lado. Os lençóis do hotel eram de um branco imaculado e fortemente engomados. Passavam uma sensação de frescor e de luxo.

— Essa cama é boa — disse Harper, puxando o edredom fofinho até o queixo.

— Quer que eu conte uma história? — perguntei. Ela fez que sim com a cabeça e se aconchegou mais perto de mim.

— Hummm — disse eu, selecionando mentalmente todas as velhas histórias que eu li quando criança.

— Era uma vez...

— Que não seja assustadora — interrompeu ela.

— Está bem — concordei. — Era uma vez.

— E que não seja triste.

— Está bem — repeti, sorrindo. — Que não seja assustadora. Que não seja triste. Entendi.

Harper suspirou e senti seu corpo relaxar.

Contei a Harper a história *Os meninos aquáticos*, de Charles Kingsley. Eu me lembrava de grande parte da história mas a modifiquei um pouco, especialmente a parte sobre o pobre limpador de chaminés que era espancado pelo patrão. Eu tinha certeza de que ela nunca tinha ouvido essa história antes porque nem se consegue mais encontrar esse livro. Provavelmente porque é antiquado demais e a linguagem é difícil.

Harper amou a parte sobre a fada madrinha irlandesa que transformava crianças em bebês d'água, e como elas nadavam por um mundo ideal onde o sol nunca ficava quente demais, a geada nunca era gelada demais e eles nada tinham para fazer a não ser se divertir e olhar todas as coisas bonitas em volta deles.

Depois disso, contei a ela a versão condensada de *Os pequeninos*. Ela não viu o filme, graças a Deus, então todo o charme e o mistério das coisas que simplesmente desapareciam eram novos para ela.

Mas então algo aconteceu. Eu estava descrevendo para ela como as coisas que você ama nunca desaparecem de verdade, elas só são tomadas emprestadas por fadas mágicas, quando, de repente, vi lágrimas descendo por suas faces. Seus ombros subiam e desciam enquanto ela afundava a cabeça no travesseiro.

— Estou com saudade da minha mamãe — disse chorando.

Oh, meu Deus. Como fui idiota de lhe contar essa história. Peguei Harper em meus braços e a coloquei em meu colo na beirada da cama. Ela recostou seu rosto morno e úmido no meu ombro, ainda soluçando, e afaguei suas costas e acariciei seus cabelos.

— Meu Deus, Harper. Quantos problemas para uma menininha, e você é tão corajosa e maravilhosa.

— Por que mamãe não pode voltar do céu? Talvez os anjos só tenham tomado minha mãe emprestada um pouquinho e eles vão trazê-la de volta para vovó e para mim, e então nós ficaremos todas juntas novamente.

— Harper, minha querida, sua mamãe voltará em suas lembranças e em seu coração. Toda sua vida ela estará com você. Eu sei que agora não parece que será assim, mas vai ser.

Fiquei imaginando se o que eu disse a fez se sentir melhor. Ela ficou mais calma enquanto eu a embalava. Se as coisas piorassem, eu chamaria Bea.

— Você quer me contar alguma coisa sobre sua mãe? Alguma coisa de que você se lembra? — perguntei.

Ela franziu o cenho.

— Vovó e eu, às vezes, esperávamos mamãe chegar em casa e ficávamos muito preocupadas. Quando ela chegava, mesmo que fosse muito tarde, nós fazíamos piqueniques sobre o tapete na frente da televisão e comíamos pipoca e sanduíches de geleia.

— Parece divertido.

Harper sorriu.

— É. E depois ela me contava histórias sobre seu namorado e como eles iriam fazer uma viagem para algum lugar, em breve.

— Aposto que ela estava ansiosa para fazer essa viagem.

— E depois ela me deixava passar sua sombra nos olhos e batom e nós dançávamos música de adolescentes.

Elas poderiam ter sido irmãs, pobre criança. Harper voltou a deitar na cama, esfreguei suas costas e ela adormeceu quase imediatamente.

Na versão cinematográfica de *O mágico de Oz*, a aventura de Dorothy era apenas um sonho. No livro de Baum, Oz realmente existia, um país mágico depois do arco-íris, para onde uma criança pode fugir de seus problemas e de suas tristezas. Agora ela está dormindo. Frank Baum acreditava no poder dos contos de fada, no poder da imaginação de uma criança para curar e reconfortar. Para tirá-la dos lugares escuros e carregá-la para um país distante. Espero que ela esteja a caminho do país das fadas.

Dias e cavaleiros perdidos

Você só deveria ler o que é realmente
bom e o que é francamente ruim.
Gertrude Stein (1874-1946)

Fred estava com uma aparência austera e desinteressada ao sair da área de recolhimento de bagagem, arrastando a bolsa do computador e uma pequena mochila. Seus cabelos estavam desarrumados, ele tinha uma barba de dois dias e usava jeans, uma camisa amarrotada de linho para fora das calças e uma jaqueta preta de couro. Quando ele me viu, disse "Oi" com um aceno pela metade. Mas não me abraçou calorosamente como sempre fez. Não consegui ler sua expressão facial, estava distante e fechada. Deduzi que as coisas não haviam ido bem em Nova York.

Conversamos sobre algumas amenidades até que chegamos ao carro.

— Como foi a viagem? O tempo estava bom em Nova York?

Suas respostas foram curtas, quase ríspidas. Havia alguma coisa errada.

— Não só eles foram totalmente babacas comigo, mas todos eles tinham 22 anos de idade. O que eles sabem sobre o que faz uma peça ser boa? Quero dizer, como você pode estar nesse negócio e não ter lido Albee ou Strindberg ou mesmo Sartre, pelo amor de Deus? — discursava violentamente.

Aquilo não estava soando bem.

— Bem, eles devem ter gostado. Eles levaram você para Nova York — disse eu, tentando permanecer otimista.

— Primeiro de tudo, eles não me "levaram" para Nova York, eu fui. E não sei por que eles disseram que haviam gostado, porque queriam mudar tudo.

— Bem, você não conseguiria resolver isso com eles?

— Eles eram impossíveis. De qualquer forma, eles me ligaram na manhã seguinte e desistiram. A viagem toda foi um completo desperdício.

— Sinto muito, Fred. Pelo menos sua família foi bem-cuidada. — Ele fez que sim com a cabeça e depois ficou em silêncio.

— É, Bea me contou tudo.

Ele me encarou por um minuto e depois desviou o olhar.

— E...? — perguntei.

— O que está acontecendo, Dora? O que você pensa que está fazendo?

Do que ele estava falando?

— Bem, o que pensei estar fazendo foi mostrar a Harper e Bea onde os livros de Oz foram escritos — respondi, engolindo em seco. Eu estava perplexa e senti meu estômago se revirar. Sei que foi difícil para ele em Nova York, mas isso era ridículo.

— Não é disso que estou falando — vociferou. — Você as leva nessa viagem de esbanjamento como se elas fossem seus bichinhos adotivos enjeitados que vêm do nada, e você as cobre de porcarias, coisas caras, como se você fosse uma porra de uma fada boazinha. Elas não são problema seu, você sabia?

— Estou sem palavras. — Eu me sentia como se tivesse levado um tapa no rosto.

— Escute. Eu não quero magoar você — disse ele, amansando um pouco —, mas eu já fiz minha parte. Elas não são minha responsabilidade. E, francamente, nem sua.

— Elas são sua família. Elas precisam de você.

— Bea pode lidar com a situação de agora em diante. Ela sabe como eu me sinto. De qualquer forma, eu não faria nenhum bem a elas. Eu só iria acabar guardando rancor de tudo. Elas estão bem agora — racionalizou — e não vou mais desorganizar minha vida.

Eu estava atordoada com seu egoísmo.

— Você realmente acha que elas estão bem agora? Como você pode ser tão frio?

Eu estava tentando, com todas as minhas forças, controlar a confusão de mágoa e decepção que se retorciam dentro de mim. Olhei para ele e o peguei me encarando de maneira insolente.

É tão estranho ser apanhada completamente desprevenida. Isso acontecera comigo apenas algumas vezes durante minha vida e, depois, passei a ficar completamente pasma com a completa falta de compreensão e de comunicação. É quase como se as pessoas estivessem falando dois idiomas diferentes e ninguém quisesse fazer nenhum progresso. Às vezes ouço uma voz baixinha dizendo "Simplesmente vá embora, Dora", mas é preciso fazer com que a outra pessoa entenda. Tentar se explicar apenas piora a situação enquanto você fica cada vez mais frustrada e zangada.

— Mas afinal, o que significa isso tudo? Talvez você não tenha o que fazer. Talvez você só esteja entediada.

— É isso que você pensa? Eu gosto de Bea e Harper. Qualquer pessoa gostaria delas. O que há de errado com você?

— Não jogue a culpa em mim. Eu não tenho que passar o resto da minha vida tomando conta de minha mãe e da filha da minha irmã.

— Você não tem coração.

Um pouco dramático, mas era como eu estava me sentindo.

— Ah, como se você fosse Madre Teresa de Calcutá com uma droga de um vestido Prada e sapatos Gucci de 500 dólares.

Encostei em um posto de gasolina e falei:

— Saia!

* * *

No que eu estava pensando? Talvez Fred tenha razão. Só porque alguém de sua família precisa de ajuda, isso significa que você precisa deixar tudo de lado e assumir o controle da situação? Quanto você tem que dar? Quanto sua família merece receber? Quero dizer, algumas pessoas acabam devotando suas vidas a outra pessoa por obrigação ou por culpa. E você só tem uma vida. Tenho uma tia que passou a vida inteira cuidando do marido doente e, depois, de uma filha doente. Bem, o marido finalmente morreu, a filha finalmente melhorou e agora ela tem 75 anos e está sozinha e amarga. Talvez seja disso que Fred tem medo, de ficar ressentido pelas oportunidades perdidas, uma vida vivida pela metade e cheia de arrependimentos.

Mas como ele pode simplesmente abandoná-las? Como ele pode conviver com isso? E onde entra a noção de fazer algo por amor sem se preocupar com as consequências? Apenas se sentindo bem por poder ajudá-las e fazê-las felizes?

Tudo bem, talvez eu tenha exagerado com os presentes e o hotel. Mas não era essa a questão. Ele estava farto delas. Eu entendo como essas coisas funcionam. Às vezes tudo o que você quer é se afastar.

Ai, que droga! Senti que estava chegando. É. Definitivamente estava chegando. Desliguei meu celular, liguei a secretária. Coloquei meu suéter esfarrapado. Vai ser um porre épico. Nem me importo se não sair dele.

O que ler? Examinei minha estante. Nada me atraiu. Pareciam todos tão deprimentes e presunçosos e as letras eram pequenas demais e os livros grandes demais. Eu queria me distrair. Queria um que fosse empolgante. Talvez algo que se encaixasse no meu estado de espírito... Algo realista, corajoso, algo com armas, assassinato, pedaços de corpos e mulheres voltando para se vingar de vizinhanças egoístas, vis e insignificantes. Tudo bem. Já sei. Sam Spade. Fui para a seção de mistério. (Sim, eu realmente tenho uma seção de mistério. Macdonald, Hammett e Chandler foram grandes romancistas americanos.) Comecei a reler *O falcão maltês*. Perfeito. Spade tem um relacionamento com uma mulher, mas ele não pensa duas vezes quando precisa denunciá-la. As pessoas que fazem coisas ruins recebem o que merecem. É isso aí!

Instalei-me no sofá e mudei para o intelectual — Ross Macdonald. Comecei a ler *O calafrio*. Ah, não, meio psicanalítico demais para meu humor. Continuando para, ah, sim, meu favorito, Raymond Chandler. Onde está Philip Marlowe quando preciso dele? Um detetive com honra. Um cavaleiro dos dias modernos com educação universitária. Olhos cinzentos, maxilar rígido, ouve música clássica. Resgata mulheres de situações terríveis.

Eu me enrosquei, peguei minha garrafa de vinho (que percebi estar pela metade) e me preparei para imergir na presença romântica de Marlowe. Li, li, dormi, li. Quando terminei o último, *A dama do lago*, estava momentaneamente satisfeita. A história é muito boa, mas, por ora, já estava com a cota completa para o gênero. Eu estava quase desejando algo mais brando, mais escapista.

O que era aquela caixa na prateleira de baixo? Ah. O presente de Darlene. Ainda estava embrulhado no papel listrado de verde e vermelho com carinhas engraçadas de Papai Noel por toda parte. Escrito a mão na parte de cima: "Querida Dora, Feliz Natal. Sei que você vai amar esses livros! Só experimente um! Você vai ver. Com amor, Darlene."

Estamos em julho. Acho que já posso abri-los. Rasguei o pacote e puxei os livros. Deve haver uns vinte deles. Hummm. Parecem histórias de amor. Fred ficaria aterrorizado. Bem, foda-se Fred! *A companhia paga,* de Amanda Quick, *Senhora, seja boa,* de Susan Elizabeth Phillips, *Proibido,* de Elizabeth Lowell, *Em busca do paraíso,* de Judith McNaught, *O pretendente relutante,* de Kathleen Woodiwiss, *A herdeira,* de Jude Deveraux. Eu li a sinopse na contracapa do livro, algo sobre um majestoso cavaleiro apaixonado por Axia, a linda e rica herdeira, que, céus, estava prometida para outro homem. Tudo bem. Vou começar por esse. Apanhei a caixa e fui para a banheira.

Arranquei as roupas e afundei na água. Nirvana. Liguei o rádio e comecei o primeiro livro. Uau! Essa porcaria é boa. Por que eu nunca li essas coisas antes? Uma heroína simpática. Um herói que ela pode amar. Uma crise que eles superam. Tórridas cenas de amor sem qualquer daqueles sórdidos detalhes clínicos. Finais felizes (diferentemente de qualquer relacionamento que eu já tive). Mergulhei no primeiro com ímpeto e terminei em uma hora. Peguei outro. Jovem zangado, artista passional, heroína virginal, inconsciente de sua natureza intensa e sensual, até ser miraculosamente despertada pelo homem de seus sonhos. Comecei o terceiro. Mulher selvagem toma o coração de um poderoso guerreiro. Um longo e inesquecível beijo. Um renascimento que traz o amor verdadeiro. E depois, outro. Julia estava fora de si, com raiva. Ela se sente fatalmente atraída por um homem estonteante e exasperante que no final das contas é seu noivo prometido. Um período de trevas quando as coisas podem não se sair bem, mas então os amantes veem a luz, escalam as montanhas do desespero e se atiram nos braços um do outro... Tudo por amor. Quero mais.

Chamei Victor pelo interfone. Até o momento, sempre desprezei os moradores que usam os rapazes que trabalham lá embaixo para executar tarefas idiotas. Mas isto é importante.

— Oi, Victor! Será que algum dos rapazes poderia dar um pulo na Trader Joe's e comprar algumas garrafas de vinho e umas amêndoas?

— Sem problema. Vai festejar alguma coisa? — perguntou.

— Hum, ah, é. Vou. — É isso que está acontecendo. Uma droga de festa.

Fui até a mesa pegar meu cartão de crédito quando o telefone tocou. Droga. Meu estômago se revirou quando ouvi a voz de Fred na secretária.

— Dora, por que você não me liga? Nós podemos resolver isso. — Ele parecia animado. Que esquisito.

Nem pensar.

* * *

Tudo bem. Já faz dois dias e estou só começando. Esse negócio é como heroína. Não consigo ficar satisfeita. E distrai tanto. Acho que prefiro os históricos com cavaleiros e damas de companhia, carruagens e reis. Estão todos lá. Vikings, guerreiros saxões, noruegueses, *trolls* de bom coração, feiticeiras, homens estonteantes do tipo Robin Hood, conflitos apaixonados. Eu me rendi. É tudo fantasia. Contos de fada para a mulher moderna que deseja pessoas que não existem. Ninguém conseguirá me impedir agora.

O telefone toca novamente. É Palmer na secretária.

— Sua irmã me ligou. Ela está fora da cidade e está ligando para você há dias. Ela está preocupada. Eu sei que você está aí, Dora. — Ele deu uma risadinha. — Então tá, é assim que você quer? Estou indo para sua casa.

Atendi.

— Oi! — tentei soar normal e alegre.

— Virginia está achando que você pode estar em outro de seus porres.

— Por que ela acharia isso? — Eu não estava soando convincente. Precisava ser convincente. Era Palmer. Ele me conhece. — Só ando fazendo uma limpezinha de primavera.

— Ah, eu sei que você adora fazer isso — riu.

— Está bem. Ando um pouco deprimida. Mas estou lidando com a situação.

— Mesmo?

— Estou. Mesmo.

— Posso tirar você daí e alimentá-la, pelo menos?

— Você não faz ideia da minha aparência.

— Ah, posso imaginar. Você está do jeito que sempre está quando eu a vejo.

— Não, estou ruim, muito ruim mesmo, desta vez. Meus cabelos estão sujos e ando com uma insônia séria, eu simplesmente não poderia...

— Estou aqui embaixo — disse ele, me interrompendo.

— Está bem. — Olhei à minha volta. Minha casa parecia um campo de batalha. — Já vou descer.

Enfiei uma calça jeans e um suéter, puxei os cabelos para trás, fiz um rabo de cavalo e fui encontrar Palmer no saguão. Ele estava elegante em um terno escuro e eu me senti a irmã velha e enrugada da adorável e encantadora Lady Victoria que ficara escondida em uma torre por vinte anos.

Ele apertou meus ombros com um abraço de urso.

— Você caiu em uma armadilha — disse rindo.

— Estou faminta — respondi.

— Tudo bem. Vamos ligar para sua irmã, dizer a ela que você ainda está respirando e depois vamos sair para comer.

Pedi dois aperitivos e um bife, mas Palmer não fez nenhuma piadinha idiota e não me pressionou para conseguir qualquer informação. Eu sabia que ele estava tentando manter o clima leve. Conversamos sobre minha procura por um emprego. Ele se ofereceu para dar alguns telefonemas para mim. Então as coisas ficaram sérias.

— Dora, eu gostaria de ser seu amigo. Sem cobranças. Sinto saudade de conversar com você.

Ah.

— Mesmo? Quer dizer, obrigada. É gentil da sua parte dizer isso.

O que ele quis dizer com isso? Ele quis dizer que tem saudade de conversar comigo ou que ele tem saudade de mim? Não vou dar muita importância a isso. Somos apenas duas pessoas conversando sobre como elas sentem saudade de conversar uma com a outra. Só isso.

— Também sinto saudade de conversar com você.

Ele sorriu.

— Então, o que está acontecendo com você, Dora?

— Bem, se você quer realmente saber, acabei de terminar um relacionamento com uma pessoa e está sendo complicado.

— É sempre complicado — percebi que ele nunca fornecia qualquer informação sobre o departamento Kimberly.

— Mas essa situação é realmente complicada.

Decidi contar a ele sobre Bea e Harper. Pude sentir, às vezes, que ele estava surpreso e despreparado para ouvir o que estava ouvindo. Acho que ele esperava uma história do gênero "meu namorado não me trata bem, está saindo com outra, não está comprometido com a relação".

— Fred tomou uma decisão com relação a si mesmo, mas você pode fazer o que quiser, Dora. Se você quiser continuar a vê-las, você pode. Ele não vai poder impedir. Parece-me que ele apenas não queria que o relacionamento se transformasse em um quarteto.

— É mais que isso. Na verdade não teve muito a ver comigo. Ele as quer fora da vida dele.

— Isso é muito ruim. Como elas são?

Pensei por um momento. Era difícil explicar. Um terapeuta provavelmente diria que Bea era a mãe que nunca tive, e Harper? Eu não sei.

— Você gostaria delas, Palmer.

— Tenho certeza de que sim.

Serviço canino

Fora o cachorro, um livro é o melhor amigo do homem. E dentro do cachorro, é escuro demais para ler.
Groucho Marx (1890-1977)

Quando cheguei em casa, vi que havia seis mensagens de Darlene no celular e uma dúzia de rosas esperando por mim na recepção.

— Aposto que não são de Bea e Harper — disse Palmer de modo irônico.

Estava enfiando o cartão no bolso sem ler quando Victor me viu.

— Uma pessoa chamada Darlene está tentando entrar em contato com você. Ela está no hospital. Aqui está o número. — Ele me entregou um pedaço de papel com o número de um hospital no Vale.

Rapidamente, liguei para ela do celular.

— Darlene? O que aconteceu?

— Ah, oi. Desculpe incomodar você. Estou incomodando?

— O que aconteceu, Darlene?

— Eu não sei. Acho que simplesmente desmaiei. Meu vizinho me encontrou e me trouxe para cá. Eles estão dizendo que tenho algum tipo de vírus monstruoso que anda por aí e que preciso ficar no soro durante alguns dias. Por onde você tem andado?

— Não importa. Estou indo para aí.

— O que realmente preciso é que você me traga algumas coisas e tome conta do Brigão. Ele está preso no meu apartamento há dois dias e ninguém lhe deu comida ou qualquer outra coisa. Os vizinhos estão reclamando dos latidos. O cara que mora no apartamento de cima me odeia e disse que vai chamar a polícia. Só Deus sabe como o apartamento deve estar horroroso. — O apartamento não estava bonito antes disso. — Ah, Dora, estou odiando isso aqui. É horrível e as enfermeiras são tão grosseiras. Assim que eles tirarem esse negócio de mim, vou para casa.

Olhei para Palmer, que havia ouvido tudo.

— Você quer que eu a leve lá? — perguntou.

— Está tudo bem. Mesmo. Você já fez demais. Vou chamar aquele motorista que uso.

— Apenas deixe-me levar você lá.

— Mas preciso ir ao hospital também. Vou fazer o serviço completo.

— Sou uma equipe de resgate, serviço completo. Não é nada demais. Eu sei o quanto você gosta dela.

Entramos no carro e justo quando estávamos saindo, pedi:

— Espere um minuto.

Voltei e peguei as rosas. Darlene vai adorá-las. Palmer sorriu quando voltei para o carro.

— Não conte a ela. — disse eu.

Quando chegamos ao apartamento dela, peguei a chave que estava debaixo do tapete da entrada (eu já disse a ela para não fazer isso) e lentamente abri a porta. Brigão me conhece, mas tive cautela ao entrar no apartamento. Tinha certeza de que ele estava com fome, enlouquecido e tomado de verdadeiro mau humor canino.

Espiei dentro do apartamento. Ele estava dormindo no sofá, tendo sonhos caninos com a cabeça aninhada entre as patas. Quando ele me viu, saltou do sofá, abanando a cauda loucamente, e pulou em mim de alegria. Suas duas enormes patas dianteiras bateram nos meus ombros e fizemos uma espécie de dança pela sala dessa maneira. Depois ele correu para a porta e se sentou em alerta. Ele realmente precisava sair. Palmer e eu encontramos sua coleira, e quando o cachorro a viu em minha mão, rodou em volta de si mesmo três vezes em grande excitação e depois a abocanhou. Palmer riu e começou a fazer algazarra com ele, movendo a coleira em torno de seu corpo atarracado e balançando-a sobre a cabeça dele. Brigão, repentinamente, disparou pelo apartamento em um galope frenético, balançando cadeiras e luminárias durante o processo. Finalmente conseguimos colocar a coleira nele, saímos e descemos as escadas.

Ele nos arrastou pelo passeio de tábuas à beira da praia. Era uma balsâmica noite de verão e inalei o ar úmido e salgado.

— Que sorte — disse ele enquanto casualmente acariciava meu pescoço. — Isso está se transformando em um ótimo encontro. Jantar, passeio romântico à beira-mar, uma linda mulher...

Fiquei desconcertada e caí na minha armadilha habitual de arruinar o momento com minha débil tentativa de fazer humor.

— Bem, você sabe o que dizem sobre sorte, não foi tão boa para o coelho.

Ele ergueu as sobrancelhas.

— Você sabe, o pé do coelho...

— Já entendi a piada, Dora.

Quando voltamos, limpei a sujeira no canto da sala (só por Darlene eu faria isso), vasculhei a cozinha procurando ração e enchi a tigela de Brigão enquanto ele babava na minha frente. Reuni alguns objetos para levar para Darlene, mas sei que o que ela mais sentia falta era de sua vaselina (Darlene usa isso para tudo. Uma vez eu a vi esfregar no rosto, mãos e pés, e depois polir a mesa com ela). Havia frascos gigantes dela empilhados como papel higiênico sob a pia, então joguei um na bolsa.

Tentamos sair furtivamente enquanto Brigão comia mas, embora estivesse faminto, ele nos seguiu até o corredor e se sentou em alerta. Palmer baixou os olhos para seu focinho arrebitado e olhou para mim.

— Meu condomínio não permite animais.

— Bem, não podemos deixá-lo aqui. Eu vou levá-lo, e Darlene pode pegá-lo de volta quando melhorar.

— Ele faz xixi nas pessoas, Palmer.

— Mais alguma coisa sobre ele que queira me contar?

Pensei em contar a ele que Brigão, como Darlene, é um sobrevivente. Ela o encontrou, anos atrás, perto de um posto de gasolina, amarrado a um poste com uma pesada corrente, sem coleira, sem plaquetas de identificação. O caixa da loja de conveniência do posto disse a ela que o animal havia sido deixado lá por pelo menos oito horas. Então, em um momento de fraqueza, Darlene o levou para casa. O cão é uma versão grande e peluda de um rottweiler mestiço com displasia no quadril e catarata. E Darlene ficou exultante quando descobriu que ele havia sido treinado por alguém, em algum lugar, para sentar, falar, rolar e fingir-se de morto.

Seu único defeito é que ele é definitivamente o macho-alfa quando outros cães estão por perto, o que já ocasionou vários ataques infelizes a outros cachorros, inclusive um em que o labrador de alguém perdeu metade da orelha (por isso esse nome: Brigão). O dono do labrador enviou a Darlene a conta de 500 dólares do veterinário e desde então ela sempre sai com ele tarde da noite ou ao amanhecer. Quando não está trabalhando, o cachorro vai com ela a todos os lugares. Ela brinca que, quando ele morrer, ela colocará em sua lápide: "Aqui jaz Brigão, um cão malvado, mas amado."

— Não. É só isso. É realmente muito gentil da sua parte.

Nós três nos encaminhamos para o hospital. O cachorro ainda estava ofegante da caminhada e seu hálito canino abominável e estagnado embaçava as janelas do carro. Palmer ligou o desembaçador quando Brigão saltou do banco de trás para o espaço entre nossos bancos e deitou a cabeça no colo de Palmer. Havia pelos caninos voando por toda parte e ele deixou uma trilha de baba pela roupa cáqui dele. Palmer acariciou a cabeça do cachorro afetuosamente e disse:

— Você é realmente encantador, Brigão.

Paramos no estacionamento para visitantes do hospital. O lugar estava deserto. Que espelunca. A sala de espera tinha um cheiro forte de desinfetante, o zumbido das lâmpadas e o vazio do néon brilhante de um saguão tarde da noite. Palmer olhou em volta e concluiu que era melhor ele esperar no carro com Brigão.

— É possível que eu demore um pouco.

— Tudo bem. Vou tentar encontrar uma Starbucks ou algo do gênero.

Percorri alguns corredores completamente vazios e encontrei Darlene em um quarto semiparticular com dois outros leitos cujas cortinas em volta estavam puxadas. Ela estava sentada e parecia dormir, seus óculos escorregando pelo nariz. O livro que ela estava lendo caíra em seu colo.

Alguém gemeu no leito ao lado. Darlene abriu os olhos e viu as rosas.

— Ah, Dora — disse ela com uma voz rouca e grogue. — Não precisava. Mesmo. Elas são tão caras.

— Não seja boba. Não me custaram nada — respondi. Literalmente.

Havia tanta desolação nesse cenário. Darlene ficou pedindo desculpas em profusão por incomodar, mas está claro que ela não tem qualquer outra pessoa para quem ligar.

Sua mãe está em uma cadeira de rodas e mora em Fresno; seu pai tem 96 anos e sofre de Alzheimer. Sua irmã mora em algum lugar no Norte, mas não acho que elas sejam próximas.

A dura realidade de uma vida de solteira está dolorosamente evidente aqui. Há uma frase de um livro de Jim Harrison em que Dalva, a personagem principal, diz: "Sempre achei o termo 'senhora solitária' atraente." Eu amava essa frase. Soava tão cheia de paz e relaxante. Mas a verdade é que, ao olhar para o frágil corpo de Darlene sobre a cama, não é divertido porcaria nenhuma estar doente e sozinha.

O gemido ficou mais alto. Darlene sussurrou e apontou para o leito ao lado:

— Acho que ela é maluca, ela fica ligando para a Emergência e dizendo a eles para levá-la para o hospital.

— Como você está?

— Eu estava me sentindo realmente muito mal antes; agora estou bem, mas eles não vão me liberar antes de 48 horas nisso aqui. — Ela balançou o suporte do soro.

— Bem, estamos com Brigão. Palmer disse que vai ficar com ele até que você se recupere.

— Palmer? — Ela me olhou perplexa.

— É uma longa história. Ele está esperando lá fora...

— Uau.

— Eu conto tudo mais tarde, embora não haja nada para contar, quer dizer, nada sobre Palmer.

— Se você diz... — e piscou um olho.

— Eu não quero entrar nesse mérito.

Guardei algumas coisas para ela e depois lhe disse que estaria de volta no dia seguinte.

Lá fora, Palmer, segurando um copo da Starbucks, estava andando com o cachorro pelos arbustos do estacionamento. Ao me aproximar, Brigão emitiu um rosnado baixo, como uma escova de dentes elétrica.

— Isso é gratidão por você — sorri.

— Eu estava ficando asfixiado com o hálito dele, então pensei em dar outro pequeno passeio.

A expressão inteligente de Brigão se enrugou ao se sentar sobre o pé de Palmer.

— Acho que ele está apaixonado, Palmer.

— Bem, parece que ele é um bom juiz de caráter.

Quando voltamos para minha casa, Palmer entregou o carro ao manobrista e entrou comigo no prédio. Brigão espichou a cabeça para fora da janela e começou a ganir quando Palmer saiu do carro.

— É sempre um prazer, Dora.

Eu estava prestes a dizer algo quando ele se inclinou e me beijou na boca. Fiquei surpresa e um pouco perturbada. E agora?

Casualmente, ele disse:

— A gente se vê.

E foi embora.

Conto de Natal

— Feliz Natal, tio! Deus o proteja! — Gritou uma voz alegre...
— Ora! disse Scrooge, Besteira!
Charles Dickens (1812-1870), *Conto de Natal*

Fiquei observando o carro de Palmer se afastar. Como chegamos a esse ponto? Eu me lembro da gota d'água — uma festa de Natal formal da OJP realizada em um rancho perto de Santa Barbara. Palmer e eu discutimos sobre isso durante semanas e, devo dizer, fiz de tudo para escapar. Mas finalmente concordei, sob a condição de que fôssemos em nosso próprio carro e que saíssemos logo depois do jantar.

Posso dizer com segurança que a noite foi um desastre total desde que saímos de casa. A caminho do estacionamento do hotel naquela noite fatídica, Palmer usando um smoking caríssimo e eu, um conjunto de cetim verde-escuro, fomos despachados para um lustroso ônibus fretado por um grupo de membros da associação já um pouco bêbados. Palmer olhou para mim e encolheu os ombros. Ele simplesmente não podia admitir que eu era uma desmancha-prazeres que não queria fazer parte de todo aquele ho-ho-ho. Eu lhe lancei um último olhar desesperado antes de sermos conduzidos para dentro do ônibus, mas ele não reagiu.

Acontece que sempre fico enjoada quando me sento na parte de trás do ônibus, algo remanescente dos meus dias de escola. Então terminei sentada na fileira da frente ao lado de Nan Price, uma mulher diminuta com Eau de Joy em excesso e uma expressão dolorida no rosto. Palmer me olhou e piscou um dos olhos enquanto se dirigia para a traseira do ônibus, onde o bar de Mistletoe estava cercado de uma penca de homens de bochechas carnudas e falando muito alto. Eu estava prestes a pedir uma bebida quando um duende rechonchudo, usando botas de couro envernizado, passou com canecos gigantes de *eggnog** cor de caramelo com tanto conhaque que as gemas eram irrelevantes. Alguns goles disso e a boa e velha Nan começou a abrir seu coração para mim. Parece que, na festa pré-pré-coquetel no hotel, uma mulher chamada Marge (a esposa do ex-presidente da OJP) anunciou que duas temporadas antes ela comprara a mesma malha de tricô St. John cintilante que Nan estava usando e que agora a dela estava guardada. Nan confidenciou ainda que seu marido estava indo à falência e ela não conseguia sequer pagar a mensalidade da escola particular do filho. Ela continuou com aquela história tão, tão triste, enquanto a voz animada e feliz de Palmer ecoava lá do fundo. Eu segurava sua mão flácida e úmida enquanto ela me confidenciava que queria estar morta.

Três *eggnogs* mais tarde, finalmente chegamos ao rancho espanhol e fomos recebidos por um alegre grupo de cantores de Natal vestidos de veludo à moda vitoriana e usando aquelas cartolas de veludo preto do sr. Scrooge, cantando "I'm Dreaming of a White Christmas". (Que piada. Irving Berlin escreveu essa canção enquanto descansava em seu quintal durante um dia ensolarado em Beverly Hills.) Todos nós entramos em fila, passando por uma formidável fogueira dentro de uma enorme lareira de pedra e um pinheiro Douglas que roçava o teto sólido e iluminado. Alguém disse que eles haviam importado a madeira de um casarão de fazenda do século XIX demolido em Provence. Palmer, evidentemente de bom humor, deu-me um beijo leve na face que significava "ânimo, amor" enquanto me entregava uma *flûte* de champanhe, e depois se encaminhou para a sala de troféus de caça de grande porte.

---

* *Eggnog* é uma bebida alcoólica tradicional norte-americana consumida na época do Natal. (*N. do T.*)

Eu o segui, e vi com horror o anfitrião puxar cuidadosamente a língua de um urso pardo de 2,15 metros de altura, empalhado, de pelo emaranhado e apoiado sobre as patas traseiras em posição de ataque.

— Aqui — dizia ele, enquanto puxava a língua para fora, mostrando para um grupo de convidados admirados. — Querem sentir?

Nas paredes, entre as cabeças de bode com chifres retorcidos e alces com suas galhadas, havia enormes pinturas a óleo estilo rococó em molduras douradas que retratavam cães estraçalhando carcaças de raposas. Apoderei-me de outra bebida da bandeja de um elfo que circulava enquanto tentava passar por um impressionante conjunto estofado de couro com pernas feitas de membros de animais. Foi quando a pobre e maltratada Nan me encurralou, embriagada e insegura.

— Adivinhe só, Dora — disse ela com voz trêmula e aflita. — Eles me colocaram sentada ao lado de Marge e do marido. Não sei se aguento isso.

Ela estava com a aparência de quem havia dormido no ônibus. Seu batom estava ressecado e esmaecido, só restando a linha do contorno. Seus cabelos estavam desarrumados e ela parecia estar à beira de um ataque de nervos.

Tudo bem, não estou me eximindo de culpa pelo que aconteceu depois. Eu simplesmente não consegui evitar. Entrei na área do jantar sob a tenda com Nan para casualmente olhar os cartões decorados e escritos com elaborada caligrafia que indicavam os lugares marcados, e eu fiz. Eu os troquei. Devo acrescentar que fiquei muito satisfeita comigo mesma.

— Isso não é nada — anunciei presunçosamente. — Eles jamais perceberão.

— Meu Deus, Dora, você é um amor — agradeceu, engolindo as sílabas.

Estávamos prestes a voltar para a festa quando a anfitriã, uma mulher elegantemente vestida e usando um gigantesco broche de diamantes, com o nariz empinado, nos parou no meio do caminho. Levou apenas dois segundos para que ela descobrisse meu crime.

— Sabem, levei muito tempo para organizar os lugares e não gosto da ideia de vocês andarem por aí trocando tudo — disse ela imperiosamente. Nan na mesma hora explicou que havia sido ideia minha. Isso bem serve para mostrar que nenhuma boa ação fica sem punição.

— Nossa — disse eu ingenuamente. — Eu realmente sinto muito.

Ela sabia que eu não dava a menor importância. Lançando-me um olhar sórdido, destrocou os cartões e, sem mais uma só palavra, saiu. Que babaca. Nan retirou-se furtivamente logo depois dela enquanto eu apanhava uma taça de champanhe da mesa e me servia do Moët que era resfriado no balde de gelo ao lado. Virei a taça toda e me servi de mais uma, e mais uma, e de repente percebi que a sala estava girando. Opaaa. Eu me sentei cuidadosamente e tentei manter o equilíbrio.

Foi aí que notei Palmer entrando, obviamente se perguntando onde diabos eu me havia enfiado.

— Você está bêbada — disse ele. Ele sempre sabia.

— Todo mundo também está — respondi. Mas provavelmente nem todo mundo estava com vontade de vomitar. — Eu acho que preciso ir para casa. Sinto muito, Palmer. Aquelas *eggnogs* foram letais. (E o champanhe também não ajudou em nada.)

— Como é que eu sou o único cuja esposa está bêbada? — retrucou sem piedade.

Por que ele estava tão zangado?

— Você não tem que ir embora. Você fica aqui e eu chamo um táxi — ofereci, tentando amenizar a situação.

— Certo. Que vergonhoso. Na frente de todos os meus amigos. Você fez isso de propósito. Você não queria vir a esta festa, para começar. Na próxima vez, faça-me um favor e fique em casa.

Ficou um clima horrível daí por diante. Eu chamei um táxi. Palmer insistiu em ir embora junto comigo, ajudando-me a ficar firme enquanto passávamos por todos aqueles animais massacrados, a enorme estante de vidro repleta de armas e os ainda alegres cantores de Natal.

— Meu Deus, Dora. O que você estava pensando?

— Eu não sei — respondi, lutando contra as lágrimas. — Marge foi uma bruxa com Nan e senti pena dela.

— Quem se importa? Não é problema seu. De qualquer forma, todos sabem que Nan é uma pessoa intragável. Você é a única que a leva a sério.

— Bem, parece que ela tem sérios problemas.

— Isso aqui não é uma sessão de terapia. É uma festa e você deveria se divertir — disse ele, sacudindo a cabeça com frustração.

— Bem, ho, ho, ho! — respondi desafiadoramente, as lágrimas começando a descer pelas faces. Palmer estava impassível. Odeio isso.

— Sabe? Você não dá a mínima para nada, inclusive nosso casamento.

Pronto. Ele ficou quieto por um minuto esperando que eu negasse, mas aí eu já estava zangada. Ele poderia ter sido mais compreensivo, ele poderia ter sido um monte de coisas. Mas talvez já tivéssemos ido longe demais para isso. Palmer e eu nos separamos algumas semanas depois.

Quanto a Nan, nunca mais ouvi falar dela. Às vezes, a vida é assim mesmo.

O gaiteiro nos portais da alvorada

Pergunte a um sapo o que é beleza... Ele responderá que é uma fêmea com dois grandes olhos redondos saindo de sua cabeça pequenina, uma grande boca achatada, barriga amarela e costas marrons.

Voltaire

Passei os dias seguintes me arrastando, evitando qualquer contato com Fred. No terceiro dia, eu me sentei em frente ao computador e abri meu e-mail. Vi que havia 17 e-mails, dois deles de Fred. Abri o primeiro.

"De mim não fazes caso? É então preciso que eu permaneça neste mundo estúpido que, privado de ti, valerá tanto como simples cocheira?"*

Havia um leve toque de humor e de ternura no segundo. "Dora, seja boazinha. Pelo menos atenda aos meus telefonemas. Estou morrendo aqui. Vamos fazer as pazes. Fred."

Lutei contra o ímpeto de deletar e, em vez disso, reli a mensagem mais algumas vezes. Então tomei uma decisão. Decidi adiar. Limpar a cozinha. Dar alguns telefonemas para o banco. Verificar minhas contas. Ligar para Darlene a fim de saber como ela estava — ela iria para casa no dia seguinte. Perguntei a ela sobre o cachorro e ela me contou que Palmer já havia telefonado para saber dela e disse que ela não deveria se preocupar com Brigão. Palmer tem tudo sob controle, como sempre.

---

* *Antônio e Cleópatra.*

Depois, do nada, Brooke ligou e me ofereceu um trabalho como *freelance*. Ninguém da equipe queria cobrir a matéria. Evidentemente: um homem tem um lago no quintal cheio de sapos-boi.

E como se isso não fosse barulhento o bastante, agora é época de acasalamento, os sapos-boi gritam uns com os outros sob o luar e os vizinhos estão ameaçando chamar o controle de animais para bater naqueles idiotinhas. Ela me disse que o proprietário é um maluco e que todos os vizinhos também são malucos, mas sem hesitação, aceitei. Na verdade, eu estava vibrando. No passado eu teria torcido o nariz, mas essa era uma chance de voltar a escrever.

O negócio é o seguinte: o prazo é amanhã, então preciso entrevistar o cara na casa dele hoje à noite e ouvir eu mesma o barulho dos sapos. Esse problema da via expressa realmente está começando a atrapalhar minha vida. Não posso pedir uma limusine para me levar a cada trabalho que aparecer. Isso seria absurdo. Darlene ainda está de cama. Ninguém para ligar. E tenho que estar em Riverside às seis. Com o tráfego, eu precisaria sair logo. Eu consigo.

Liguei para o homem-sapo, sr. O'Connor, para colher informações. Ele mal pode esperar para me contar o lado dele da história. Sua voz parece a de Chuck Yeager, levemente sulista, séria e tranquilizadora como a de todos os pilotos. "Nada para se preocupar. Apenas uma pequena turbulência e sairemos dela em alguns minutos. Peço a toda a tripulação que, por favor, tome seus assentos..."

Entrei no meu velho Mercedes e pulei para a estrada 10. Bem, não pulei exatamente. Eu hesitei no início da entrada para a via expressa até que algum imbecil atrás de mim começou a buzinar impacientemente. Coloquei o pé no acelerador e lentamente atingi os oitenta quilômetros por hora (e não vou nem um pouquinho mais rápido). Meu carro não atinge essa velocidade há quatro anos e o motor faz força e estala como um velho cortador de grama. Minhas mãos estavam suando e me curvei sobre o volante, agarrando-o com força como se fosse um salva-vidas. Eu me sentia levemente tonta. Eu ficava repetindo para mim mesma: "Concentre-se, concentre-se, crianças de 16 anos fazem isso, pessoas com QI 12 fazem isso, pessoas surdas de 85 anos podem fazer isso. Eu consigo."

Eu me mantive na faixa da direita, a pior faixa para se estar porque todo mundo entra e sai por ela, mas eu não ia mudar. Eu queria ser capaz de pegar a saída no momento em que a visse. Pensei na pintura *O grito*, de Edvard Munch. Sou eu. Histeria silenciosa.

Levei mais de duas horas por causa do trânsito, mas cheguei exatamente na hora certa. Eu estava ensopada e precisava de um banho. Mas consegui! A gente recebe medalhas ou pontos de mérito por isso? Vou celebrar mais tarde.

O cara morava em uma *hacienda* californiana ligeiramente torta e caindo aos pedaços e parece que você tem que abrir caminho com um facão de cortar cana para chegar à porta da frente. Havia grandes bananeiras e arbustos espessos por toda parte e uma passagem estreita que dava a volta pela casa e chegava ao quintal. Ele ouviu meu carro e gritou:

— Estou aqui atrás.

Eu me aventurei no quintal, onde ele estava de pé próximo a um lago em forma de ameba e coberto de espuma cercado de mato alto cheio de ervas daninhas e juncos. Libélulas e mosquitos deslizavam pela superfície. Havia uma casa de passarinho feita à mão pendendo de um velho e torto carvalho e alguns bancos de jardim brancos feitos de ferro embaixo dele.

O'Connor era um cara de quarenta e poucos anos. Estava usando um chapéu mole de lona amarrado embaixo do queixo e um par de botas Wellies verdes. Ele se desculpou por sua aparência; estava limpando o lago. Contou-me a história. Logo quando se mudou, o lago estava sufocando com ervas daninhas e algas e ele passou várias semanas limpando e replantando. Alguns meses depois, ele ouviu o primeiro coaxado de acasalamento de um sapo-boi macho. As fêmeas do sapo-boi, conforme ele me informou, não coaxam, mas os machos são agressivos e seus sons podem ser ouvidos por quase um quilômetro. Não demorou muito para que mais sapos chegassem e logo o quintal se transformasse em uma cacofonia de sapos-boi coaxando e brigando fisicamente uns com os outros, do modo que eles fazem quando estão realmente cruzando.

Ele continuou:

— Eu não sou um desses fanáticos pela natureza, mas este é o habitat deles. Eu não os coloquei aqui. E não vou tirá-los daqui. Essas pessoas até investigaram a possibilidade de uma relocação. Custaria cerca de 5 mil dólares e ninguém quis pagar. Dá para imaginar? Os vizinhos não reclamam dos grilos. E eles fazem muito mais barulho. Estamos muito perto da via expressa, eles não reclamam dela. Há aviões sobrevoando a região o tempo todo, vindos do aeroporto de Ontário, e eles não reclamam disso. E caramba, isso acontece só durante alguns meses do ano.

— O que o senhor faz, sr. O'Connor?

— Sou técnico de informática, trabalhei para a Lockheed por 15 anos.

Enquanto ele falava, fiquei pensando: essa é uma grande história. É disso que a América é feita. Subúrbios invadindo a natureza e esmagando-a.

— Quer dizer, olhe para esse cara. — Ele se abaixou, vasculhou os juncos por um minuto e apanhou um grande sapo-boi, marrom-esverdeado e manchado, com uma macia pele úmida. — Ele não é bonito? — continuou. — Antigamente, as pessoas costumavam fazer canções sobre eles, você sabe, "sapo cururu, na beira do rio...". Eles amavam o modo como os sapos faziam serenatas uns para os outros. Agora tudo o que essas pessoas querem fazer é acabar com eles.

— Bem, olá, sr. Sapo — eu disse, e pensei em um sapo vestido com um belíssimo terno xadrez de três peças, com uma gravata-borboleta de seda casualmente pendendo de seu bolso e a corrente de um relógio cruzando seu peito.

— Então, eles vão começar a balbúrdia em alguns instantes. Por favor, sente-se. Minha mulher vai trazer um pouco de chá gelado.

Nesse momento, uma mulher de uma beleza natural, usando um vestido florido na altura das canelas, saiu da casa carregando uma bandeja com um jarro gelado e dois copos. Ela disse "Oi" gentilmente e voltou para dentro da casa.

A umidade atingiu proporções míticas e senti gotículas de suor escorrendo pelas minhas costas. Conversamos por mais algum tempo, até que ficou escuro como breu. Uma brisa fresca chegou ao meu rosto, roçando suavemente os juncos à beira do lago.

Então, começou. Uma única nota de barítono deu sinal para o início. Outras vozes profundas e melancólicas se juntaram, antecipando uma sinfonia de música encantada. Houve uma furiosa fuga dupla temperada com tons líricos e delicados e então, de repente, as vozes se elevaram e uma explosão de sons estourou como trovejantes canhões cósmicos. Fiquei encantada por ouvir esse majestoso réquiem anfíbio em seu triunfante esplendor.

Voltei a pensar em *O vento nos salgueiros*, quando Rato reage passionalmente à música de Pan: "Tão linda, estranha e nova!... Eu jamais sonhara antes com tal música, e o apelo nela é ainda mais forte que a doçura da música!"

Salve-me!

... sempre leia coisas que farão você
ficar com boa aparência caso
você morra no meio da noite.
P.J. O'Rourke (1947-), comediante
político americano

Como pude pensar que simplesmente entraria na via expressa e todos os meus medos se evaporariam? Os faróis brilhantes dos carros em sentido contrário ofuscavam meus olhos, eram como linhas brancas e quentes de raio laser lançando clarões em meu campo visual. Reduzi para sessenta quilômetros por hora e ainda estava totalmente apavorada. Não consigo. Não consigo! Tenho que sair! Eu estava tão feliz quando saí da casa dos O'Connor. Eu sabia exatamente o que iria escrever. Havia pensado até no primeiro parágrafo. Mas, agora, a situação toda ficou uma droga.

Preciso de terapia intensiva. Que ótimo pensar nisso agora. Ah, graças a Deus, tem uma saída. Que inferno, ninguém me deixa ir. Que pessoas grosseiras vivem em Los Angeles. Em Nebraska, eles provavelmente reduzem para você passar. Eu deveria morar em Nebraska ou Kansas ou em algum outro lugar desses que tem estradas de pista única e, em sua maioria, são de mão única.

O que esse idiota está fazendo? Eles não deveriam ficar na faixa da esquerda? Meu Deus! Ele colou na minha traseira. Seus faróis fazem parecer que está dois andares acima de mim.

— Dê a volta, seu retardado!

Droga, ele ainda está lá. E caprichando na buzina, cujo som parece com o *USS Liberty* aproximando-se do porto.

Liguei minha seta. Ótimo. Ele mudou de faixa e bloqueou minha saída. Estou encurralada. Eu realmente consigo compreender a fúria nas estradas. Se eu tivesse uma arma atiraria nos pneus dele, todos os vinte. Depois eu apontaria para a cabeça dele. Pronto, graças a Deus. Ele se foi. Chega. Vou dar uma parada no acostamento. Mas todas aquelas garotas não foram estupradas e assassinadas quando seus carros quebraram na estrada? Caras fingindo ser policiais com cassetetes gigantes abordam o carro e depois é seu fim. Depois, seu corpo é encontrado socado no porta-malas do seu carro. Ou jogado em uma vala. Acho que consigo aguentar até a próxima saída. Diminuí a velocidade e lentamente percorri a saída até a segurança.

Levei alguns minutos para me acalmar e parar de tremer. Entrei numa loja de conveniência e fiz o que sempre faço quando atinjo o fundo do poço: liguei para minha irmã.

— Preciso que você venha me buscar — disse eu, minha voz audivelmente trêmula.

— O que aconteceu? Onde você está? — perguntou ela. Eu podia ouvir Camille protestando no fundo.

— Estou em algum lugar em San Bernardino. E não consigo dirigir de volta para casa. Eu tentei, mas esse caminhão enorme me intimidou, bem, eu estava assustada antes disso, mas não adiantou e está escuro... — estava começando a perder o controle.

— Está bem. Acalme-se. Diga-me onde você está. Vou colocar Camille no carro e buscar você. — Ela não hesitou ao dizer isso. Eu amo minha irmã por isso.

Dei uma olhada no relógio. Eram quase nove da noite. Já passara bastante da hora de Camille ir para a cama. Eu estava aliviada, mas deprimida. Eu me sentia assolada pelo fracasso.

Eram mais de dez horas quando Virginia encostou, e eu já tinha comido pelo menos dois rocamboles doces Little Debbie, nachos com queijo derretido e um Slurpee frozen de cereja. Contei à jovem indiana do caixa sobre o carro e ela disse que tudo bem o carro ficar até o dia seguinte. Vou ligar para meu motorista vir buscá-lo com um de seus colegas.

Camille estava adormecida na cadeirinha no banco de trás, seu corpinho embrulhado em um pijama com pés e coberto com uma manta quadriculada de rosa e branco. Abri a porta do carro, entrei e imediatamente caí no choro.

— Ah, querida. Vamos. Não é tão ruim.

— Fiquei sentada aqui por duas horas porque sou doida demais para dirigir até em casa. Pensei que isso já tinha acabado. Jamais serei capaz de ter esse emprego. Eu não tenho vida. Eu sou uma fodida. — As lágrimas desciam pelo meu rosto. Minhas roupas estavam coladas no corpo. Eu estava com um cheiro que era uma mistura de terra, suor e queijo rançoso. Virginia olhou para mim. Ela estava limpa, fresca e arrumada.

— Não seja tão dramática. Você ficou um pouco nervosa na via expressa. Só isso. É um processo. Você não pode esperar ficar normal de um dia para o outro. Bem, não normal. Eu não quis dizer normal. Você sabe o que quero dizer. De qualquer maneira, seu trabalho não é dirigir. É escrever. Você pode resolver as outras coisas.

Fiquei em silêncio por um minuto. Respirei fundo. Talvez ela esteja certa.

— Dora, onde você esteve nos últimos três dias? Eu devo ter ligado para você umas dez vezes.

— Eu estava lendo — funguei.

— Era isso que eu temia. Por que você faz isso? Você deixa todo mundo louco.

— Desculpe, Ginny. Mesmo. Eu não quis deixar você preocupada.

— Todo mundo tem problemas. Todo mundo já se decepcionou. As pessoas não ficam sentadas durante vários dias sem fazer nada, tomando porre de livros.

— Todo mundo realmente tem problemas, mas essa é a maneira como lido com os meus. Fico feliz em ficar sozinha no meu quarto lendo.

— Não, não fica. De qualquer maneira, os livros não podem consertar sua vida. Você já deveria ter aprendido isso.

Não havia maneira de responder a isso, porque seja lá o que for que esteja acontecendo em minha vida, sempre precisarei de um livro. Entretanto, depois de tudo o que me aconteceu nesse ano que passou, cheguei à conclusão de que para mim a leitura não é puramente uma válvula de escape. É mais uma busca por algum tipo de significado para esse mundo. Agora, quando leio, penso que posso abrir qualquer página e encontrar a verdade. Eu simplesmente não consigo suportar a névoa do não saber. Se você ama alguém ou não, o que você está disposta a fazer para fazer isso durar, como você chega a um acordo com as pessoas que deixam você ou que decepcionam você ou como lida com as pessoas em relação às quais sente uma profunda ligação, mas que no final das contas podem não ter nada a ver com sua vida. Eu não sei. As respostas estão lá. Em algum lugar. Cada autor tem sua própria visão, seja ela transformadora, enervante, inspiradora ou devastadora. É reconfortante de uma maneira um pouco patética e venho chafurdando nesse conforto a maior parte da minha vida.

Mas agora é diferente. Alguma coisa me sacudiu, distorceu minhas prioridades e não é tão fácil desengrenar e deixar que o mundo se dane. Como Fred. Cativante, enfurecedor, decepcionante Fred. Seu comportamento insular com relação a Harper e Bea realmente me deixou furiosa. E para obscurecer ainda mais as coisas, tem Palmer, que, no momento, faço questão de lembrar a mim mesma, não está disponível. E o maldito cachorro. Como explico isso tudo para Virginia?

— Mas então, Palmer conseguiu falar com você? — sondou Virginia.

— Você sabe que sim.

— Então, como foi?

— Ele foi ótimo. Ele me pegou. Ele me alimentou. Ele me salvou. Todos estão me salvando. Sou um ser humano imprestável.

Virginia começou a rir. Comecei a rir.

— Você vai ficar feliz em saber que há um livro* recém-lançado que diz que não há correlação entre autoestima alta e ser uma boa pessoa. Os delinquentes juvenis têm autoestima alta. Os sociopatas têm autoestima alta.

Fiquei olhando para ela como se ela estivesse louca.

— Então você está me dizendo que é uma coisa boa eu ser imprestável?

— Ah, deixe para lá. Tudo que estou dizendo é que você é maravilhosa, mas ficou em coma durante esse ano que passou. Desde a separação de Palmer. E todos queremos a antiga Dora de volta. Você era divertida. Como papai. Agora você está nesse negócio negativo, depressivo... E o panorama geral do cenário não é promissor, Dora.

— Então, o que você quer que eu faça? Tipo, puf!, e tudo está bem agora?

— Por que não? Palmer está de volta à cena. Mais ou menos. Você está conseguindo um emprego. Mais ou menos. Você está dirigindo na via expressa. Mais ou menos.

— Está bem. Vou tentar ser um pouco menos depressiva para todo mundo.

Exatamente o que eu temia. Estou me transformando em minha mãe. Embora tenha havido momentos em que me desligo e leio, eu sempre pude recuperar minha força-motriz. Palmer costumava dizer que, a despeito de todas as minhas idiossincrasias e esquisitices, ele me achava divertida e carinhosa. Carinhosa. Você consegue imaginar? Eu me pergunto o que ele pensa agora.

Paramos em frente ao meu prédio. Felizmente, ninguém está gravando minhas idas e vindas. Apanhei meu caderno. A história precisa ser entregue amanhã. Mesmo que eu tenha que trabalhar a noite toda, vou fazer desta uma história danada de boa.

* Christina Hoff Sommers e SallySatel, M. D., *One Nation Under Therapy*.

Príncipes e sapos

Posso resistir a tudo,
menos às tentações.
Oscar Wilde, *O leque*
de Lady Windermere

Depois de uma taça de vinho (ou duas) para acalmar meus nervos, escrevi furiosamente até a meia-noite, decidi que odiei cada palavra, joguei fora e recomecei. Eu costumava levar uma tarde para escrever essas histórias, mas há muito em jogo aqui. Finalmente terminei, só Deus sabe a que horas, acordei cedo, revisei de novo e enviei por e-mail para Brooke, no prazo, às nove da manhã.

Uma hora mais tarde, o telefone tocou. Era Brooke.

— Dora? CROC! CROC! Ei, não é fácil ser verde, entendeu?

Ouvi sua explosão de gargalhadas e outras pessoas no fundo rindo também. Isso não era bom sinal.

— Isso significa que você odiou o quê?

Eu a ouvi pigarreando.

— Ah, desculpe, estou com um SAPO na minha garganta — soltou um ronco. — Talvez tenha sido a RÃ que comi no almoço. — Ela quase nem consegue falar de tanto rir.

— Tudo bem, já chega, certo?

—Certo, é melhor eu parar antes que eu comece a coaxar.

— Brooke, isso não é engraçado.

— Ah, é, sim. Mas vou dizer assim mesmo. O negócio é o seguinte. O editor disse "sapos demais, gente de menos". Bem, o que ele disse exatamente foi "sapos 10, pessoas 0", mas não leve isso muito a sério. Ele também disse que era um artigo bem-escrito e que ele quer publicá-lo. Você só tem que refinar a história.

— E isso significa o quê?

— Significa mais reação dos vizinhos, sem tantos sapos, talvez ligar para o departamento de conservação. Você sabe o que fazer. Preciso ir. Ei, Dora... Mais uma coisa... Não se preoCURURUpe. — Ela começou a rir novamente e desligou.

Levei mais uma hora para fazer as ligações, inserir as modificações e estava terminado. Eles gostaram dessa vez, mas não conseguiram evitar mais uma piadinha de última hora com Caco, o Sapo. Quem sabe o que os caras das manchetes vão fazer.

Tudo bem, não consigo mais evitar. Hora de ligar para Fred.

O que dizer? Talvez seja ele quem vá falar tudo. Liguei para ele na livraria.

— Oi, Fred. Obrigada pelas rosas. Eram lindas. — (Darlene gostou muito delas.)

— Oi, Dora. — Ele obviamente estava muito feliz por ouvir minha voz. — Precisamos conversar. Você pode me encontrar para um drinque mais tarde?

Acho que eu não tinha escapatória. Concordei e ele me disse para encontrá-lo no Brentwood Grill às seis. Pelo menos não é para tomar um café.

Ele deu um sorriso tímido quando entrou no restaurante e pediu uma garrafa de vinho. Parecia que iríamos ficar algum tempo. Começou com trivialidades. Eu contei a ele sobre Darlene ter passado pelo hospital, deixando de fora a parte sobre Palmer. Ele me contou estar reformulando algumas cenas de sua peça e talvez o pessoal de Nova York tenha razão. Ele estava se sentindo melhor a respeito.

Então ele foi direto ao ponto.

— Desculpe, Dora. Passei por maus bocados em Nova York e o negócio com minha família tem sido estressante. Eu não quis dizer nada daquilo. Não podemos simplesmente nos beijar e fazer as pazes?

Tomei um gole de vinho.

— Como estão Harper e Bea? — perguntei.

— Elas estão bem. Ainda estão exultantes sobre como se divertiram com você e Darlene. E eu estava errado. Eu ESTOU feliz por você tê-las levado lá. Foi de grande ajuda. Podemos simplesmente esquecer o que eu lhe disse no carro?

Olhei para ele. Eu queria perdoá-lo. Não sou do tipo rancorosa. E ele realmente ESTAVA cansado e sob pressão. Ele havia acabado de voltar de uma viagem horrorosa. Eu ainda sentia atração por ele. Desta vez, são seus ombros. Todos merecem uma segunda chance.

— Que tal jantarmos? — perguntou.

O que era aquilo? Ele colocou a mão tão levemente sobre minha coxa. Que grosseiro. Estava queimando um buraco em meu vestido. Bem, preciso comer. E sei onde isso vai levar.

Em minha experiência, sexo conciliatório não tem nada a ver com fazer as pazes. Tem a ver com paixão reprimida e problemas não resolvidos que são temporariamente postos de lado — o ardor forte e falso de uma transa de uma noite continua a culminar em ondas de remorso na manhã seguinte. É quando aqueles pensamentos que incomodam, aquelas dúvidas, aquelas intrusões preocupantes se insinuam nos momentos seguintes enquanto ele rola para acariciar suas costas e sussurrar bobagens carinhosas. Não é uma resolução, é mais como uma trégua, uma noite bandeira branca de sexo apaixonado.

Noite passada, eu estava insaciável. Tudo que ele fazia açulava ainda mais o meu desejo. Eu não diria exatamente que ele jogou duro comigo, talvez nós tenhamos jogado duro um com o outro.

— Venha aqui — disse ele, agarrando meus pulsos e me prendendo na cama. — Fale comigo. Diga do que você gosta — sussurrou. E eu disse. Eu queria essa transa. Eu me empurrei com força contra ele, arranquei sua camisa e senti sua pele contra a minha. Boca sobre boca. Minhas unhas se cravando em suas costas. Eu poderia ter continuado durante dias. Eu já estava molhada antes mesmo de ele começar a acariciar meu pescoço, meus seios, minha barriga, sua língua subindo pela parte interna das minhas coxas, para frente e para trás, para cima e para baixo, movendo-se repetidamente sobre mim, até que não aguentei mais meus gemidos mais longos e mais altos, até que me ouvi gritando. Quando terminamos, desmaiamos nos braços um do outro, ofegantes, pulsantes e em silêncio. E então um lampejo me invadiu, Palmer acariciando meu pescoço enquanto caminhávamos pela praia. Tentei espantar essa lembrança; fechei os olhos, mas ele ainda estava lá.

Uma vez um cara me disse que não é verdade que os homens evitam as mulheres com experiência. Na verdade, eles procuram isso. Há uma compreensão tácita de que o sexo é melhor, mais quente, mais erótico quando a mulher está cercada de raiva e amargura direcionada a outro homem. Por que o sexo precisa ser tão complicado? Por que você NÃO PODE ter uma noite de total abandono sem consequências, sentimentos e autoanálise? Por que não pode simplesmente ser divertido, como costumava ser?

E agora, aqui estou eu, no auge do amanhecer, com os mesmos problemas que eu tinha antes. Tenho certeza de que Fred me quer. E eu o quero. Mas alguma coisa foi resolvida? Bem, ele pediu desculpas... Não quero mais pensar nisso.

— Vamos embora daqui — disse ele ao afastar meus cabelos úmidos para trás. — Vamos para o México, passamos uma semana lá, só você e eu. Vamos ver o que temos sem a intromissão do mundo exterior. — Ele estava olhando para mim, esperando por uma resposta.

— Vou ter que pensar a respeito.

Ele seguiu o contorno dos meus lábios com os dedos.

— Um amigo meu tem essa casa em Cabo. Bem na praia. Faremos caminhadas, margueritas, vou trabalhar em minha peça. — Seus dedos desceram provocantemente pelo meu pescoço. — E você vai trabalhar em mim.

Eu estava em desvantagem. Ele é uma graça. É malicioso e charmoso. Está acostumado a convencer mulheres como eu.

— Tudo bem — respondi. Não sei exatamente o que estava fazendo. Mas tudo bem.

Que morra. Carta séria a seguir.

É de fato raro que alguém parta
amigavelmente, porque se partisse
amigavelmente, não partiria.
Marcel Proust (1871-1922), *Em busca*
do tempo perdido, "O fugitivo"

Michael Kors tem um vestido branco maravilhoso com contas de coral no busto que ficaria perfeito para um jantar em Cabo. Procurei sandálias que combinassem por toda parte e finalmente acabei comprando essas douradas fantásticas de Valentino, logo ao lado. Também há os dois maiôs inteiros sem alças da Eres que ficam maravilhosos, contanto que eu amarre o pareô em torno dos quadris. Por que as lojas têm espelhos em três partes? Isso eu jamais vou entender, especialmente as lojas que vendem roupas de praia. A menos que você tenha 16 anos, ninguém quer olhar para a parte posterior das coxas.

Estava fazendo compras há dois dias e o resultado estava espalhado por toda minha cama, pronto para ser jogado na bolsa de viagem. Eu realmente estava aguardando essa viagem. Não consigo me lembrar da última vez que estive no México. Parece ser algo tão relaxado, legal e sexy. Talvez o Kors seja um pouco demais. Fred provavelmente aparecerá de calças cáqui amarrotadas e uma camisa estilo havaiano. Ergui o vestido de linho branco na minha frente. É maravilhoso. Mas talvez seja um pouco Southampton demais. Tornei a colocar o plástico sobre ele. Vou esperar até que a vendedora tenha saído da loja para devolvê-lo. Ela passou horas me ajudando. Ah, bem. Pensei no único conselho de moda de minha irmã: menos é mais.

Finalmente decidi por uma saia de algodão, uma camiseta regata e chinelos dourados. Dobrei tudo e joguei na bolsa de viagem. Não tenho paciência para colocar em sacos ziplock separados como minha irmã sempre faz. Não que isso vá fazer diferença com suas roupas esfarrapadas. Então eu já estava pronta para ir. Três horas antes. Fred me encontraria no aeroporto à uma hora. Ele viria da casa de Bea porque precisava assinar alguns papéis para ela.

Decidi ligar para Darlene para me despedir. Ela já estava em casa, mas se sentindo estranha e fraca. Palmer ainda estava com o cachorro.

— Espero que não haja problema — disse ela com a voz um pouco rouca. — De qualquer maneira, o que está fazendo? Pensei que você e Palmer estivessem resolvendo as coisas.

— Palmer tem namorada, lembra-se? — respondi friamente.

— É, eu me lembro — respondeu ela com um tom meio entorpecido, bem-intencionado que, repentinamente, fez com que eu me sentisse culpada por alguma razão. — Não fique zangada comigo, Dora. Só estou tentando ajudar.

— Não estou zangada. Só não quero ficar aqui em um beco sem saída. Acho que essa viagem vai ser divertida.

— Que bom, então. Fico feliz por você. Divirta-se. Adoro você.

— Eu também — respondi e desliguei.

Eu me sentei na cama, repentinamente desorientada. A imagem de Palmer com o maldito cachorro é irritante e desconcertante, e o fato de que essa viagem É um ato impulsivo funciona como um balde de água fria no meu ânimo. Decidi ligar para Bea para me despedir e verificar se Fred já havia saído de lá.

Quando Bea atendeu, eu soube imediatamente que ela estava perturbada.

— Tem algo errado? — perguntei.

— As coisas ficaram infernais de repente, querida.

— Está tudo bem com Harper?

— Ainda estamos um pouco abaladas. Fred não lhe contou?

— Não. — Que droga. Isso não parece bom.

— Bem, era de se presumir que acontecesse, com o estilo de vida de Lorraine e tudo o mais. Parece que ela tinha algumas dívidas com esse rapaz, Bobby D. Ele nos pediu para pagar, mas não tenho aquela quantia. Lorraine também não tinha. Eu não sei. Eu só lhe pedi para ir embora e ele ficou furioso.

Meu coração estava disparado.

— Ele machucou você ou Harper?

— Não. Não foi isso. Ele esperou até que nós saíssemos e então ele e seus amigos quebraram a vidraça com a vassoura velha que temos lá fora e arrasou a casa. Ah, e o quarto novo de Harper. Está tudo uma bagunça.

— Mas que droga, Bea. Quando isso aconteceu?

— Noite passada, quando estávamos nos estudos bíblicos. Você sabe, com a viagem e tudo mais, Fred provavelmente pensou que seria melhor não chatear você. Ele foi para casa para fazer as malas.

— Estou indo para aí.

— Espere. Harper quer falar com você.

— Dora? — disse Harper com sua voz fininha. Houve uma pausa. — Não fique zangada. Eles bagunçaram todas as coisas que você me deu. Minha cama está quebrada agora. Eles foram muito malvados. — Ela começou a chorar.

— Não chore, querida. Eu vou consertar. Estou indo para aí.

— Está bem — fungou.

Peguei o carro e fui o mais rápido que pude. Eu nem pensei no problema da via expressa. Encostei em frente à casa delas e vi uma janela com a vidraça quebrada que estava remendada com fita-crepe e outra janela inteiramente arrancada coberta com um pedaço de compensado. Havia cacos de vidro na varanda de tela e grossas espirais de tinta *spray* preta pintadas como um feitiço na porta da frente. Parecia uma casa atingida por um furacão, exceto pela grafitagem. Bea abriu a porta e eu a abracei. O cenário no interior da casa era irreal. Os vândalos evidentemente utilizaram algum objeto pontudo para despedaçar as lâmpadas, televisão e os quadros de Bea. O espelho do hall tinha intrincadas rachaduras espalhadas como uma teia. As gavetas de seu aparador haviam sido arrancadas e o conteúdo despejado em um entulho no tapete. O chão estava coberto por uma camada grossa e ressecada do que parecia ser *ketchup*, talvez lama, não tenho certeza qual dos dois, e o lugar todo estava cheirando a bebida misturada com detergente ou, talvez, vinagre. A devastação escoava para dentro da cozinha, onde as paredes tinham marcas de mãos e a porta da geladeira havia sido arrancada e estava pendurada por apenas uma das dobradiças. Dezenas de garrafas quebradas e pratos despedaçados estavam empilhados como um monte de lixo no canto onde Bea havia aparentemente varrido.

Eu estava sem fala. Harper apareceu e correu para os meus braços.

— Venha ver o que eles fizeram com meu quarto.

Tentei não parecer chocada enquanto ela me levava ao seu quarto. Eu já conseguia ver antes de chegar lá que os lençóis haviam sido arrancados do colchão e arrastados para o corredor. Havia roupas cortadas formando um monte.

— Sabe de uma coisa, Harper? Eu vou comprar tudo novo para você. Está bem? Você e Bea estão bem e é isso que importa.

Bea parecia arrasada e desorientada. Enquanto distraidamente varria os escombros, ela me contou que a polícia estivera lá na noite anterior e já suspeitavam onde encontrar os caras. Ela não conseguiu falar com Fred na noite anterior, mas ele viera de manhã cedo para ajudar a preencher os relatórios policiais.

— Um homem que mora no fim do quarteirão, Eddie, acho que o nome dele é esse, nos ajudou a colocar o compensado nas janelas e limpar um pouco a casa — continuou Bea. — Eu gostaria de mandar alguma coisinha para ele, o que você sugere? Talvez uma garrafa de vinho ou uma caixa de bombons?

Minha mente estava a mil. Onde diabos estaria Fred?

Eu disse a Bea que ela e Harper podiam ficar na minha casa à noite e que eu pegaria o telefone e ligaria para uma equipe de limpeza e uma vidraçaria para consertar as janelas. Ela resistiu à minha ajuda, mas pude ver que suas mãos estavam tremendo e eu insisti. Ela ficou aliviada e concordou, embora estivesse relutante.

— Está bem, querida. Mas será só por esta noite. E vou pagar tudo isso.

Bea e Harper reuniram alguns objetos enquanto eu saía da casa para ligar para Fred.

Ele já estava no carro a caminho do aeroporto.

— *Hola*, minha pequena *margarita* — ele atendeu, animado.

— Estou aqui na casa da Bea.

Silêncio.

— O que você está fazendo aí?

— Eu liguei para me despedir e soube do acontecido. Por que você não me contou?

— Isso não é problema seu. Já conversamos sobre isso antes.

Que babaca.

— Eu não entendo como você pôde simplesmente deixá-las assim. Bea está totalmente desorientada. A casa está um lixo.

— Acalme-se. Já cuidei de tudo. Um amigo meu vai aí hoje à tarde para ajudar Bea a limpar tudo. Vamos, Dora, podemos brigar sobre isso no avião. Não estrague tudo.

Ele está falando sério?

— Eu não vou.

— Você está brincando?

— Não. Qual é o problema com você?

— Ah, agora sou algum tipo de monstro porque não largo tudo para dar a mão a elas.

— Fred, há momentos na vida em que você larga tudo, e este é um deles. Não estou conseguindo acreditar que tenho até mesmo que lhe dizer isso.

— Bem, vou lhe dizer uma coisa, Dora. Eu vou, com ou sem você. E vou me divertir. Esse é o único fim de semana que meu amigo pode nos emprestar a casa e não vou foder com tudo porque minha irmã ainda está deixando um rastro de porcaria para eu limpar.

— Não, com licença, Fred. Não para VOCÊ limpar. Para sua mãe de 75 anos e sua sobrinha de 6 anos limparem.

— Se não estou enganado, você tem mãe, irmã e sobrinha. Você não tem que adotar as minhas.

— Bem, alguém precisa cuidar delas.

Eu estava indignada. Que merdinha ele era. Desliguei. Ele ligou novamente. Vi que era ele e não atendi.

Tocou de novo, de novo e de novo. Ainda assim, não atendi.

Bea e Harper saíram da casa. Desliguei meu telefone. Harper puxava uma mala da Pequena Sereia, rosa-choque com rodinhas.

— Lá dentro está um cheiro de sujo. Podemos almoçar pizza?

Eu estava abalada. Pude sentir minhas faces começarem a queimar. Isso sempre acontece quando estou realmente aborrecida.

A grande questão é: aquele filho da mãe vai entrar naquele avião ou vai fazer a coisa certa e vir para casa? A coisa certa — há tantas escolhas diferentes no que se refere a essa questão. Sei que há momentos em que você está disposto a deixar tudo de lado por alguém que você ama e há momentos em que você não está. Os momentos em que você não está, muitas vezes, põem tudo em dúvida e definem que tipo de pessoa você é. Meu ponto de vista é: você poderá conviver consigo mesmo quando faz tais escolhas? Fred parece estar perfeitamente bem.

Talvez ele esteja certo. Talvez eu não tenha que me intrometer nos problemas da família dele. Mas sei que não poderia entrar naquele avião. Então só vou fazer o que tem de ser feito, cuidar de Bea e de Harper e deixar Fred fazer o que quer que seja que ele vá fazer. Talvez, quando eu voltar ao meu apartamento, ele esteja lá esperando por nós. Na verdade, espero que não.

Transposição de limites

Para onde estou indo? Eu não sei.
Por que importa para onde as pessoas vão?
A.A. Milne (1882-1956), *Quando éramos bem jovens,* "Manhã de primavera"

Normalmente, a essa altura, eu tomaria outro autoindulgente porre de livros. Que inferno, certamente havia motivo suficiente para tal. Mas não senti vontade, e mesmo que sentisse, não poderia, já que eu tinha hóspedes.

A caminho de casa, contei a Bea que, no fim das contas, eu simplesmente não podia ir para o México assim sem mais. Bea ficou em silêncio durante um minuto e disse:

— Espero que eu não seja motivo de problemas entre você e Fred. Nós poderíamos ter ido para um hotel.

Como eu poderia dizer a ela o que realmente estava acontecendo — que o filho dela é um canalha? Talvez a verdade seja a melhor saída.

— Acabei de receber uma incumbência e não posso viajar. Já resolvi tudo com Fred.

Rebati mentalmente um antigo versinho de minha mãe que insistia em ficar na minha cabeça: "Ah, que confusa teia fiamos quando enganar as pessoas começamos."

— Bem, fico feliz que as coisas estejam bem. Só Deus sabe, com tudo o que está acontecendo, eu não iria querer isso na minha cabeça também — disse ela.

— De forma alguma. Vocês vão amar minha casa.

Bea tratou de se sentir em casa. Ela se ofereceu para ir ao mercado e fazer bife à Salisbury com purê de batatas, mas eu não tinha forças para isso. Então, decidiu fazer massa para o jantar. Ela não tinha muitas opções. Havia um pouco de espaguete e molho de tomate em lata, mas ela acrescentou cebolas e alho e a casa toda ficou com um cheiro delicioso. Fiquei tentada a abrir uma garrafa de vinho. Talvez mais tarde.

Justo quando eu estava prestes a desmaiar no sofá, a campainha tocou. Quem poderia ser? Por que Victor não interfonara? Só há uma pessoa que tem passe livre e a chave de meu apartamento. Virginia toca a campainha por educação, mas em cerca de dois segundos a maçaneta irá girar. Virginia ou Camille está tendo um colapso. Coloquei a mão na maçaneta ao mesmo tempo em que ela empurrou do outro lado. Eu podia ouvir os gritos claramente. Não estava sendo um bom dia para Camille. E eu estava exaurida. Mas ela acabara de me salvar.

— O que está acontecendo com ela? — perguntei. Virginia entrou em seu estado normal de irritação quando a filha está inconsolável. Toda a parafernália estava pendurada no carrinho; o rosto de Camille estava arroxeado e as lágrimas desciam por seu rosto.

— Estou me sentindo péssima. Eu bati a cabeça dela quando a estava tirando do carro e ela já estava tão irritada... Andy vai trabalhar até tarde então ele não tem como ajudar. — Ela me entregou o bebê. — Vou pegar um pouco de gelo.

Foi aí que ela viu Harper e Bea.

— Ah, desculpe, eu não sabia que você tinha companhia. Você nunca tem companhia.

Que gentil, Virginia. Fiz as apresentações.

— Estas são Bea e Harper, a mãe e a sobrinha de FRED. — Código para Virginia manter a boca fechada sobre Fred.

— Ah, é um prazer conhecer vocês duas. — Ela me olhou com uma expressão do tipo "O que está acontecendo?".

— Elas tiveram alguns problemas com a casa delas, e vão passar a noite aqui. Fred teve que viajar.

— Ah, sinto muito — disse Virginia, tentando ser educada, mas ela estava distraída com os gritos incessantes de Camille. Enquanto isso, Harper se aproximava cada vez mais do bebê até que timidamente estendeu a mão e fez carinho no ombro dela. Camille fitou-a maravilhada, fascinada. Os bebês sempre parecem reagir aos rostos das crianças. Harper começou a dar risadinhas e a sorrir, Camille deu alguns soluços e depois parou de chorar.

— Posso segurá-la? — pediu Harper. Virginia fez com a cabeça que sim, grata por ter mais uma pessoa para assumir sua posição. Bea arrumou tudo meticulosamente para ajeitar o bebê no colo de Harper, que estava com o dedo esticado enquanto Camille o segurava.

— Olhe, vovó. Ela está segurando minha mão.

Era quase hora do jantar. Camille estava brincando quietinha com Harper no chão e Virginia acabara de ter uma conversa detalhada sobre tinturas de cabelo orgânicas com Bea. Elas falaram sobre o negócio todo do método Harper e vi que Virginia estava querendo mais informações. Eu estava colocando a mesa quando ouvi palavras sussurradas como "entulho", "todos os meus pratos", "a colcha de Harper", "drogados". Toda a horrível história.

— Ah, meu Deus — disse minha irmã. — Tenho um jogo inteiro de jantar em minha garagem e posso emprestá-lo a você.

É, com certeza. Era hora de abrir o vinho.

Fiquei imaginando o que Fred estaria pensando agora, se ele tivera um lapso de consciência. Verifiquei meu e-mail. Nada. Verifiquei meu celular. Nada. A coisa toda era simplesmente inacreditável. Fred sempre cuida de Fred. Ah, talvez isso não seja justo. Ele ajudou Bea. Mas eu ficava me perguntando o tempo todo — como ele pôde simplesmente abandoná-las agora?

Depois do meu terceiro copo de vinho, Camille adormeceu e todas nós estávamos sentadas para jantar quando Bea ergueu seu copo:

— Eu gostaria de propor um brinde. À Dora. Por nos receber. A Bíblia nos diz que um amigo fiel é o bálsamo da vida. E é isso que você é. Nós amamos você.

Fiquei emocionada. Eu estava um pouquinho bêbada, um pouquinho deprimida. A ficha estava começando a cair com relação a Fred.

Virginia, que também estava um pouco alta, interrompeu:

— A Harper e Bea, novas amigas maravilhosas. Nós também amamos vocês.

O que ela estava fazendo? Ela não costuma ser efusiva assim.

Depois do jantar, Virginia e eu arrumamos a cozinha enquanto Bea dava banho em Harper.

— Agora eu entendo por que você gosta dela. Ela é tão incomum e adorável. A propósito, onde está Fred?

Eu sabia que ela iria me interrogar, mais cedo ou mais tarde.

— Ele é um bostinha. Foi embora e as deixou sozinhas para lidar com a coisa toda. Acredita nisso? Para mim acabou, isso é certo. E não diga que você ficou feliz.

— Eu realmente sinto muito, Dora.

— Eu o odeio.

— Está bem. Entendi.

Continuei, não conseguia parar.

— Sabe onde ele está agora? — sussurrei alto. — Ele está em alguma praia tomando uma marguerita. É isso que era tão urgente. Ele é um porco egoísta.

— Ah, querida. Ele tem uma mãe tão simpática. E Harper é encantadora.

— É, ele é a ovelha negra. Acho que toda família tem uma.

Virginia me lançou um olhar compreensivo. Em nossa família, papai é a ovelha.

Enquanto isso, ouvi um choro alto vindo do quarto de hóspedes. Harper, vestida com um pijama térmico cor-de-rosa, entrou correndo na cozinha, Bea atrás dela. Ela apertava a mantinha e parecia infeliz.

— Você está bem? — perguntei a Harper.

— Estou com dor de cabeça — respondeu, fazendo beiço.

Bea acariciava a cabeça de Harper.

— Foi um longo dia, meu amor. Você precisa ir para a cama. Diga boa-noite e agradeça a Dora.

— Não. — Ela se jogou no chão.

— Agora, Harper. Você está limpa e arrumada e o chão é sujo. Levante-se e vamos para a cama. — Bea tinha um leve tom de pânico na voz. Ela sabia o que estava por vir.

— Não. Eu não vou para a cama. Não estou cansada.

— Querida, são nove horas. Já passou da sua hora de dormir.

— Não.

— Está bem. Vou contar até três e depois você vai ficar sem televisão por uma semana.

Nesse momento, Harper começou a choramingar:

— Não. Eu não quero ficar sem televisão.

— Bem, então se levante e vamos para a cama.

— Não! Não! — Ela gemia e as lágrimas desciam pelo rosto.

Eu não sei por que, é insano, mas a canção melosa de boa-noite de *A noviça rebelde* tocava em minha mente enquanto eu visualizava as crianças Von Trapp fazendo piruetas alegremente antes de irem para a cama, uma por uma.

So long, farewell, auf Wiedersehen, good bye...

Bea tentou levantar Harper, mas parecia que ela era feita de chumbo. Bea não conseguia fazer com que ela se mexesse. O bebê acordou e começou a gritar. Tentei confortar Harper e ela me chutou na canela. Virginia correu para Camille para pegá-la no colo.

— Agora veja o que você fez, você acordou o bebê! — disse Bea, mortificada. — Por que você está sendo tão malcriada? Eu não sei qual é o seu problema!

— Eu quero minha mamãe — disse ela soluçando. — Eu não gosto de você. E eu quero ir para casa!

Todas nós nos entreolhamos. Estava óbvio agora o que estava acontecendo. Bea sucumbiu. Ela começou a chorar também e se sentou no chão e abraçou Harper.

— Todos nós sentimos falta da sua mamãe. E nós iremos para casa amanhã. Você vai ver. Seu quarto ficará perfeito novamente.

Meu Deus, isso se transformou em uma catástrofe. E aquele filho da mãe as deixou abandonadas assim.

— Você quer que eu leia para você? — perguntei. — Você pode ir ao meu quarto e se sentar na minha cama.

Reação zero. Ela ainda estava chorando.

— Eu tenho jujuba. De todas as cores.

— Está bem — disse ela c começou a se levantar. Bea ainda estava no chão, seus olhos cheios de lágrimas, e Camille ainda estava berrando.

— Acho que vamos para casa agora — disse Virginia, segurando o bebê que chorava e empurrando o carrinho para fora. — Foi realmente muito bom conhecê-la, Bea. Espero que fique tudo bem com você. Eu sinto tanto.

— Eu é que sinto muito, Harper normalmente não é assim — disse Bea, levantando-se.

— Eu acho que ela é muito corajosa — disse Virginia, olhando para Harper.

— Até logo, Ginny. Eu te amo, a gente se vê mais tarde — disse eu.

Harper estava de pé ao meu lado chupando o polegar. Coloquei meu braço em volta dela enquanto entrávamos no meu quarto.

— Onde estão as jujubas?

— Bem aqui. — Apanhei um pote que estava sobre minha cômoda. Essas coisas ficam velhas? Eu acho que elas estão aqui desde a Páscoa. Agora é tarde. Abri o pote e dei tudo a ela. Nós nos sentamos sobre minha cama com o pote entre nós. O sabor delas, para mim, estava bom.

Tenho uma prateleira no meu quarto cheia de livros especiais da minha infância, e antes do jantar peguei alguns pensando que poderíamos lê-los mais tarde. Escolhi *Agora temos seis anos*, jogando para o lado a versão cheia de orelhas que pertenceu à Virginia nos tempos de escola de *Winne Ille Pu* para viciados em Latim.

Milne é muito estranho. Ele era um rabugento como o dr. Seuss. Decidi que de agora em diante vou ignorar detalhes autobiográficos decepcionantes. Não vou deixar o fato de que Christopher Robin pensava que seu pai era intratável diminuir o chame e o humor delicado dos versos. Seus poemas são divertidos, tranquilizadores e reconfortantes. De forma alguma "engomadinho", como zombou Dorothy Parker em uma de suas críticas no *New Yorker* sobre A. A. Milne, que aparentemente era seu "inimigo literário mortal".

Li alguns versos para Harper e então ela disse:

— Deixe eu.

Ouvi sua voz fina ler:

— O fim.

E agora tenho seis anos e eu sou muito inteligente.
*Então acho que vou ter seis anos para todo o sempre.**

* A.A. Milne, *Agora temos seis anos*, "O fim".

Plagiando Rudyard

Meu velho cãozinho:
Uma batida de coração
Aos meus pés.
Edith Wharton (1862-1937)

Na manhã seguinte, Bea e Harper se levantaram às sete. Pude sentir o aroma do café sendo preparado na cozinha antes de sair da cama, e Harper bateu de leve na minha porta. Ela disse que estavam prontas para ir para casa quando eu estivesse pronta para levá-las.

Bea encontrara minha farinha de trigo e os escassos suprimentos culinários e preparou um impressionante café da manhã com bolinhos quentes cobertos de açúcar de confeiteiro.

— Desculpe, não temos calda — disse eu a Harper.

— Está tudo bem. Vovó encontrou açúcar. — Ela estava evidentemente encantada.

Depois do café da manhã, Bea lavou e guardou a louça enquanto eu me vestia. Eu a encontrei sentada na minha varanda ensolarada com os olhos semicerrados. As peônias cor-de-rosa e brancas nos vasos, minhas favoritas, explodiam em flores extravagantes e estavam enfileiradas como chapéus de Páscoa ao longo da parede. Eu disse a ela que poderia ficar comigo até que a bagunça fosse resolvida. Bea sorriu carinhosamente para mim.

— Eu tenho amigos que nos ajudarão a passar por essa fase. Você não precisa se preocupar tanto, Dora. Eu não cheguei aonde estou sem um pouco de vinagre nas veias. Mas ontem, eu vou lhe dizer, eu não sei o que teria feito sem você.

— Você falou com Fred? — perguntei. Ocorreu-me que talvez Bea soubesse da situação com Fred o tempo todo.

— Não, não falei. Mas eu sei que vocês dois tiveram um desentendimento e eu sinto muito por isso. Espero que ainda possamos ser boas amigas.

— Eu gostaria disso, Bea. Vou pegar as chaves e levar vocês para casa.

Foi difícil deixá-las lá. O lugar estava um desastre e a equipe de limpeza ainda não havia chegado. Eu notei que Harper estava hesitante quando a abracei para me despedir. Perguntei novamente a Bea se queria que eu ficasse. Ela disse que não. Estava claro que ela não queria mais dar trabalho. Espero que peguem aqueles filhos da mãe.

Voltei para o carro e tentei calcular o roteiro de volta para casa. Eu não podia encarar uma volta pela via expressa hoje. Então Brooke ligou.

— Oi, Dora. Boas notícias. Você tem outro trabalho. É o Concurso de Poesia Canina na praia de Venice e o editor quer que você faça a cobertura.

— Mas por que ele me escolheria? — disse eu deliberadamente.

— Você conseguiu. Você é nossa correspondente do mundo animal. Você encontrou para si mesma um nicho. Ninguém aqui dá a mínima para animais, e você sabe como as pessoas são com relação a seus cães.

Pensei rapidamente em Brigão e Palmer. Não nessa ordem.

— Vamos ver. *Plus je vois l'homme, plus j'aime mon chien.* — Tudo bem, eu estava me mostrando um pouco.

— Que diabos isso significa?

— É Pascal. Significa: quanto mais eu conheço o homem, mais amo meu cachorro.

— Como o cara com quem saí ontem à noite, e eu sequer tenho um cão.

— Quer ouvir outra?

— Guarde para o artigo. Estou até aqui de cachorros. O labrador do meu vizinho uiva a noite inteira e estou pensando seriamente em processá-lo. Isso ou carne envenenada.

Não havia tempo para trocar de roupa. Quando cheguei à área da praia para cães perto do passeio de tábuas, uma multidão já estava levando seus animais para uma pequena arena cercada de bandeirinhas, flanqueada por dezenas de barracas que vendiam todos os tipos de coisas relacionadas a animais de estimação. Era como uma reunião de despertar religioso canino, só que sem os aleluias. O organizador do evento era um jovem de trinta e poucos anos com aparência de estudante. Ele incitava a multidão com invocações ao mundo canino usando frases de efeito como *elo comum, devoção, bravura* e *amor incondicional.*

Encontrei meu fotógrafo, um idiota magrelo, fumando como uma chaminé, careca, com três câmeras penduradas em um dos ombros e uma bolsa de lona para câmeras suja e estufada pendurada no outro. Na hierarquia do *Times*, um *freelance*, como eu, está mais abaixo que sujeira, e esse trabalho, no máximo, é para encher linguiça. Aquele cara quis deixar bem claro que só estava lá para tirar uma foto de recordação. Eu me apresentei e ele olhou em volta.

— Que coisa ridícula. Vou dar o fora daqui.

— Você precisa ficar pelo menos até que eles comecem a leitura. É um concurso de poesia. — (Seu preguiçoso.)

— Pois me parece um bando de sacos de pulga — disse ele bufando.

Eu o ignorei enquanto o organizador subia no pódio.

— Sejam bem-vindos, senhoras e senhores, vira-latas e cães de caça, filhotes e perdigueiros, e todos vocês, seus vira-latas focinhentos, declamadores de versos pretensiosos. Há! Há! Há! Sei que todos vocês trabalharam muito em seus poemas, então só vou deixar a bola rolando. Aqui vai. "Ode a Rose". "Bom cachorro, bom cachorro, você preenche meus dias desde o começo... Penso em você de manhã e quando adormeço."

Ai, meu Deus. Isso está acontecendo mesmo? O fotógrafo ria silenciosamente com uma expressão de escárnio e tirou algumas fotos.

— Para mim, chega — declarou.

Olhei em volta para os concorrentes que aguardavam a vez com seus cães. O pequeno dachshund de uma jovem, com uma pelagem lustrosa castanha, foi para o chão e coçava seu pescoço e orelhas furiosamente. Ali perto, o pastor inglês atarracado de um senhor estava com a cabeça plantada no traseiro de um schnauzer. Os pelos das costas e do pescoço do schnauzer começaram a se eriçar e então ele se virou e enterrou as mandíbulas no pescoço do outro cachorro, e nesse ponto os proprietários entraram em ação tentando separá-los.

O organizador ignorou o tumulto, terminou o poema e apresentou a próxima atração. Este era tão sentimentaloide como o anterior; no entanto, o cachorro era bonitinho. Era um tipo de mistura de terrier forte com um bigode de fu manchu rastejando dos dois lados do focinho. Ele se sentou em alerta e ficou olhando para a dona em adoração enquanto ela lia seu embaraçoso poema. Fiquei pensando que não poderia citar esse no artigo. Eu seria o alvo dos risos de todos na seção. Por outro lado, provavelmente era isso o que queriam. Eu não estava zombando dessas pessoas. Não, não estava. Embora elas não conseguissem escrever nada que prestasse.

Suportei mais quatro odes idiotas a Buddy, Gypsy, um mestiço chamado Elmo e um cão ligeiro chamado Stick. Então, aquele que se tornou o poema vencedor me deixou chocada. Uma senhora de idade, levando pela coleira um buldogue inglês deveras gordo, começou a ler.

Irmãos e irmãs, vocês devem se cuidar.
*Ao permitir a um cão seu coração dilacerar.**

Espere um minuto! O que é isso? Eu conheço esse poema. É Kipling! É a porra do Rudyard Kipling! Olhei à minha volta. Ninguém estava dizendo uma só palavra. Ela continuou a ler e terminou o poema.

Ela recebeu muitos aplausos, latidos, ganidos, coleiras puxadas. Parece que sou a única que sabe. E agora? Sou obrigada a entrevistá-la

* Rudyard Kipling, "The Power of the Dog".

porque ela é a ganhadora do primeiro prêmio (um vale-compras de 25 dólares na PETCO), mas o que dizer? Devo denunciá-la? Devo piscar para ela, sinalizando que sei de tudo? Ela parece tão simpática, gentil e honesta. Ela estava chorando ao receber o prêmio. Depois fez o discurso de agradecimento.

— ...e quero dedicar esse prêmio a meu falecido marido, Charles, que escreveu esse poema e que amava esse cão mais que a própria vida.

Tudo bem. Eu precisava que essa história ficasse boa. Eu realmente queria meu emprego de volta. Se eu a expuser, a história vai ficar melhor? Provavelmente. Mas eu não podia fazer isso. Quem poderia? Brooke. Brooke faria isso. Dane-se Brooke. Eu não vou fazer isso.

Entrevistei a mulher rapidamente, que me contou sobre o marido, que ensinou inglês para o ensino médio durante trinta anos. Fazia sentido. Então fui para casa a fim de escrever a história. Seria tão fácil depreciar aquelas pessoas ou transformar tudo em uma vinheta cafona para Garrison Keillor. Só que eu detesto Garrison Keillor e sua voz anasalada com sotaque caipira. Decidi trilhar por outro caminho. Fui até minha estante e peguei uma coleção de poemas de Thurber, Lord Byron, Elizabeth Berrett Browning, John Cheever, John Updike e outros, todos bastante conhecidos por amarem os cães e por exaltarem a lendária relação entre o cão e seu dono. O material é rico em sentimentos e humor, como o epitáfio de Byron para Boatswain, seu cão, nascido em 1803 e falecido em Newstead Abbey, em 1808. As duas últimas linhas de sua homenagem são:

honro um amigo, estas pedras ergui;
tive apenas um — e ele jaz aqui.

O poema de Browning "A Flush, meu cachorro" é o próximo. Meus camaradas, um pouco exagerado, mas esse é o objetivo, não é?

Salta! Tua longa cauda abana uma luz,
Salta! Tua pata leve reluz.

O gracioso obituário de E.B. White para sua cadela, Daisy, é o meu favorito. Ela foi atingida por um táxi amarelo em University Place, em 1931, e tinha um "temperamento peculiar. Ela sofria de perplexidade crônica".

A abertura de meu artigo diz que há registros de poemas dedicados aos cães desde o século XVII e transmitem a fé e o companheirismo do melhor amigo do homem. A fim de contrabalançar os versos mundanos que ouvi hoje, entremeei citações dos concorrentes com aquelas dos mestres. Descrevi extensivamente os atributos poéticos dos cães presentes e, depois de reler meu artigo, senti mais conexão com os semelhantes de Brigão do que sou capaz de admitir.

Quanto à plagiadora, finalizei o artigo citando a descrição da mulher sobre a devoção de seu marido ao buldogue que está vivendo mais que o dono.

Quando a secretária do editor me ligou para pedir uma cópia do poema vencedor, eu simplesmente disse a ela que o poema era uma porcaria. Isso pareceu satisfazê-los e eles imprimiram a história sem ele.

Que dia! Tomei um banho e decidi verificar meus e-mails. Ver se aquele canalha me mandou alguma coisa. Tudo bem. Lá está: FredFitzG. Que pretensioso. Quando você gosta de alguém, você tende a relevar essas pequenas coisas. Eu quase abri e depois pensei: não, não estou pronta, preciso de uma taça de vinho.

Eu faço o mesmo ritual para evitar as minhas contas. Elas ficam esquecidas como bolas de poeira em um canto até eu receber o segundo aviso. Depois as empilho na pia do banheiro para me forçar a lidar com elas.

Esvaziei a primeira taça de vinho e então fiquei alisando-a, decidindo se eu precisava de outra. Voltei para meu computador. É, o e-mail ainda estava lá. Do que eu tinha medo? No início, Fred parecia tão perfeito. Seu tesão pela literatura, sua paixão. E aquelas noites. Acho que a gente nunca se recupera de noites como aquelas. Mas o fato de que ele estava tão disposto a ignorar Harper e Bea acabou me alertando. Ele é um cara que abandona. O que não é nada bom no meu mundo.

Vou deletá-lo. Pronto, foi. Ele se foi. Estou farta. Peguei outra taça de vinho. Que droga. Estou deprimida. Fico me perguntando o que ele disse. O negócio insano com relação a um computador é que nada desaparece para sempre. Não é como nos velhos tempos quando você atirava dramaticamente a correspondência indesejada no fogo da lareira. No espaço cibernético, cada pedacinho da mente e do coração humano gira como um redemoinho por aí, em algum lugar, suspenso na eternidade, como uma oração. Você consegue encontrar qualquer coisa, se quiser. Tudo bem. Chega de preliminares. Vou recuperar a mensagem. Pronto, e-mails deletados recentemente. Fale comigo, Fred.

Querida Dora, estou sentado na minha varanda olhando para um Pacífico muito azul e uma Pacífica muito gelada — é uma cerveja local, minha querida, e eu já tomei pelo menos quatro delas.

(Ah que bom, agora estamos ambos bêbados.)

Mesmo estando muito além do limite legal, estou com a mente mais clara agora do que estive em anos.

(Certo.)

É difícil saber por onde começar. Então comecemos pelo fato de que finalmente encontrei a resposta para a sua pergunta: "Qual é o meu problema?" Há uma versão longa e outra curta para a resposta, e ambas são que eu sou um miserável fracasso.

(Ele definitivamente está bêbado.)

Não obstante minha bazófia na livraria e a atração que exerço sobre as mulheres de uma certa idade,

(Credo, odiei isso.)

a trajetória de minha carreira vem sendo péssima, o que poderia explicar meu comportamento antissocial na festa de aniversário dos seus amigos. Até agora, minha vida tem sido uma série de esforços apáticos e realizações sem qualidade.

(Pelo menos ele é honesto.)

Eis a razão pela qual eu jamais permiti que você lesse minha peça. Eu não estava trabalhando nela e tinha consciência disso. Mas, aqui, sinto que estou à beira de algo grandioso. Fiquei acordado a noite toda escrevendo e eu não tenho palavras para dizer a você como estou aliviado por me sentir criativo novamente. Então, ligue para mim se quiser. Decidi ficar aqui durante algum tempo e escrever. Eu penso em você mas não somos mais crianças e no momento nós dois sabemos que não está funcionando.

(Aqui vem ela, a despedida.)

Peço desculpas se não sou a pessoa que você acha que eu deveria ser. Ah, eu posso até ver a expressão em seu rosto neste momento, Dora. Seu rosto reprovador, decepcionado, lindo. Mas esse é quem sou. Então por que você não me dá o benefício da dúvida? Vamos tomar cada um seu caminho. Eu amo Bea e Harper e acho que já faço o suficiente por elas. Sinto muito se isso não é o bastante para você.

Cuide-se.

Amor,

Fred

Eu estava preparada para isso e consegui exatamente o que eu esperava. Como poderia ter terminado de forma diferente? Não depois de ele se ter omitido daquele jeito.

Isso me lembrou um velho desenho que minha mãe adorava.

É uma cena de uma cantora de cabaré, já idosa, sentada ao piano em uma boate parcialmente deserta de Nova York, tarde da noite. Ao apresentar a canção seguinte, a legenda dizia algo assim: "Senhoras e senhores, às vezes a pessoa amada nos decepciona, e quando isso acontece, é realmente muito triste. Isso aconteceu comigo, e eu escrevi essa canção. Ela se chama 'Foda-se, Stuart.'"

Pesadelo

Na noite passada, sonhei que eu
havia ido a Manderley novamente.
Daphne du Maurier (1907-1989), *Rebecca*

Nunca fui do tipo de pessoa que fala sobre seus sonhos. A razão para tal pode bem ser que eu raramente me lembro do que acontece ou de quem está neles, e algumas horas depois do amanhecer, as imagens efêmeras são perdidas para sempre.

Meus amigos são exatamente o oposto. Darlene diz que sonha com a mãe o tempo todo; na metade do tempo ela está no céu e na outra metade está no inferno. Ela também diz que tem sonhos gráficos do tipo "lobos no portão", durante os quais ela fica encurralada, desamparada, não tendo para onde correr. Os sonhos de Pamela envolvem um carpinteiro que fecha sua casa inteira com tábuas e ela não consegue mais entrar em seus closets.

Os poucos sonhos de que consigo me lembrar são bem normais. Estou sendo perseguida por um homem de roupas escuras, minhas pernas se transformam em mingau e não posso me mover, ou Virginia e eu estamos sentadas em um avião e de repente o fundo cai e nós caímos aos trambolhões no ar em câmera lenta, caindo, caindo, caindo. Os sonhos de Palmer também eram clássicos, de um jeito masculino — ele está comendo um hambúrguer e todos os seus dentes caem, ou ele está prestes a fazer uma prova quando ele percebe que, bem, você sabe. Todo mundo já teve esse.

Mas o sonho do qual jamais me esquecerei foi diferente. Eu o tive quando era criança, logo depois que meu pai nos deixou. Eu nunca contei a outro ser vivo sobre ele, exceto para minha mãe, e a reação dela foi tão estranha que decidi não contar para mais ninguém, nunca.

O evento que presumivelmente o desencadeou foi uma viagem de carro para o condado Amish durante umas férias de primavera. Passamos por vários quilômetros de pastos ondulantes e fazendas pitorescas, mas logo depois de passar por uma cidadezinha bucólica sentimos um potente mau cheiro, medonho e enjoativamente doce que invadiu nossos sentidos como uma grotesca piscina de material em decomposição. Mamãe disse a Virginia e eu que estávamos passando por um matadouro. E fiquei fascinada.

— Como os animais são mortos? — perguntei.

— Eles esmagam-lhes a cabeça com uma marreta.

Virginia escarnecia ao me bater com força na cabeça com a parte posterior do punho.

— Isso não é verdade, é, mamãe? — respondi, chocada.

— Eu não sei — respondeu ela, distraída como sempre. — Eu acho que eles fazem algo assim. É uma ideia horrível, não é?

Eu tive o sonho naquela noite. Começava com o meu pai dizendo a Virginia e eu que havia um desfile na cidade e que ele iria levar todas nós, inclusive minha mãe. Eu deveria ter suspeitado de algo imediatamente, porque mamãe nunca ia conosco a parques de diversão. Ela simplesmente não acreditava neles.

Quando chegamos, ela levou Virginia para a roda-gigante e meu pai pegou minha mão.

— Por que você e eu não vamos até os carros bate-bate? — convidou. Eu fiquei animada. Só eu e ele. Nós éramos uma dupla! Eu me senti especial e completamente amada.

— Se ela não quiser ir, não a force — disse minha mãe. Mas eu estava agitada.

— Não, eu quero ir — respondi.

Caminhamos por aparentemente vários quilômetros através de uma floresta idílica, opacamente iluminada, com trilhas estreitas, cobertas de vegetação, e um céu que estava escurecendo. Então chegamos a uma clareira. Havia fitas parecidas com flâmulas, de plástico vermelho, esvoaçando ao sabor da brisa, como numa loja de carros usados, e percebi que não eram carros bate-bate, mas uma grande pista oval onde os carros davam voltas e mais voltas. Os motoristas, todos crianças da minha idade, usavam capacetes e quando elas passavam pela entrada da frente, uma marreta gigante robotizada descia sobre suas cabeças e as matava.

Meu pai disse que eu devia confiar nele. Que a marreta não acertaria minha cabeça. Que ele não iria embora e que ele estaria bem ali para impedir a marreta antes que fosse minha vez. Eu chorei, mas coloquei o capacete mesmo assim e entrei naquele carro.

Não importa o quanto eu já tenha tentado me lembrar, eu ainda não tenho certeza do que aconteceu em seguida. As imagens são indistintas, com uma leve sugestão de uma outra presença fantasmagórica em algum lugar, sussurrando, induzindo, insistindo que eu ficasse parada no carro. Então acordei abruptamente.

Suponho que qualquer mãe ficaria horrorizada ao ouvir uma filha contar uma coisa dessas. Eu sei que ficaria. Mas eu precisava contar a ela sobre o pânico e a tristeza pesada e entorpecedora que senti quando acordei. Ela ficou muito quieta e então me perguntou se eu tinha inventado aquilo tudo.

— Você leu isso em algum livro de Edgar Allan Poe ou em algum dos de suspense, certo?

Quando respondi que não, ela me perguntou se eu realmente acreditava que meu pai faria tal coisa. Eu disse não para isso também, por que eu não acreditava mesmo.

— Então por que você sonhou isso? — perguntou.

— Eu não sei — respondi. Eu estava abalada e ela também. Mas não era o seu estilo me reconfortar. Eu me lembro vagamente de que ela mudou o assunto do jeito que ela sempre fazia quando surgiam questões dolorosas. Eu precisava de algo dela, talvez ser tranquilizada, talvez apenas um abraço caloroso. Mas, como sempre, nós prosseguimos com nossas vidas.

O último livro de pé

Gosto de um livro fino porque ele pode firmar uma mesa, de um volume em capa de couro porque pode afiar uma navalha e um livro pesado porque pode ser atirado contra um gato.

Mark Twain

Todo mês de agosto, desde que meu pai morreu, minha mãe passa uma semana em Los Angeles. Quando eu estava casada com Palmer, ela ficava conosco. Na verdade, ele não podia recusar, considerando que eu aturava a mãe dele durante todo o mês de janeiro. Mas Palmer e minha mãe, na verdade, pareciam se dar muito bem. Ela gostava da autoconfiança dele, da franqueza e do encanto; ele gostava da independência, da intelectualidade e do porte aristocrático dela.

Agora que estou separada, ela fica com Virginia, para "ajudar" com o bebê.

— Você precisa vir aqui agora! Ela está me enlouquecendo. Talvez ela pudesse ficar com você durante algum tempo — choraminga Virginia.

— Ela quer ficar com Camille.

— Bem, ela a faz ficar tensa.

— Ela A faz ficar tensa?

— Tudo bem. Ela ME deixa tensa. Eu não faço nada direito. Dê a ela os alimentos certos. Coloque-a na cama na hora certa. O bebê está com muito calor ou com muito frio. Ela acha que a estou mimando.

Esse é o problema clássico com as mães. Elas querem dizer a você como criar seus filhos — como se elas houvessem realizado um trabalho tão bom assim com você. Decidi dar um descanso a Virginia e levar minha mãe para passar o dia fora.

— Você não precisa me entreter, Dora. Estou muito bem.

Mães sempre dizem isso. O que você deve fazer? Jogar o guia da TV para ela e dizer "A gente se vê"?

— Eu gostaria de passar algum tempo com você — retruquei de maneira convincente.

— Bem, deixe-me verificar com Virginia se ela vai precisar de mim. — Ela pôs a mão sobre o aparelho enquanto gritava para Virginia. — Você vai precisar de mim aqui hoje, querida? — Aposto que ela vai dizer que não. Mamãe voltou. — Virginia disse que não precisará de mim, então sou toda sua.

Eu disse a minha mãe que tinha uma grande ideia para um passeio literário. Já havia muito tempo que eu tencionava ir até a casa de Aldous Huxley na Deronda Drive, em Hollywood Hills. Sua residência original fora destruída em um incêndio no início dos anos 1960, mas eu queria ver onde ele e sua segunda esposa, Laura, moraram até a morte dele, no mesmo dia em que Kennedy foi assassinado.

Passando por Beechwood Canyon, comentei que um biógrafo descreveu os Huxley, como estranhamente apáticos quando as chamas destruíram sua biblioteca, que continha, entre outras coisas, dois romances não acabados, um manuscrito original de D. H. Lawrence, correspondências literárias incluindo as cartas de amor da primeira esposa e sua coleção de livros abundantemente anotada. Evidentemente, eles tiveram muito tempo para resgatar tais tesouros insubstituíveis; mas, em vez disso, escolheram salvar alguns ternos, o violino de Laura Guarneri e uma estátua de porcelana chinesa. Quando lhe perguntaram como ele enfrentara as consequências do incêndio, dizem que Huxley respondeu: "A pessoa sai e compra uma escova de dentes."*

Decidimos seguir a rotina diária de Huxley. Ele escrevia todas as manhãs e à tarde ele caminhava pelo imenso Griffith Park em

---

* Nicholas Murray, *Aldous Huxley*.

Hollywood. Eu amo esse parque. Quando Palmer e eu estávamos namorando, nós íamos até o observatório, deitávamos na grama de barriga para cima e observávamos as constelações no céu de verão. Era muito romântico.

Paramos no Beechwood Market, uma popular delicatéssen hippie, e escolhemos algumas baguetes, queijo *chèvre*, *prosciutto*, Pellegrino para ela e uma garrafa de Chianti para mim. Depois nos dirigimos à área de piquenique que fica ao redor da famosa roda-gigante em estilo déco. Nós nos sentamos perto o suficiente para observar os nobres cavalos executando com graça voltas imaginárias e ouvir o órgão tocando uma série interminável de marchas e valsas. A música me trouxe à lembrança memórias de tardes utópicas com meu pai no parque de diversões de Willow Grove. Decidi não compartilhar isso com minha mãe.

Espalhamos nosso banquete sobre uma mesa de piquenique de madeira sob um bosque de carvalhos da Califórnia e começamos a comer. Olhei para minha mãe quando ela suspirou satisfeita, fechou os olhos e arqueou seu longo e gracioso pescoço na direção do sol. Ela possui um rosto lindo, anguloso, com maçãs do rosto altas e um longo nariz romano. Sua pele ainda é macia e sem rugas, como uma mulher com a metade da idade dela, e seus volumosos cabelos ruivos estavam penteados com uma chique mecha ondulada.

Ela parecia tão equilibrada e relaxada. A esposa amarga, cheia de autopiedade, abandonada, desapareceu, juntamente com os períodos de acessos de fúria e de melancolia, quando ela zanzava pela nossa sala de estar em seu longo casaco cor-de-rosa, fazendo retinir as pedras de gelo no copo de bebida em pleno meio-dia.

Mamãe se inclinou ainda mais sobre o banco e esticou suas longas pernas. Ela estava usando calça jeans larga, camiseta de algodão com mangas compridas e Keds. Desde que me entendo por gente, ela sempre nos aconselhou a evitar o sol, mas ela obviamente chegou a um patamar de sua vida em que não se importa mais. Eu a observei se aquecendo sob o sol da tarde como se fosse um prazer proibido. Seu chapéu cáqui de safári estava pousado sobre o banco ao lado dela. Ela olhou em volta e pensei que eu fosse ouvir algo sobre o dia glorioso ou sobre o ambiente bucólico.

— Sabe, nunca gostei de Aldous Huxley.

— Como assim?

— Bem, ele escreveu um único livro bom e depois disso ele passou o restante da vida experimentando drogas e mulheres.

— Mas então por que você quis vir aqui?

— Eu pensei que você é que queria vir aqui. — Que irritante. Céus! — Mamãe, você sabia que Jim Morrison batizou sua banda The Doors em homenagem a um dos livros de Huxley?*

— Quem é Jim Morrison?

— Deixa para lá, mamãe.

Ficamos em silêncio durante um minuto enquanto ouvíamos a música e, quando ela parou, ouvimos a brisa roçando as árvores. Ela inclinou a cabeça e me lançou um olhar preocupado.

— Mas então, Dora, o que está acontecendo com você? — Meu estômago ficou tenso.

— Bem, estou tentando retomar meu antigo emprego.

Ela fez uma pausa, deu um gole no Pellegrino e me sorriu pesarosamente.

— E quanto a Palmer?

— Eu não sei. É complicado. — Eu não vou entrar nesse assunto com ela.

— Eu odeio remexer em histórias do passado, mas eu sinto que meus problemas com seu pai causaram um impacto terrível sobre vocês, meninas. E eu não iria querer que você desistisse de algo bom por causa de... — Ela fez uma pausa por um momento, tentando organizar os pensamentos. — Seu pai tinha qualidades muito especiais. E mesmo quando nós tínhamos nossas diferenças, nós resolvíamos.

Ah, é, resolviam. Ele desapareceu por oito anos.

---

* Nicholas Murray, *Aldous Huxley*.

— Eu não sei exatamente como dizer isso, mas espero que você não tenha sabotado seu casamento por causa do que aconteceu entre mim e seu pai. Quando ele nos deixou, acho que vocês reagiram de formas diferentes. Eu não fui capaz de lidar com nada por causa dos meus problemas com a bebida, então eu jogava um livro em cima de você e você desaparecia. Sinto tanta vergonha quando olho para trás.

Isso não é típico dela. Ela, normalmente, é tão estoica. A deusa de pedra entrincheirada em seu quarto.

— Eu deveria ter mantido vocês perto de mim. Eu deveria ter sido mais amorosa e mais consciente das suas necessidades. O álcool obscureceu minhas prioridades e perdemos vários bons anos juntas. É inteiramente minha culpa.

Pude ver lágrimas se acumulando em seus olhos. Coloquei meus braços em volta dela.

— Ora, mamãe. Você nos levava ao museu. Você nos levava em viagens literárias. Você fez muito.

— Na verdade, não. Quando olho para trás, eu sinto tanta tristeza e culpa. Tudo em que eu conseguia pensar era que seu pai havia me abandonado.

Ela começou a chorar. Eu não me lembro de jamais tê-la visto assim.

— Mamãe, você estava sobrecarregada. Não havia ninguém ao seu lado para ajudá-la. Nós superamos. Não é isso o mais importante?

— Eu só quero que você seja feliz.

— Eu sou feliz, mamãe.

Estou em êxtase de tanta felicidade.

Por alguma razão, de repente captei uma imagem passageira de minha irmã e eu, ainda adolescentes, na manhã em que minha mãe "fugiu". Pelo menos é assim que Ginny descreveu a situação para mim durante um café da manhã antes de eu ir para a escola. Meu pai, que voltara para uma pequena visita, havia saído para o escritório antes do alvorecer no intuito evitar qualquer discussão ou aborrecimento.

— O que você quer dizer com "fugiu"? — perguntei, esperando que fosse apenas uma brincadeira.

— Bem, ela me deixou um bilhete sobre a escrivaninha dizendo que estava indo para Atlantic City passar o resto do ano e que eu, por favor, contasse ao papai.

Naquela noite, ela ligou às duas da manhã para dizer que a porta de tela do quarto dela no hotel não trancava e o vento ficava chacoalhando as janelas. Ela estava com medo e queria ir para casa. Durou talvez 24 horas. Eu me lembro de dizer que queria que ela tivesse conseguido porque ela teria sido mais feliz. De qualquer maneira, ela apareceu na manhã seguinte, como sempre, e observou:

— Foi uma ideia idiota. Eu não sei o que estava pensando.

— Você está me ouvindo, Dora? Eu gostaria que você tivesse a segurança do casamento. De qualquer maneira, quando as pessoas se comprometem umas com as outras, sempre há um risco. Mas para você, eu acho, isso se transformou em um problema esmagador. Talvez você não saiba a diferença entre alguém como seu pai e alguém como Palmer.

Mamãe se recompôs enquanto torcia o lencinho em suas mãos. Ela ainda sente dificuldade em me abraçar.

— Você anda conversando com Ginny? — Virginia sempre gostou de Palmer.

— Não vá ficar zangada com sua irmã. Estamos todos preocupados com você.

— Bem, vocês não precisam ficar tão preocupados. Eu terminei com Fred.

A lembrança dele, da sensação física, me invadiu abruptamente. Tomei um grande gole do vinho. Eu estava começando a ficar um pouco zonza.

— Ótimo. E, a propósito, você precisa tomar cuidado nesse departamento. — Ela apontou a garrafa de vinho com a cabeça. — Isso toma conta de você lentamente. Não caia na mesma armadilha que eu.

— Está bem, mamãe. Entendi.

Suas sinceras desculpas claramente chegaram ao fim.

A caminho de casa, mamãe me confidenciou que está saindo com um homem chamado Thomas, um professor de matemática aposentado que também conserta relógios. Todas as amigas viúvas dela o adoram e ele zanza pelas casas delas durante os *brunches* de domingo consertando janelas e eletrodomésticos quebrados. O exato oposto de meu pai.

Eu a deixei na casa de Virginia e desmoronei ao voltar ao meu apartamento. Comecei a me servir de outra taça de Chianti e então pensei melhor. Foda-se. Eu me servi assim mesmo. Eu me servi de mais uma. Ah, que bom. Agora estou trêmula. Deixei-me cair pesadamente sobre a cama e tentei pensar em algo diferente daquilo que acabara de acontecer no parque. Droga. Odeio pensar naqueles anos horríveis. Odeio falar sobre eles. Odeio analisá-los. Eu os odeio! Odeio! Odeio! Fui para o banheiro e lavei o rosto. Talvez minha mãe tenha razão. Talvez toda minha vida tenha sido uma reação à minha infância confusa. Mas todo mundo tem uma infância confusa. As pessoas superam e levam vidas produtivas. Elas não ficam em suspenso. Que droga! O que está acontecendo comigo?

Voltei para o quarto e olhei a estante. Peguei *A mulher do tenente francês*, de John Fowles. Quando li isso pela última vez? Sobre o que é, afinal de contas? Dois finais diferentes. Um feliz. Um triste. O autor brinca de Deus. Ele tem o poder de decidir. Fechei o livro e o arremessei contra a parede. A capa se abriu e as páginas pareciam um acordeão sobre o chão. Nossa. Isso é bom! Escolhi outro. *Retrato de uma senhora*, de Henry James. A vida de Isabel é arruinada pelo amoral Gilbert Osmond. Um livro de capa dura, grande e pesado. Bum! Ele bateu com força contra a parede e lascou o emboço. D. H. Lawrence. *O amante de Lady Chatterley*. Outro caso de amor deprimente. O marido meditando na cadeira de rodas. Bum! Iain Pears. Eca. Ele me lembra Fred. Joguei esse canalha com força extra. Comecei a pegar os livros, um por um, e arremessá-los contra a parede como se fossem bolas de beisebol. John Updike. Bum! Henry Miller. Bum! Edith Wharton. Bum! Errei a parede e acertei a luminária. A lâmpada explodiu como uma bombinha.

Livros com lombadas estragadas se empilhavam uns sobre os outros como um ferro-velho literário. Minha estante já estava quase vazia. Eu me sentia estranhamente poderosa e independente. Só faltava virar tudo agora e acabar logo com isso. Que infantil, e que bagunça. As lágrimas desciam pelas minhas faces e comecei a rir. Que irônico. O último livro de pé é *As aventuras de Huckleberry Finn*. Ele quase me fez ligar para Palmer porque ele riria também. Em vez disso, liguei para Virginia.

— Virginia?

— Sim, Dora. — Sua voz soava realmente grogue.

— Acabei de jogar contra a parede cada livro que tenho.

Silêncio do outro lado.

— Bem, isso é um começo — disse rindo.

Algo me ocorreu

Os livros são muito bons do jeito deles,
mas são um poderoso substituto
inanimado para a vida.
Robert Louis Stevenson (1850-1894)

Na manhã seguinte, às sete horas da manhã, a campainha tocou. Cambaleei até porta com uma tremenda dor de cabeça — devo ter bebido mais vinho do que imaginava. Minha mãe está certa; tudo de que preciso é um roupão felpudo, chinelos rotos e um cigarro pendurado na boca, e eu me encaixaria perfeitamente na imagem da beberrona da porta ao lado.

— Está tudo bem aqui? — Era Victor. Abri a porta.

— Oi, Victor. Tudo bem aqui. O que está havendo?

— Um de seus vizinhos ligou para a recepção ontem por volta da meia-noite e reclamou de barulhos. Ela pensou que você estava pregando algo na parede.

— À meia-noite? Por favor. Ela deve ter ouvido minha televisão.

— James subiu e tentou ouvir alguma coisa, mas estava tudo em silêncio, então ele não quis perturbar você. Contanto que esteja tudo bem.

— Com certeza. Obrigada por vir verificar.

Fechei a porta e inspecionei os estragos. Parecia que havia acontecido um terremoto em uma livraria. Verifiquei os talhos no emboço. Ou talvez pareça mais com uma daquelas bizarras instalações de vanguarda no museu Whitney. Curvei-me para pegar um dos livros. Ui. Talvez mais tarde. Preciso de meu café e de minha aspirina.

A caminho da cozinha, verifiquei meu e-mail. Outra mensagem de Brooke. Espero que seja boa. Mais más notícias vão me deixar em situação crítica. Talvez alguém queira argumentar que eu já estou lá.

Oi, Dora. Odeio CAÇAR você, mas queria dizer que o artigo está bom pra CACHORRO. Uma verdadeira CACHORRADA. (Desculpe, não pude resistir.) Agora, falando sério: eles estão impressionados. Você pode receber uma oferta muito em breve.
P.S.: O fotógrafo desagradável acha você gata.

Liguei para Virginia. Tenho certeza de que a acordei na noite passada.

— Desculpe pela noite passada. Eu estava um pouco extenuada.

— Eu que o diga. Você realmente jogou todos seus livros fora?

— A-hã.

— Meu Deus, Dora. O que fez você agir assim?

— Eu não sei. Mamãe e eu tivemos essa conversa de coração aberto no parque e foi perturbador. Ela me acusou de ser emocionalmente incapacitada por causa de nossa fascinante infância.

— Ah, bem. Você sabe, mamãe entrou de cabeça nesse negócio de AA, e ela está se desculpando com todas as pessoas que prejudicou.

— Isso faz um bem danado. De qualquer forma, estou preocupada. E se ela estiver certa? Talvez eu jamais seja feliz.

— Claro que será. Você só precisa pensar sobre o que você quer.

Mas eu penso. Pensei nisso a noite toda. Pensei nisso enquanto arremessava cada livro contra a parede. Pensei nisso enquanto entornava uma garrafa de vinho, e depois, na banheira cheia de água quente onde fiquei mergulhada até a água esfriar. Pensei nisso enquanto relia o patético e-mail de Fred. Pensei nisso enquanto relembrava as noites tórridas que sempre parecem vir junto com porcarias fracas, sem força moral. Pensei nisso enquanto comprava pela internet o conjunto novo para o quarto de Harper, um edredom suíço rosa, felpudo, pintadinho, com dois porta-travesseiros e caríssimas escovas de cabelo importadas de cerda de javali para Bea. Logo antes de apagar, pensei no que mamãe disse no parque. Sobre seus anos desperdiçados. E meus anos desperdiçados.

Então algo me ocorreu.

Ocorreu-me que o que eu realmente quero é uma mãe como Bea e uma filha como Harper. Fred estava certo sobre uma coisa: eu queria adotá-las. Mas não por causa dele e nem mesmo por causa delas. Mas porque eu queria ser como todo mundo. Imaginei o rosto de minha irmã. Minha devotada, carinhosa, amalucada irmã.

— Eu quero um emprego. Eu quero uma família que seja calorosa e que me ame. Eu quero ser normal e ter meu próprio lugar. Não me interessa se isso está soando burguês. É isso que eu quero. Pronto.

— Ah, meu amor. Exatamente como quando éramos crianças. Você vai conseguir isso. Eu prometo, você vai.

Comecei a fungar.

— Você está bem? Eu posso dar um pulo aí.

— Você teria um ataque se visse a bagunça aqui.

— Eu ajudo você a arrumar.

— Virginia, eu amo você, mas eu realmente não quero lidar com isso agora.

— Então talvez eu deva buscar você. Podemos ir a algum lugar divertido.

— Não. Mesmo. Estou bem.

Eu me recompus.

— Na verdade, pode ser que eu receba ótimas notícias. Pode ser que eu consiga de volta meu emprego no *Times*.

— Você está brincando? Mas isso é fantástico!

Conversamos mais um pouco sobre as possibilidades, quando isso poderia acontecer, e depois desligamos.

Dois minutos mais tarde o telefone tocou. Era Virginia novamente.

— Esqueci de perguntar. Você recebeu o convite de Palmer?

— Não. Bem, talvez. — Olhei para a pilha de correspondências por abrir.

— Ele será homenageado no Museu de Arte Contemporânea e nos convidou. Eu adoraria ir. É no sábado à noite.

— Sábado! Você está brincando? Essas coisas começam a ser planejadas com várias semanas de antecedência. Sabe o que aconteceu? Alguém provavelmente cancelou no último minuto ou ele simplesmente sentiu pena de nós.

— Que seja. Parece divertido. Andy estará viajando e eu quero ir.

— Eu não sei...

— Dora, ele está convidando você. Isso é importante. Seria realmente grosseiro não aparecer. Depois de tudo o que ele fez por você ultimamente...

Então, o que ele fez? Ele só me resgatou de um de meus porres, levou-me para um excelente jantar, levou-me à casa de Darlene para pegar Brigão, arrastou-me até o hospital e tomou conta do cachorro de Darlene por uma semana.

— Se você quiser ir, tudo bem.

— Ah, que bom. Por que não vamos às compras? Você gosta disso. A festa é black-tie e eu não tenho nada para vestir. Encontre-me no shopping mais ou menos às três, pode ser? E não vou gastar uma fortuna.

Uma fortuna, para Virginia, equivale a 200 dólares. Então esta será uma longa tarde.

Desliguei e decidi lidar com a pilha de correspondência pousada sobre o balcão da cozinha. Quase no fim da pilha havia um envelope creme adornado com caligrafia profissional. Era o convite para uma festa no Museu de Arte Contemporânea em homenagem a Palmer e comemorando a nova exposição sobre Warhol. Estava endereçado a mim e a mais um acompanhante. Acompanhante? Quem eu deveria levar? Virginia recebera seu próprio convite e Palmer levaria Kimberly, é claro. Talvez eu devesse alugar alguém.

Rá! Melhor ainda, vou ligar para Darlene. Ela vai manter o clima leve e divertido e não vai permitir que eu me deixe levar por pensamentos negativos provocados pela embriaguez.

* * *

Paramos na Grand Street. É óbvio que os patrocinadores não pouparam despesas. Ouvi dizer que a cidade e várias entidades privadas doaram fundos para o evento com a esperança de que a exposição atraísse milhares de turistas para o centro de Los Angeles. Três quarteirões foram fechados e a rua que os conecta estava coberta com uma tenda feita de um tecido branco ondulante, branco e diáfano. Deve haver mais de mil pessoas comparecendo a essa festa, concluindo-se pela fila de manobristas, que dobra a esquina e continua pelo quarteirão.

Darlene estava usando o que ela chama de "uma homenagem a Warhol", que consistia de uma minissaia de tule dourada, sapatos de plataforma e um top azul-prateado com aplicação de planetas e estrelas. E então há Virginia e eu. Levamos um dia inteiro para encontrar um vestido para Virginia. Ela finalmente se decidiu por uma saia longa de seda preta e uma blusa de cetim branca. Agora ela está se parecendo exatamente com os músicos que estão perambulando pela área do coquetel. Estou pronta para lhe entregar o violino. Eu estou usando meu vestido longo preto de sempre, simples na frente, mas profundamente cavado nas costas. Muito sexy, eu acho.

Os organizadores da festa usaram como inspiração para o evento o Studio 54 e contrataram toneladas de aberrações e travestis vestidos como dançarinos de discoteca para receber os convidados. Penduradas no teto, havia gaiolas com bailarinos *go-go* dançando, enquanto artistas performáticos cobertos de tinta prata dos pés à cabeça faziam seus espetáculos sobre palcos espalhados pelo perímetro. Gigantescas reproduções de obras famosas de Warhol eram projetadas nas paredes e no teto e mudavam constantemente como uma apresentação de slides. Era tudo muito dramático e, pela primeira vez na vida, Darlene não estava se sobressaindo. Ouvi diversas piadas sobre os "15 minutos de fama" enquanto vasculhava a multidão tentando encontrar Palmer. Parecia que cada celebridade do momento na cidade estava presente.

Fomos para a mesa que nos foi designada, que ficava perto do palco e era, definitivamente, um lugar nível A. Minha irmã e Darlene estavam viajando nos VIPs famosos que as cercavam e tudo o que eu conseguia fazer era me preocupar sobre se essa noite seria esquisita. Ah. Lá estava ele. Com Kimberly ao lado dele. Merda, ela está inacreditável. Eu já vi esse vestido. É um Valentino verde-esmeralda que provavelmente custa 4 mil. Talvez eu devesse estar usando algo colorido. Estávamos à mesa de um estúdio e os dois casais à nossa frente obviamente se conhecem. Depois de um educado olá, eles não se dirigiram a nós novamente.

O evento começou com o diretor do museu agradecendo o esforço de todos. Depois ele apresentou Dennis Hopper, que conheceu Andy Warhol, e depois passaram para a apresentação de Palmer. Ele evidentemente está recebendo esse prêmio por seus esforços na angariação de fundos em nome do museu. Eu nem sabia que Palmer gostava tanto assim de arte. Bem, acho que quando você é o chefe do estúdio. Dennis continuou, Palmer fez isso, Palmer fez aquilo, e quando terminou, todos, incluindo Virginia e Darlene, estavam aplaudindo freneticamente enquanto ele se encaminhava para o palco.

O público ficou em silêncio quando Palmer começou a falar. Ele sempre foi um bom orador. Kimberly estava sentada prestando atenção, enlevada. Como Brigão. Espere. O que é aquilo no dedo dela?! Estava em sua mão esquerda, pelo amor de Deus. Virginia viu ao mesmo tempo que eu e colocou os óculos. É um anel muito grande, uma esmeralda com diamantes gigantes em forma de baguetes.

— Você acha que eles estão noivos? — sussurrou Virginia.

— O quê? — intrometeu-se Darlene. — Quem está noivo?

— Shhhh — disse eu. Fiquei mortificada. Os casais em nossa mesa estão olhando para nós com a expressão "Que grosseria".

Darlene se inclinou, apontou para mim e disse baixinho:

— Ex-mulher.

— Estamos separados. Como ele pode estar noivo? — sibilei.

— Qualquer um pode ficar noivo — disse Darlene.

— Ou talvez seja apenas um anel de amizade — disse Virginia esperançosamente.

— Eu gostaria de ser amiga dele — riu Darlene.

— Isso não é engraçado, não consigo ouvir o discurso dele. Calem a boca — repreendi.

Palmer estava concluindo o discurso. Ele estava olhando para Kimberly, com um sorriso doce de embrulhar o estômago.

— E agora eu gostaria de agradecer a Kimberly, que trabalhou tanto para fazer desta noite um sucesso. Levante-se, Kimberly.

Que perfeito. Eu sorri e aplaudi como o restante do público. Isso está se transformando em uma noite realmente horrorosa, não muito diferente do resto da minha semana.

Não parecia que estivessem servindo mais vinho. Eu precisava de uma bebida. Fui até o bar e pedi uma vodca — pura. Quando voltei para a mesa, Palmer estava sentado em minha cadeira conversando com Virginia e Darlene.

— Lá está ela — disse ele para mim, levantando-se e me dando um abraço caloroso. — Você está linda — sussurrou.

Nós quatro conversamos sobre o evento, nós agradecemos a ele pelos convites, ele perguntou pelo cachorro, blá-blá-blá. Virginia e Darlene estavam hipnotizadas por ele e eu estava me sentindo, bem, não sei como eu estava me sentindo. Definitivamente com ciúmes. Definitivamente insegura. Alguma coisa mudou em mim. Fiquei pensando em minha vida com ele. Eu odiava esses jantares. Eu me pergunto por que eu os odiava tanto. Falsos e vazios. Um desperdício de energia. Ninguém jamais se divertia. Mas essas pessoas parecem estar se divertindo. Por que eu criava tanta confusão com relação a esse assunto? Esse é o negócio dele. Eu poderia ter dado mais apoio. Aposto que Kimberly tem dado muito apoio. Ela provavelmente supervisionou até os arranjos de flores.

Eu o ouvi dizer:

— Dora, dê-me os tíquetes do estacionamento. Minha secretária irá dá-los todos para o manobrista de modo que vocês não tenham que esperar.

— Obrigada. É muito gentil da sua parte — disse Virginia efusivamente.

Comecei a revirar minha bolsa de noite feita de contas. Pensei que tivesse colocado logo no bolsinho da direita. Ai, meu Deus. Não está aqui. Talvez na minha carteira. Comecei a colocar as coisas em cima da mesa. Meu batom, meu espelho, meu chiclete.

Palmer começou a rir.

— Por favor me diga que você não o perdeu, Dora. Deve haver uns mil carros lá fora — gemeu Darlene.

— Perdi.

— Você sabe o número da placa, Dora? — perguntou Virginia.

— Mas é claro que ela não sabe, sabe, Dora? — desafiou Darlene.

— Bem, quem sabe o número de sua própria placa? — Ninguém me respondeu. Estou fodida. E agora? Que bela impressão.

Para tornar as coisas ainda mais humilhantes, a multidão começou a se retirar e Kimberly circulava, uma visão diáfana de verde.

— Oi, amor. Já está pronto?

Palmer explicou a Kimberly que ele precisava nos ajudar a pegar o carro, como se fôssemos patéticas velhas solteironas. Então ele me pediu para acompanhá-lo e ele iria falar com o supervisor do evento. Ele pegou minha mão e me levou até a área atrás das cortinas, que parecia uma cabine de controle da Nasa. Descrevi meu carro e eles me disseram para esperar do lado de fora pois o encontrariam para mim.

O engraçado em eventos como esse é que em um instante há mil pessoas lotando o salão, e no outro, o lugar está deserto excetuando-

-se meu triste grupinho. Ao nos dirigirmos para a mesa, ele passou o braço na curva das minhas costas e disse:

— Pronto. Já está tudo resolvido.

Aquilo me deu coragem para perguntar:

— Você está noivo?

— O quê? Como posso estar noivo? Somos separados, Dora. De qualquer maneira, isso importaria para você?

— Sim. Importaria.

— Bem, isso é alguma coisa. Quando nós estávamos casados, eu estava sempre tentando imaginar a resposta a essa pergunta.

O que dizer agora? Peço desculpas? Digo a ele que eu mudei? Ninguém nunca acredita em você quando você diz isso. Eu sei que eu o quero. Devo dizer a ele? Tudo bem. Vou dizer a ele. E é melhor eu me apressar, lá vem a idiota da Kimberly.

— Palmer, quero que tentemos novamente. O que você pensa sobre isso? — despejei.

Vi seu rosto registrar total surpresa. Ele ficou em silêncio durante o que pareceu uma hora e então ele disse com um meio sorriso:

— Eu ainda acho Shakespeare chato, Dora.

Agora, eu sei que você quer saber o fim da história. Eu também, mas Kimberly chegou e arruinou o clima todo. Palmer disse boa-noite educadamente e me deu um beijo leve no rosto. Sempre um cavalheiro. O manobrista entrou correndo com minha chave. Virginia e Darlene se aproximaram e disseram:

— Graças a Deus, pensei que fôssemos ficar aqui a noite inteira.

E fomos todos para casa, alegremente.

Epílogo

Uma das coisas mais estranhas que aconteceram nos dias que se seguiram ao violento ataque aos livros foi que, de alguma forma, perdi o desejo de ler. Joguei os restos de lombadas rasgadas e páginas desfiguradas em uma caixa e deixei na biblioteca do bairro. A bibliotecária arqueou as sobrancelhas quando entreguei a ela meu pobres queridinhos, mas ela não fez menção à aparência machucada deles. Ao me afastar de lá, senti uma onda de remorso, do modo como uma mãe deve sentir quando deixa o filho no colégio interno. Uma mistura de liberdade, culpa e perda, temperados pela percepção de que eu estava fazendo a coisa certa. Mas devo admitir: minha abstinência só durou alguns meses e depois eu estava de volta à Borders dando uma olhada nos mais recentes ganhadores do prêmio Booker e nos finalistas do National Book.

Mas desta vez era diferente. Não era como antes, quando minhas sessões estúpidas de maratona literária até quase desmaiar me mergulhavam em uma profunda e escravizadora névoa de complexas e voluptuosas imagens e mistérios, mitos, sonhos, mortes, tragédias humanas, enredos engenhosos, casamentos fracassados, odisseias, êxtases, meditações, alucinações e extensas, extenuantes e pulsantes cenas de pessoas fazendo amor. Mas eu continuo. É minha inclinação. Continuando, continuando, devorando romances a uma velocidade alarmante e perdendo a noção de tudo. Eu me arrependo daquilo tudo agora. De verdade. Mas a compreensão de fatos importantes, muitas vezes, ilude você. De qualquer forma, as lembranças do ano que passou estão todas misturadas agora com baforadas de nostalgia de vinagre e banho de espuma e as ligações carinhosas de Palmer e bichos feridos e tequila e a voz fininha de uma criança. Eu posso mergulhar em qualquer uma dessas sensações e sair com a realidade nua e crua do que realmente aconteceu comigo e com todas as pessoas que amo.

Quanto aos meus livros, o estado de minha biblioteca selecionada e reduzida é somente metade da história. Falando nisso, provavelmente enganei você sobre aquela coisa de doação de livros. Na verdade, acabei voltando alguns dias mais tarde e disse à mesma bibliotecária que eu havia mudado de ideia e que eu poderia, no lugar dos livros, fazer uma contribuição. Ela apontou para a caixa intocada atrás do balcão e deu um sorrisinho indulgente. O que ela iria fazer com um monte de livros mutilados, arremessados contra a parede? Eu os levei para a casa de Virginia, que disse que os consertaria quando pudesse. Então ela começou com aquela história de "Estou exausta, não tenho tempo livre, ando tão cansada" de sempre e eu me senti melhor com relação a tudo.

Já passei de carro em frente à McKenzie's incontáveis vezes no ano passado desde que Fred e eu paramos de nos ver, mas ainda não consigo entrar. Tenho certeza de que ele não aprova meu relacionamento com Bea e Harper. Elas raramente falam dele, e duvido que elas sequer o vejam com frequência.

No último aniversário de Harper, Bea e eu demos a ela uma festa com serviço de chá na Sally's, uma casa de chá vitoriana em Santa Mônica, e convidamos todos os amiguinhos dela, incluindo as mães. Eu enviei um convite para Fred, jamais esperando que ele aparecesse, mas ele nos surpreendeu a todos e apareceu a tempo de cantar os parabéns. Quando ele lançou aquele sorriso dele para um grupo de atraentes e jovens mães, Darlene se inclinou para mim, olhou para Fred melancolicamente e sussurrou:

— Que pena que tenha sido um fracasso.

Harper ficou feliz em vê-lo, no entanto, e o cumprimentou como alguém cumprimentaria um parente distante que aparece às vezes. Ela lhe deu um beijo e depois saiu correndo para brincar com as amigas. Ele sorriu. Eu sorri. Foi estranho.

Meu conselho para você com relação a esse assunto é: não se deixe enganar por um cara bonito que cita Cícero e Proust. Muitas vezes eles não são reais. Assim como tantos prazeres efêmeros: viaje na companhia deles, aproveite de vez em quando e depois prossiga com sua vida.

Outro dia, minha mãe ligou para dizer que estava vindo a Los Angeles para fazer uma visita, talvez com Thomas. Ela sugeriu uma viagem literária a São Francisco para visitar os lugares frequentados por Twain, Saroyan e Steinbeck. Eu disse a ela que eu poderia tentar, mas não poderia garantir nada, ainda mais com minha agenda no *Times* e com as obrigações de Palmer no estúdio.

Ginny me disse que agora sou quase normal. (Rá!) Bem, em comparação com a fase anterior, acho que sou. Mas volta e meia, quando não consigo dormir, ou quando estou de mal com o mundo, eu tenho aqueles desejos. Às vezes, eu cedo. Às vezes, não. De qualquer forma, os livros ainda abrandam a ânsia que as pessoas têm neste mundo e podem contar uma simples história que ajudará a fazer com que as coisas tenham sentido.

Às vezes, à noite, você me encontrará do lado de fora, em nossa varanda, embrulhada em meu roupão felpudo gigante, aninhada na enorme cadeira de balanço de vime, com uma caneca fumegante de chocolate quente nas mãos — tudo bem, com um pouquinho de Kahlua — provavelmente lendo a última coleção de contos de Alice Munro ou relendo Vonnegut, mantendo outra pilha de livros de reserva, como uma criança amontoando doces de Halloween. Eu ouço, normalmente, o zumbido distante da via expressa enquanto olho a paisagem — as luzes da Century City e além dela, nas noites de verão, a silhueta surreal do Dodger Stadium, flutuando no horizonte como um disco voador voando baixo.

Nota das autoras

Gostaríamos de reconhecer algumas outras fontes que consultamos para escrever este romance. No capítulo intitulado "Sem qualquer senso confiável de decoro", usamos como fonte *Mark Twain, uma biografia ilustrada*, de Geoffrey C. Ward e Dayton Duncan, incluindo o prefácio de Ken Burns àquele livro. No capítulo intitulado "A caminho do país das fadas", usamos como fonte *O homem atrás das cortinas: L. Frank Baum e O mágico de Oz*, de Linda McGovern. Também gostaríamos de observar que o capítulo intitulado "Onde vivem os monstros" também é o título de um livro de Maurice Sendak, e o título do capítulo "O gaiteiro nos portais da alvorada" também é o título de um capítulo do livro *O vento nos salgueiros*, de Kenneth Grahame.

Lista de livros

Autores, artistas e trabalhos que são discutidos ou mencionados neste romance, listados em ordem de aparição.

Ted Kooser, poeta.
Jorge Luis Borges, autor.
John O'Hara, autor.
Andrew Wyeth, pintor e autor.
N. C. Wyeth, pintor e autor.
Robert Frost, poeta.
Arthur Christopher Benson, autor.
Nicholas A. Basbanes, repórter e autor, e *Among the Gently Mad* [Sobre os gentilmente loucos].
Fourth Earl of Chesterfield [O quarto conde de Chesterfield] (Philip Dormer Stanhope), autor.
A convidada do casamento (Editora Novo Século, 2008), de Carson McCullers.
John Coltrane, músico e compositor.
Paul Desmond, músico e compositor.
Shirley Hazzard, autora, e *O trânsito de Vênus* (Editora Círculo do Livro, 1987) e *O grande incêndio* (Editora Companhia das Letras, 2006).
O morro dos ventos uivantes, de Emily Brontë.
Dorothy Parker, autora.
Jane Austen, autora.
A filha do otimista, de Eudora Welty (Editora Mandarim, 1997).
Gustave Flaubert, autor, e *Educação sentimental* e *Madame Bovary*.
Anna Karerina, de Leon Tolstoi.
Fim de caso, de Graham Greene (Editora Best Bolso, 2007).
Adeus às armas, de Ernest Hemingway (Editora Bertrand, 2002).
Evelyn Waugh, autor.
Michael Frayn, autor e dramaturgo.
Mark Twain, autor, e *As aventuras de Huckleberry Finn* (Editora Nacional, 2005. Tradução de Monteiro Lobato).

Henry James, autor, e *Retrato de uma senhora* (Editora Companhia das Letras, 1995).
Pablo Neruda, poeta.
A última grande lição: o sentido da vida, de Mitch Albom (Editora Sextante, 1998).
A letra escarlate, de Nathaniel Hawthorne.
Thomas Carlyle, autor/historiador, e *História da Revolução Francesa* (Editora Melhoramentos, 1961).
John Stuart Mill, autor, filósofo e economista.
Iain Pears, autor, e *O círculo da cruz* (Editora Record, 1999).
Charles Dickens, autor.
Cícero, estadista romano e autor.
Francis Bacon, autor e filósofo.
Christopher Wren, arquiteto e autor.
John Locke, autor e filósofo.
Voltaire, dramaturgo e poeta.
A família Bellamy, série britânica dc TV.
Jonathan Franzen, autor, e *As correções* (Editora Companhia das Letras, 2003).
Alice Munro, autora, e *Fugitiva* (Editora Companhia das Letras, 2006).
Kate Braverman, autora, e *Lithium for Medea* [Lítio para Medeia].
Oscar Wilde, autor e dramaturgo, e *A importância de ser prudente* (Editora Civilização Brasileira, 1998).
William Shakespeare, dramaturgo, e *A tempestade.*
Emily Post, autora.
William Lyon Phelps, escritor documentarista de crimes reais.
Buzz Aldrin, autor e astronauta.
T. S. Eliot, poeta e dramaturgo, e *The Waste Land* [A Terra Desolada], "The Burial of The Dead" [O Enterro dos Mortos].
Charles Lamb, ensaísta.
Uma dobra no tempo, de Madeleine L'Engle (Editora Mundo Cristão, 2000).
Alice Roosevelt Longworth, autora e ativista política.
Theodore Roosevelt, autor e presidente norte-americano.
A família Robinson, de Johann Wyss (Editora Rideel, 2004).
Mulherzinhas, de Louisa May Alcott.
Eugene Ormandy, maestro e compositor.
Eudora Welty, autora.
Geoffrey Chaucer, autor e poeta.
Virgílio, autor e poeta latino.
William Butler Yeats, poeta.
Matthew Arnold, poeta.
Virgina Woolf, autora.
Leon Tolstoi, autor, e *Guerra e paz.*

"The Little Hours" [As horinhas], historinha de Dorothy Parker.
Alain De Botton, autor, e *Como Proust pode mudar sua vida* (Editora Rocco, 1999).
Histórias para aquecer o coração, de Jack Canfield (Editora Sextante, 2008).
Reparação, de Ian McEwan (Editora Companhia das Letras, 2002).
Pam Keesey, editor.
Jewelle Gomez, autor.
Nora Roberts, autora.
Georges Perec, autor, e *La Disparition* [O desaparecimento] (Título alternativo para o romance *A Void* [Um vazio]; ainda *A vida, modo de usar* (Editora Companhia das Letras, 1991).
Miguel de Cervantes, autor, e *Dom Quixote*.
Henry Miller, autor, e *Trópico de câncer, Trópico de capricórnio* e *A crucificação encarnada*.
Margaret Oliphant, autora.
David Halberstam, jornalista e autor.
A. Scott Berg, autor.
Frank McCourt, autor.
A dieta de South Beach, de Arthur Agatson (Editora Sextante, 2003).
Sir Walter Scott, autor e poeta, e *Ivanhoé*.
Christopher Marlowe, autor e dramaturgo, e *A história trágica do doutor Fausto* (Editora Hedra, 2006).
Bertrand Russell, filósofo e autor, e *A conquista da felicidade* (Editora Ediouro, 2003).
Rumo ao farol, de Virginia Woolf (Editora Ediouro, 1993).
Ann Bannon, autora.
Willa Cather, autora, e *Minha Antônia* (Editora Civilização Brasileira, 1956).
Anne Tyler, autora.
William Styron, autor.
William Faulkner, autor.
F. Scott Fitzgerald, autor.
Mary McCarthy, autora.
Logan Pearsall Smith, ensaísta.
Julian Barnes, autor, e *O papagaio de Flaubert* (Editora Rocco, 2003).
Edith Wharton, autora.
Christopher Morley, autor, e *Kitty Foyle*.
Duke Ellington, compositor e autor.
Lewis Carroll (Charles Dodgson), autor.
Alexander Pope, poeta.
Ellen Bass, poetisa, e "Pray for Peace" [Oração pela paz].

C.K. Williams, poeta, e *The Singing* [A cantoria] e "Scale: 11" [Escala: 11].
Frank Sinatra, cantor e autor.
Lord Byron, poeta.
Billy Collins, poeta, e *Sailing Alone Around the Room* [Velejando sozinho pela sala], "Questions About Angels" [Questões sobre anjos].
James J. Walker, ex-prefeito de Nova York e autor.
Thomas Pynchon, autor.
Kenneth Grahame, autor, e *O vento nos salgueiros* (Editora Moderna, 2007).
A odisseia, de Homero.
T.E. Lawrence, autor.
Vida e aventuras de Nicholas Nickleby, de Charles Dickens (Editora José Olympio, 1957).
Alfred, Lord Tennyson, poeta.
Tom Stoppard, dramaturgo.
Dante, poeta.
Allen Ginsberg, poeta.
Maurice Sendak, artista e autor.
George Orwell, autor.
Randy Newman, compositor musical.
Omar Khayyam, poeta.
A casa dos mortos, de Edith Wharton (Editora Globo, 1947).
"But the One on the Right" [Exceto aquele à direita], crônica de Dorothy Parker para o *The New Yorker.*
Morte em Veneza, de Thomas Mann (Editora Nova Fronteira, 2000).
O turista acidental, de Anne Tyler (Editora Imago, 1987).
Thelma & Louise, filme.
Corpos ardentes, filme.
Filhos do silêncio, filme derivado da peça *Children of a Lesser God* [Filhos de um deus menor], de Mark Medoff.
Christina Hoff Sommers e Sally Satel, autores, e *One Nation Under Therapy* [Uma nação em terapia].
David Baldacci, autor.
Danielle Steel, autora.
Tom Clancy, autor.
Suave é a noite, de F. Scott Fitzgerald (Casa Jorge Editorial, 2001).
Marjorie Kinnan Rawlings, autora, e *Virtude selvagem* (Editora Instituto Progresso Editorial, 1947).
Onde vivem os monstros (Editora Cosac & Naify, 2010), livro infantil ilustrado de Maurice Sendak.
Harold Ross, jornalista, editor e co-fundador do *New Yorker*.

Philip Larkin, poeta, e *A Study of Reading Habits* [Um estudo dos hábitos de leitura], (coletânea de poesia).

The Ponder Heart [O coração ponderado], e *Why I live at the P.O.* [Por que eu vivo nos Correios], de Eudora Welty.

H.L. Mencken, autor e jornalista.

Following the Equator: A Journey Around The World [Seguindo a linha do Equador: uma jornada ao redor do mundo], de Mark Twain.

O barba azul, fábula infantil.

Cinderela, fábula infantil.

O dragão do meu pai, de Ruth Stiles Gannett (Editora Salamandra, 2004).

The Princess and the Goblin [A princesa e o goblin], de George Macdonald e Arthur Hughes.

Antoine Saint-Exupéry, autor, e *O pequeno príncipe*.

Alice no país das maravilhas, de Lewis Carrol (Charles Dodgson).

A ilha do tesouro, de Robert Louis Stevenson.

O corcel negro, de Walter Farley.

O mágico de Oz e séries subsequentes de livros de L. Frank Baum.

O jardim secreto, de Frances Hodgson Burnett.

A. A. Milne, autor infantil.

Edward Lear, autor infantil, e *The Owl and the Pussycat* [A coruja e a gatinha].

A lenda do cavaleiro sem cabeça, de Washington Irving.

Ernest Hemingway, autor.

Louisa May Alcott, autor.

Leona Rostenberg, autor.

Mark Twain-Howells Letters [Cartas de Mark Twain e Howells], de Willian Howells.

O sol é para todos, de Harper Lee.

Horácio, poeta.

Roald Dahl, autor, e *O dedo mágico* (Editora Record, 1979).

David Mitchell, autor, e *Cloud Atlas* [Atlas nebuloso].

E.B. White, autor, e *A teia de Charlotte* (Editora Martins Fontes, 2004).

"Lady Lazarus", de Sylvia Plath.

Edgar Allan Poe, autor e poeta.

Thornton Wilder, autor.

Verão sem fim, filme.

William Carlos Williams, poeta, e "Love Song" [Canção de amor].

One Writer´s Beginnings [O começo de um escritor], de Eudora Welty.

Don DeLillo, autor, e *O artista do corpo* (Editora Companhia das Letras, 2001).

Johnny Hartman, músico e compositor.

A Bíblia

Theodor Geisel/Dr. Seuss, autor infantil, e *O gatola da cartola* (Editora Companhia das Letrinhas, 2000), *Green Eggs and Ham* [Ovos verdes e presunto], *Como o Grinch roubou o Natal* (Editora Companhia das Letrinhas, 2000) e *And to Think that I Saw it on Mulberry Street* [E pensar que eu vi isso na rua Mulberry].

Audrey Geisel, autor.

L. Frank Baum, autor.

Emily Dickinson, poetisa.

Charles Kingsley, autor, e *Os meninos aquáticos* (Edições de ouro, 1972).

The Borrowers [Os mutuários], de Mary Norton.

Gertrude Stein, autora.

Edward Albee, dramaturgo e autor.

August Strindberg, dramaturgo e autor.

Jean-Paul Sartre, dramaturgo e autor.

Madre Teresa, freira e autora.

Ross Macdonald, novelista, e *The Chill* [O calafrio] e *A dama do lago* (Editora LP&M, 2002).

Dashiell Hammett, autor, e *O falcão maltês* (Editora Companhia da Letras, 2001).

Raymond Chandler, autor.

The Paid Companion [*A companhia paga*], de Amanda Quick.

Lady Be Good [Senhora, seja boa], de Susan Elizabeth Philips.

Forbidden [Proibido], de Elizabeth Lowell.

Em busca do paraíso, de Judith McNaught (Editora Best Seller, 1997).

The Reluctant Suitor [O pretendente relutante], de Kathleen E. Woodiwiss.

A herdeira, de Jude Deveraux (Editora Bertrand, 1998).

Groucho Marx, autor e comediante.

Jim Harrison, autor.

Um conto de Natal, de Charles Dickens.

Irving Berlin, letrista e compositor.

"O gaiteiro nos portais da alvorada", título de um capítulo do livro *O vento nos salgueiros*, de Kenneth Grahame (Editora Moderna, 2007).

Antônio e Cleópatra, de Willliam Shakespeare.

Chuck Yeager, autor e astronauta.

Edvard Munch, artista, e *O Grito*.

P. J. O´Rourke, jornalista.

O leque de Lady Windermere, peça teatral de Oscar Wilde.

Marcel Proust, autor, e *Em busca do tempo perdido*.

When We Were Very Young [Quando éramos bem jovens], coletânea poética de A.A. Milne, e "Spring Morning" [Manhã de Primavera].

A noviça rebelde, filme.

Winne Ille Pu, tradução em latim de *O ursinho Pooh*, de A. A. Milne.

Now We Are Six [Agora temos seis anos], coletânea poética de A.A. Milne.
Blaise Pascal, autor.
Rudyard Kipling, autor e poeta, e "The Power of the Dog" [O poder do cachorro].
Garrison Keillor, autor.
James Thurber, humorista e escritor.
Elizabeth Barrett Browning, poetisa.
John Cheever, autor.
John Updike, autor.
"To Flush, My Dog" [A Flush, meu cachorro], de Elizabeth Barrett Browning.
Daphne Du Maurier, autora, e *Rebecca* [Rebeca].
Aldous Huxley, autor.
D. H. Lawrence, autor.
Nicholas Murray, autor, e *Aldous Huxley* (Editora Abacus, 2002).
Jim Morrison, autor e músico.
John Fowles, autor, e *A mulher do tenente francês* (Editora Alfaguara, 2008).
Retrato de uma senhora, de Henry James.
O amante de Lady Chatterley, de D.H. Lawrence (Editora Martin Claret, 2006).
Robert Louis Stevenson, autor.
Andy Warhol, autor e artista.
Dennis Hopper, autor, ator e fotógrafo.
William Saroyan, autor.
John Steinbeck, autor.
Kurt Vonnegut, autor.

2ª edição	Maio de 2011
impressão	Sermograf
papel de miolo	Offset 90 g/m^2
papel de capa	Cartão Royal tech 250 g/m^2
tipologia	Minion